新世纪东南亚华文闪小说精选

朱文斌　［泰］曾　心　主编

浙江工商大学出版社
ZHEJIANG GONGSHANG UNIVERSITY PRESS

图书在版编目(CIP)数据

新世纪东南亚华文闪小说精选 / 朱文斌,(泰)曾心
主编. —杭州:浙江工商大学出版社,2017.7
(新世纪东南亚华文文学精选)
ISBN 978-7-5178-2123-6

Ⅰ. ①新… Ⅱ. ①朱… ②曾… Ⅲ. ①小小说—小说
集—东南亚—现代 Ⅳ. ①I330.45

中国版本图书馆 CIP 数据核字(2017)第 077361 号

新世纪东南亚华文闪小说精选

朱文斌　[泰]曾　心 主编

策划编辑	任晓燕	
责任编辑	沈明珠　白小平	
责任校对	何小玲　刘　颖	
封面设计	林朦朦	
责任印制	包建辉	
出版发行	浙江工商大学出版社	
	(杭州市教工路 149 号　邮政编码 310012)	
	(E-mail:zjgsupress@163.com)	
	(网址:http://www.zjgsupress.com)	
	电话:0571-88823703,88831806(传真)	
排　　版	杭州朝曦图文设计有限公司	
印　　刷	杭州五象印务有限公司	
开　　本	710mm×1000mm　1/16	
印　　张	19	
字　　数	301 千	
版 印 次	2017 年 7 月第 1 版　2017 年 7 月第 1 次印刷	
书　　号	ISBN 978-7-5178-2123-6	
定　　价	49.80 元	

本书编委会

序

微型小说是 20 世纪 80 年代兴起的一种新的文学样式,开始也称小小说或超短篇小说,后来才逐步统一称为微型小说。说它新,是从中国大陆的角度来说的。在西方,许多作家都写过微型小说,例如,美国作家欧·亨利就写过不少脍炙人口的微型小说。在中国,也可说是古已有之,如先秦两汉的神话传说,魏晋六朝的志怪小说,唐代的传奇,明清的笔记小说,都具备某些微型小说的特征。尤其是蒲松龄的《聊斋志异》,可说是达到了文言微型小说的高峰。

汉语"闪小说"一词出现于 2007 年,由中国作家马长山、程思良等人提出和倡导。现代人工作和生活节奏的加快,为闪小说这种文学快餐的创作提供了实际需求,而互联网和社交媒体的出现,智能手机的普及,又为闪小说的繁荣和传播提供了现实基础。于是,闪小说一经提出,便受到年轻人的追捧,在中国大陆迅速走红,且影响到东南亚华文文坛,成为小说家族中的新成员。

关于微型小说和闪小说的区分,主要体现在字数上。按照马长山、程思良的界定,600 至 1500 字,称为微型小说;600 字以内,称为闪小说。《新世纪东南亚微型小说精选》和《新世纪东南亚闪小说精选》收录的作品,大体上也是按照这个标准选编的。

微型小说和闪小说的主要特点就是篇幅短小,有的仅有一二百字。当然,字数也不是越少越好。20 世纪 80 年代,英国《每日镜报》举办了一次"三个字小说"的征文比赛活动,应征者 800 多人。经过评选,获得第一名的三字篇是:"神垂死。"评审委员会的评语是:"主题忧郁,表达了对这个世界的种种忧虑。"至于读者是否得到什么启迪,那就见仁见智了。我认为,小说如果离开了人物和情节,那就变成文字游戏了。

一篇好的微型小说或闪小说,除了要求篇幅短小、语言精练之外,还要求立意新颖,引人思考;结构紧密,浑然天成;结尾新奇,出人意料。只有这样的微型小说或闪小说,才能给读者带来思想的启迪,带来审美的愉悦。

《新世纪东南亚微型小说精选》收录了东南亚八国 68 位作家的 126 篇微型小说;《新世纪东南亚闪小说精选》则收录了东南亚八国 43 位作家的 309 篇闪小说。单从数量上来看,新加坡、马来西亚、泰国、印度尼西亚和菲律宾五个国家的华文微型小说和闪小说创作相对较为繁荣,文莱、越南和缅甸三个国家的华文微型小说和闪小说创作则较为薄弱。不管怎样,我觉得选集中收录的这些作家作品,还是较为全面地展现了东南亚华文微型小说和闪小说的创作现状和实力,老、中、青三代华文作家同台竞技,令人目不暇接。

收录在这两本书中的作品,可说是精彩纷呈,风格各异。从作品类型来看,既有写实型的,也有讽刺型的;既有幽默型的,也有寓言型的。从创作主题来看,既有描摹华文式微现状的,也有批判社会不合理现象的;既有剖析情感伦理和阐发人生哲理的,也有反思战争危害和生态环境被破坏的。这些作品,展示了东南亚的社会风情和人生百态,犹如在读者面前展开了一幅椰风蕉雨的南洋风情画。

这两本作品选的编辑体例也颇值得称道。首先是分国别选取作家作品,然后按照每个国家华文作家的年龄排序,并在选取这些作家代表性作品之前先对这些作家进行生平简介,最后在作品之后配上对于这些作家代表性作品的评析文章。这种编排方式,对于读者来说十分有利,主要表现在以下三个方面:一是作家简介有利于读者较为全面地了解这位作家的创作概况;二是这些评析文章有利于读者进一步深入理解这些作品;三是粗线条地勾勒出东南亚华文微型小说和闪小说的历史轨迹,让读者了解其发展脉络。

这套丛书的两位主编,均是海外华文文学创作和研究方面的名家。朱文斌教授从事海外华文文学研究已逾 20 年。他的硕士、博士和博士后的学位论文,均以海外华文文学为研究对象。在这 20 年中,他撰写论文,出版专著,课授生员,还主编两份刊物,在海外华文文学尤其是东南亚华文文学研究领域独树一帜,成绩斐然。曾心先生是泰华文坛的名作家,青年时代曾负笈中国,是厦门大学中文系的高才生。返泰后,工作之余又勤于创作,已出版小说、诗歌、散文、评论等作品集十多部。作品曾多次获奖,并入选各种选集、大系等。

名家名编,值得期待。

《新世纪东南亚微型小说精选》和《新世纪东南亚闪小说精选》付梓在即,朱文斌要我写一篇序言,拉拉杂杂谈了一些看法,权当是序。

陈贤茂[1]

2017 年 4 月 20 日于汕头大学

---

[1] 陈贤茂教授系汕头大学台港及海外华文文学研究中心原主任、海外华文文学研究开拓者,学术期刊《华文文学》创办人。

目　录

新加坡卷

周　粲

周粲,原名周国灿,新加坡公民。1934 年出生于中国广东澄海。1960 年从南洋大学中国语言文学系毕业,1964 年获得新加坡政府颁发的奖学金到新加坡大学深造,取得第一等文学学士学位,继续于 1969 年取得文学硕士学位。曾担任中学教师、教育部专科视学及教育学院中文系讲师,目前为新加坡课程发展署的华文专科顾问。还用过林中月、周志翔、艾佳、江上云等笔名,已出版著作近 90 种,包括诗集《孩子的梦》《青春》《云南园风景画》《捕萤人》《会飞的玻璃球》等,散文集《铁栏里的春天》《五色喷泉》《玲珑望月》《只因为那阳光》等,短篇小说集《最后一个女儿》《魔镜》《雨在门外》等,论文集《宋词赏析》《华文教学论文集》等,游记《踪迹》《江南江北》《摩登逃难记》等。

他 走 了 以 后

他走了以后,世界一片寂静。

他走了以后,有些学生会怀念他,甚至写文章发表在报刊上,称赞他教学认真,又肯帮部分学生解决生活上的难题。但是也有学生一点都不喜欢他,说他太严肃也太严格,动辄责怪和处罚他们。要不是时代改变了,他肯定还会动用藤鞭呢。

此外,他也是个很专业的老师,参考书读得很多,课备得很足;加上他口才好,出口成章,更促使他喜欢高谈阔论。在课室里这样,和朋友接触时也如此。朋友们有的喜欢他,因为只要他一开口,其他人光听他说话就行了,不必多费口舌;有的不喜欢他,因为他说话不带标点符号,滔滔不绝,使别人毫无插嘴表达意见的机会。显而易见的一点是:他的朋友越来越少了。大家似乎都在躲着他,使他不得不设法找新朋友。

一直到他寿终正寝。

卖 屋 记

有好一段日子,老曾非常憎恨老韩。老韩的屋子在一整排排屋中间,门牌是 5 号,而老曾的是 8 号,其他十多家就不说了。问题出在有发展商看上了他们住的这排排屋,和所有的屋主接触后,每一家都愿意在集体出售的原则下把屋子高价卖出,只有老韩这一家拒绝出售。他说:"发展商要买是吗?好! 500 万要不要?"当然不要啦! 吊起来卖跟不同意卖有什么差别?!

老曾这时的气愤可想而知。他是多么希望早些把屋子卖出,尤其是集体出售,价钱总会高许多,这一下子被老韩搞砸了。所以接下来的一段日子,老曾见到老韩时,根本不打招呼。

可是老曾怎么也没料到:几个月后,当屋价继续高涨时,有人竟然对他的屋子有兴趣,而且出的价钱比集体出售还高 50 多万! 这一下,老曾乐不可支。这时如果叫老曾跟老韩打招呼,他不但不反对,就是叫他请老韩吃一餐,向老韩道谢,他都肯干。

战 争 与 和 平

想知道这对夫妇之间是处在战争状态还是和平时期,一点不难。

如果是前者,那么,屋子在一阵喧闹之后,便一片悄然,连平日一天开到晚喋喋不休的收音机,也忽然变成了哑巴。还有一点,亦步亦趋的遛狗活动,也暂告一个段落。男的躺在沙发椅上,一张报纸翻过一张报纸;女的呢?坐在地板上摸索爱犬的长毛,一心想从里头捉住一只虱子。

如果雨过天晴,进入太平盛世,上面所描述的一切,便倒转过来。不认识他们的人,在选模范夫妻的表格上,还会填上他们这一对的名字。

不是说天下分久必合,合久必分吗? 国是如此,家何独不然?

其实在数十年前,这对夫妇就多次闹离婚,不过始终没有落实。一转眼,两人的发都白了,彼此都想:往后的日子,就凑合着过吧。

推 与 拉

虽然儿女成群,但都成家立业去了,所以热闹了好一段岁月的这对夫妇的家,又恢复到还没生儿育女时的冷清和寂静。丈夫知道妻子一天到晚与他面对面,默默无言,时间不容易打发,为了表示体贴,总是千方百计替妻子出主意。有时问她:"你以前不是喜欢打麻将吗,为什么不约朋友打打麻将?"他想借此把妻子推到外头去,免得糟蹋所剩不多的时光。

但是妻子说:"我的兴趣改变了,我现在觉得打麻将浪费时间。再说,打麻将也是赌,日子久了,难保不变成赌徒。"丈夫说:"那就找老同学老朋友喝喝茶,聊聊天。"妻子摇头:"你以为他们都很有空吗? 如果被拒绝,那多不好意思。"丈夫沉吟了一会儿,终于想到了一个妻子也愿意接受的、消磨时间的方法:找一位声乐老师,报名学唱歌,有机会的话,还可以登台演唱。

每逢妻子要出门上课,丈夫总是不知不觉地跟前跟后,问她:"你几点才回家?"有时问了一次,忘了,又问一次。他似乎恨不得把出了门的妻子,立刻拉回家。

操 心

蒋家夫妇老来得一子,高兴之余,却不时要为儿子各方面的事操心。儿子大学毕业,二老为他能否找到满意的工作操心。儿子找到工作了,薪水还不算低,做父母的,操心依旧。为什么? 他们说:工作不是铁饭碗,一不小心会打破。一打破,往后的日子怎么过? 他们二老有一点储蓄,养老不成问题;至于留给下一代,既不一定足够,也不是个好办法。夫妇商量了好几次,终于达成协议:从目前的储蓄中拿出一部分来,替儿子买一个公寓,再租出去,儿子以后就算倒霉,在裁员时被裁掉了,靠收房租也能过日子。

一切都顺利地完成了,蒋家夫妇想:这么一来,万无一失,接下来的日子再也不用为儿子将来的生活操心了。

令他们大跌眼镜的是:房租收不到几个月,儿子没商没量地竟然呈上辞职信,不干了! 父母气急败坏地问:"这到底是怎么一回事?"儿子理直气壮地回答:"人生苦短,收租的钱够用就好,多赚有什么意义!"

梦　醒

又听说她要出国旅行了,私忖:她不是刚从越南回来吗?

问她的一名闺中密友,那人说:"是这样的,她得了有些人心目中的不治之症,幸而治愈之后,她的整个人生观便彻底变了。"

那人问我,记得以前她对待金钱的态度吗?

我说:"记得呀,那时候,要她到马来西亚的金马伦去,她都得考虑再三。虽然她只是熟食中心的一名小贩,但是靠半生储蓄,也买了一个公寓在收租,月入3000多元,可以说一点也不缺钱,怎么会没能力出国旅行? 她就是节省成性,一年到头想到的总是储蓄、储蓄,把钱一笔笔放进银行。那一场病,似乎使她想通了;或者说,看破了。人生几何嘛!"

那人说:"这样看来,生病对她不是反而有好处?"

"可不是嘛,"我说,"就像做了一场糊涂的梦,现在她睡醒了。"

死 掉 算 了

凡是常跟刘大姐在一起的人,都没少听她说的一句话:"死掉算了!"

她什么时候这么说呢? 每当她身体稍微不舒服,比如头有点晕,或者声音有点沙哑,两腿有点乏力,她便不断地唉声叹气:"还是死掉算了!"

刘大姐虽然早就没了刘大哥,但是她身边其他的人听了,不免要安慰她一番,包括对她说:"小病有谁不犯,看了医生,吃了药,不就没事了?"事实也的确如此。要不然,一二十年前就开始说这话的刘大姐,能硬朗地活到今天吗?

对生死看得那么开那么淡的刘大姐,却也有十分珍惜生命的时候。就算出状况的只是有关牙齿或者听觉方面的问题,她也会不惜花可观的费用找专科医生诊治。

她的朋友中有比较爱开玩笑或想找碴的,想问她:"你不是说死掉算了?"却始终开不了口。

如　果

如果他专心地工作,又没有遇见她,他就不会对她存有幻想了;如果他遇见她之后,不离开工作岗位,不离开自己的国家,到她的国家去,他和她的关系,就不会进一步提升了;如果他和她的关系固然提升了,而他不把她的家当成自己的家,在里头为所欲为,能偷的就偷,能变卖的就变卖,贪得无厌,她也不至于对他产生反感,对他提高警惕了;如果他在私吞她一大笔财产后,知恩图报,对她好一点,她便不会在失望和反感之余,把他告上法庭,以致最终使他锒铛入狱。

人生,原来是许许多多"如果"拼贴而成的。

支　柱

邓安娣一直被认为是黄家一家人的支柱,她也曾一度为此沾沾自喜,深信自己的确是家里不可或缺的人物。她知道:家里如果少了她,除了周末,每天的晚饭怎么办?年纪稍大的上班,小的上学,根本没人上菜市场买菜、进厨房做羹汤。她成了唯一有时间也有能力做这些事情的人。前一些日子,她的确做得不亦乐乎,因为那时候她的年纪还不算太大,精神和体力都还可以应付,可是最近这两三年来,她逐渐发觉自己的精力明显大不如前了。头晕、腰酸、腿没力,都是以前没有的问题,使她感觉到替这个家做的事不再是乐事,而是苦事。令她纳闷的是,家里的人,似乎没有一个发现她健康方面的变化。他们不知不觉地视她为机器,机器在操作的过程中,是极少会起什么变化的。

这使她产生一种要摆脱,不,要挣脱的感觉。与此同时,她又清楚地意识到:她的意愿,根本没办法实现。

现在她常常私忖:她的一生,也许注定要在这种景况下度过了。她默默地接受了,不过从此,她便怎么都兴奋不起来,快乐不起来。

支柱,有一天会倒下的,她明白。

热　闹

听说我家后面一间空置的屋子,最近有人搬进来住。隔着一面高墙,我看不见屋里住的人,不过从某一天开始,天一亮,我就听见屋内传出的声音,包括应该是电视机播放的音乐和说话的声音。这些声音有悦耳的,比方某首歌曲的声音;也有非常不悦耳的,因为屋里的人对播放的声音似乎毫无选择,照单全收。我实在无法接受某些我听不懂的方言歌曲,更糟的是音量太大,成了对耳朵的轰炸。要不是考虑到睦邻问题,我恐怕会敲门去提出抗议。

我有时琢磨着:这个屋子里到底住了几口人,三口? 五口?

有一天,和邻居的邻居在菜市场碰到,闲话间,提起这户人家,对方也被这户人家传出的、少有终止的声音所困扰。我因而说:"闹嚷嚷的,好热闹,恐怕住了不少人吧?"

邻居的邻居笑了:"你猜错啦,我打听得一清二楚,只住了一个老人。"

🌴 作品赏析

《如果》讲述的是人生由很多"如果"组成,在起承转合的节点,人如果可以及时转念,可能会是另一番景象。在周璨运用"如果"拼贴的人生中,我们可以看到人生处处有转机,人生处处有埋伏。因此,在生活的道场里,我们要格外注意修心。从周璨别出心裁的"如果"里,我们可以体察大道至简的通透和拙朴,也可以觉察到作家的匠心。

《支柱》讲述的是邓安娣作为家庭主妇,一生为家庭操劳忙碌,却被家人当作隐形人的生命悲剧。当邓安娣在家庭中失去自我,成为家庭成员无设限的付出者时,她心目中的"支柱"逐步崩塌,其生命悲剧亦开始上演。在现实世界中，邓安娣这样黯淡无光的默然承受者，在家庭琐事中迷失自我，也是很多专职主妇一生的真实写照。在笔者看来，《支柱》讲述的不只是女性的自我实现，更多的是生命的存在状态和人对生命质量应有的把控。在《支柱》的结尾，周瓒并没有着急给读者提供人生范本，让邓安娣有着起死回生的生命奇迹发生。这一现实主义的设置，更能引起读者对"邓安娣"们命运的遐想和沉思。

《热闹》讲述的是"我"的新邻居因为一个人独居，整日在房间里播放各种声音，制造了热闹非凡的假象，从根本上说明人类这一群居性动物需要爱与陪伴。一开始"我"对热闹的误解和到后来老人独居的真相终于浮出水面，向读者宣告经验性的判断往往会产生失误性的理解。这就要求我们在行为处世中，尽量摒弃固定性思维，摆脱固定的思维模式。周瓒在平常化的叙事中，善于捕捉对生命的体察，正如《热闹》中的"热闹"在嬉笑的叙述中，有一股悲悯在涌动。

周瓒擅长采用生活化视角，让人在看似庸常的见闻中，捕捉触动人心的激发点，以此来书写对生命的灵思和启悟。

（刘永丽）

林　锦

林锦,祖籍泉州市安溪县,1948 年生,华中师范大学文学博士。现担任新加坡作家协会受邀理事、世界华文微型小说研究会理事。曾获新加坡"罗步歌"散文创作赛首奖、第一届世界华文微型小说双年奖三等奖、第一届"莲花杯"世界华文诗歌大奖赛铜奖、"中山杯"世界华文诗歌大奖赛铜奖、"册亨杯"世界华文诗歌大奖赛铜奖。曾主编《文学》,编辑《微型小说季刊》等文学期刊。已出版微型小说集《我不要胜利》《春是用眼睛看的》《搭车传奇》《零蛋老师》,散文集《鸡蛋花下》《乡间小路》,以及学术论著《战前五年新马文学理论研究》。

出　闸

去年工作表现评估排名,我排在几个分行经理后面,结果被调到一间规模较小的分行。工作地点靠近地铁站,想到今年排名再不往上冲,恐怕会被开除,我豁出去了,每天早上坐第一班地铁,第一个到办公室。

我多次遇到一个小男生,瘦小、平头、眼细,样子普通,不像是哪所名校的学生。他每次第一个冲出闸门,我以为他是怕迟到,可是他冲出闸门后,便放慢脚步,慢慢地向学校走去,沉甸甸的书包和他微驼的背一样有气没力。

今天上班,我又遇见小男生。他样子落寞,精神不佳。我想到今早总行高层要来视察,地铁门一开,就冲了出去,然后冲出闸门。

突然听到身后有号啕大哭声,公文包被人拉住。我回头一看,是那个小男生。

他喊道:"为什么你要第一? 我只有这个第一,你为什么要抢我的第一?"

我愣住,喃喃自语:"我也要第一······"

闪　坠

"Uncle,想清楚,有心脏病吗? 有高血压吗?"

站在旁边的都是血气方刚的年轻人,只有他一个高龄。

"没问题!"他说。

都说经济一片大好,许多快退休的高龄员工,都被延聘,他也不例外。下属取代他当总经理可以理解,但薪水减了百分之三十,他实在无法接受。公司要他在休假期间考虑。考虑什么? 他睡不着,吃不下。他去看了心理医生,服了药,没效。朋友知道了,建议他来这里体验往下跌的感受。

他签了伤亡自负声明,工作人员便替他戴上安全配备,绑紧绳索。

"请绑好,我还要工作十年,储蓄医药费。"

"闭起眼睛,放松,深呼吸,准备!"

他直打哆嗦,脚抖得厉害,喊道:"不跳了! 停! 不······"

瞬间,他像个倒栽葱,闪坠······弹起······闪坠······

隔天报载:《荣休总经理乐极生悲,蹦极跳心脏病发身亡》。

拍　照

她们是高中同学,在大学时读的虽然不是相同的科系,却时常在一起,聊天,喝茶,用餐。她们喜欢拍照,然后放在脸书、微信上,留下许多令人羡慕的美好生活点滴。那是很典型的现代女性生活方式。

大学毕业后,美美编写电脑程序软件,丽丽从事生物科技,满满当美容师。她们忙着工作,忙着交异性朋友,一直忙着,越来越少见面,尤其是满满,她的脸书和微信好久没有新信息了。

一天,她们还是见面了,约在一家高级餐馆用餐。

第一道冷盘上桌,她们的第一个动作便是拍照,从不同角度拍照,正面,侧面,凌空往下拍。

美美说,有些餐馆不欢迎食客替食物拍照。

丽丽说,食物冷了影响口感,这一道本来就是冷的。

满满说,我只对冰冷的东西感兴趣。

第二道上桌的是一尾清蒸白鱼,好大,毫无血色,躺在青花瓷盘里,睁着圆圆的眼珠。

美美和丽丽几乎同时说,好棒。拿起手机按个不停。

满满略微把身体往后移。

美美和丽丽几乎同时说,快拍呀,满满。

我只拍冰冷的东西。

美美和丽丽同时放下手机,同时拿起刀叉,对准白鱼飞过去。

慢着。满满的声音。

美美和丽丽同时把手缩回来。

满满修长的手指夹起盘缘的芫荽,盖住鱼的眼睛。

这尾不幸的鱼还温热。她说。

美美和丽丽同时回过神来,满满已经改行当入殓师。

鸣　哨

父亲是个足球迷,他喜欢看欧洲足球赛,尤其是英超联赛,他追得紧。

父亲退休后,靠一点公积金度日。我每次给他零用钱,他都推辞,说自己偶尔还打零工,不缺钱。他知道我收入不多,除了一家的生活费、孩子的教育费,还要供数十万元的组屋贷款。

有一回,父亲叫我陪他到足球场。没有球赛,去做什么?吹哨子。他说要尝尝当裁判的威风。在回家路上,他告诉我他找到一份午餐时间的零工,问他什么工作,他笑而不答,我没追问。

一天,我到庙湾小贩中心吃午餐。突然哨声大响,许多顾客冲到停车场,有的把车开走,有的忙着放停车固本。我瞄向停车场,看到一个穿制服的稽查员在停车场出现。

这时我看到了父亲,他站在远处咖啡摊前面,颈项挂着一个哨子,神情十分得意。我不敢惊动他,也不敢让同事知道那个吹哨子的是我的老爸。

大选过后几个月,父亲很少在午餐时间出门了,他说老了没用,相当颓丧。

半年后,我再到那个小贩中心,发现停车场的出入口处都装了收费闸门。从车子里的现金卡上扣除了停车费,闸门才自动打开,让车子进入停车场。

老　了

凯琳从初级学院毕业后,觉得读书非常辛苦,加上政府实施新政策,大学、非大学文凭持有者同工同酬,她决定不升学了,到一家建筑公司工作。

公司里有 6 个女文员,陈红年纪最大,过了 60。凯琳年纪最小,月薪1500,当她知道陈红的薪水比她高一倍多时,觉得很不公平。她认为陈红和她做同样的工作,这些工作她也能做,为什么陈红薪水这么多。如果陈红离开了,工作由她来做,她便可以得到更高的薪酬。

陈红工作勤劳认真,老板很信任她。老板应该不会辞退她,除非她退休离开。

"唉,老了,觉得很累。"

"我是不是得了老年痴呆症,连公司的电话也忘了?"

"政府要把退休年龄延长到 65 岁,我现在都觉得老了,65 岁,不是老太婆了吗?"

最近,凯琳在办公室一直说自己老了。同事们都没有搭腔,只觉得她有点莫名其妙。

陈红回家就跟老公诉苦,天天诉苦,说凯琳挖苦她,说她老了,她做不下去了。可是想到大女儿失业,二儿子还在读大学,她进退两难。老公说,豁出去,做最坏打算。

"我真的老了,腰酸背痛。"那天在办公室,凯琳又开始念了。

"你看起来 30 多岁,样子真的很老。"陈红说。

几个女同事面面相觑,凯琳措手不及。

从那天开始,凯琳静静地工作,不提老了。

回 家

一个下午,老陈到中峇鲁组屋区拜访一个老邻居,听说他病了。

老陈走出八楼的电梯,听到有人在喃喃自语。他抬头一看,一个老汉站在角头单位门外,正在开锁头,好像遇到了困难。那不是老黄吗?

"老黄,听说你最近身体不好,我来看你了。"

"你是谁?"

"你忘了? 我是老陈,你以前的邻居啊,就住在那一头。"老陈指了指走廊的尾端。

老汉没搭腔。老陈心里起了疙瘩,老黄病到认不得他了。他走过去帮忙,接过一串钥匙,五把,都试了,打不开。

"昨天说了他几句,不高兴,便换了锁头,不让我进去。"老汉说。

"岂有此理!"老陈听了,很气,"我看着他长大,长大了就不要父亲,真的不孝。"

老陈立刻打电话报警。

警岗就在附近,警察很快来了。问明了原因,警察花了一番工夫,在老汉身上找到他孩子的电话号码。

孩子接到警方的电话,匆匆赶来。

"怎么可以这样对待你老爸? 真的不孝。"老陈斥责那个年轻人。

"爸,你搞错了,我们住在对面那座组屋,我们回去。"年轻人扶着老汉走进电梯。电梯门关上之前,年轻人对老陈说,"陈叔,我们以前是邻居,你忘了住在哪里?"

老陈拍了一下额头,看着走廊的尾端。

奔 泉

传说南京郊外有个山泉,泉水异常清澈。但自抗战后,泉水突然变得异常污浊,且带血色。

一日清晨,有人发现山泉清澈无比,而且泉水湍急,一路弹跳雀跃。

大家啧啧称奇,围观的人越来越多,少说有三十万人。许是人太多,地壳承受不住,隐隐晃动。

就在这时,几十万只手机大声鸣放,此起彼落。大家打开短信一看,信息都一样:

日本东京岸外发生大地震,诸岛被夷为平地,死伤不计其数。

匪夷所思,大家还没回过神来,此时手机全发出山泉奔泻之声,哗啦哗啦……

2% 的 希 望

那天到平价超市买面包。

排在我前面的是一家三口——一对中年夫妇和一个小学生模样的女孩,手推车里堆满物品,估计要上百元。轮到他们了,还在犹豫。女的说:"都讲好到这里,怎么不见人影?"

"阿公来了!"小女孩兴奋地说。

一个约70岁的老头,干干瘦瘦的,蹒跚地走到妇女旁边。妇女说:"快、快,我们还没吃晚餐。"

扫描价钱条码,装袋,足足10分钟。

"一共147块。"

"有多扣2%吗? 他是乐龄人士。"女的问。

"扣了3块钱。"

他们把装满东西的袋子放回手推车,把车推出去。

我付了钱,走在他们后面。

"2块钱你买饭吃。"

"阿公不和我们一起吃晚餐吗?"

"多事,快点把手推车推到停车场。"

老头始终没说话,手里捏着2块钱,蹒跚地向小贩中心走去。

估 价 单

老婆做了一件了不起的事。

我做了 20 多年电器修理的生意,发现这几年工人难请。请了难侍候,斤斤计较,动不动要求加薪,狮子开大口。不加,跳槽去了。

那年,圣诞节已近,生意很旺,工人阿木嫌超时津贴不够,要求加倍。钱老子有,最讨厌人家趁机敲诈,不加。结果他走了。

阿木走后我才着急,虽然只是上货下货,扛扛抬抬的工作,但临时去哪里找人?庆幸的是,我那个念完初三的儿子,自告奋勇,说反正学校放假闲着没事,要来帮忙。"你行吗?"我从头到脚看他一眼,才发现他已经长得比我高大,力气应该有。好吧,就试一试。

他体内毕竟流着老子的血,能够吃苦,挨到圣诞节前夕,收工放假。"老爸,酬劳怎么算?"问题来了,父子讲钱伤感情。"你开一个价吧。"他递来一张单子,上面写着:电子音乐器材一套,约 3000 元。

我叫他把单子交给他母亲,由她去处理。不久,她也开了一张单子给儿子,副本交给我备存。单子上面写着:

一、纸尿片 30 片装 36 盒;

二、牛奶粉 2000 克装 340 罐;

三、暹罗香米 1200 公斤;

四、鲜鱼 5000 条;

五、肉类 600 公斤;

六、蔬果 800 公斤;

七、鞋袜 75 双;

八、衣服 280 套;

九、其他(医药费、书籍费、学费、杂费、车费、零用钱等),3 万元;

十、15 年精神负担,无法估价。

单子来往之后,结果如何,我没有过问。

接下来几年,每逢学校假期,儿子总是自动到公司帮忙,直到大学毕业。他没再提起酬劳的事。

来一碗粥

早餐前。
她问丈夫要吃什么。
丈夫说:"粥啦,清淡,好。"
她问儿子要吃什么。
儿子说:"面包抹牛油和果酱。"

午餐前。
她问丈夫要吃什么。
丈夫说:"很久没吃福建炒面了。"
她问儿子要吃什么。
儿子说:"汉堡包最好吃。"

晚餐前。
她问丈夫要吃什么。
丈夫说:"蒸鱼,再来一样小菜。"
她问儿子要吃什么。
儿子说:"肯德基家乡鸡!"

早餐,儿子吃面包,他跟着吃面包。
午餐,儿子吃汉堡包,他跟着吃汉堡包。
晚餐,儿子吃炸鸡,他跟着吃炸鸡。

一晃二十年,儿子移居国外。
隔天,早餐前。
她问丈夫要吃什么。
丈夫说:"粥啦,清淡,好。"
她问儿子要吃什么。

没有答案。

她突然大发脾气："二十年来,你就是这样挑剔!儿子要吃面包,你就要吃粥!好啦,把儿子气跑了,看谁给你送终!"

他一声不响,开门出去。

走到附近的食物摊子,他拉了一把凳子坐下,提高嗓子喊:"伙计!来一碗粥!"

🌴 作品赏析

《2%的希望》故事发生于一家平价超市之中,一家三口选购了整整一手推车的物品,却犹豫着不肯买单,只为等待家中老人蹒跚而来,看似一片孝心地确定是否因为老人是"乐龄人士"而多扣除了2%,却在走出超市后用2块钱打发老人吃饭。林锦通过对这一让人震惊而心寒的举动的描写,表现出了当今社会中亲情日渐冷漠,下一代对于父母长辈不仅没有尽到赡养的职责,更没有半点的关心与尊重的现象,作者对于这样的社会问题是怀有着深深的忧虑与指责的。"乐龄人士"原本是指到了一定年纪,可以开心快乐地安享晚年的老年人,但是文中的老人却是干干瘦瘦、步履蹒跚,生出了一种寄人篱下之感。文中的小女孩小小年纪就接受着这样的教育指引,谁能保证当我们老去的时候,我们的下一代会不会这样对待我们?作者对此有着深深的担忧。

《估价单》讲述了一年圣诞来临前,"我"因为生意上人手不够而十分着急之时,念完初三放假归来的儿子自告奋勇地来帮助我的事情。但圣诞前夕,收工放假时儿子向我递来一张计算报酬的单子,向我索要一套价值约3000元的音乐器材。她的母亲收到单子后也给儿子回了一张估价单,上面列出了儿子十五年来的所有物资消耗,以及无法估计的精神负担。从此以后,儿子不仅主动帮忙且再也没有提过酬劳。作者用这个估价单的故事提醒着我们不要丢掉自己的良心。妻子的估价单体现出了父母对于子女无私的爱与付出,我们应怀着一份感恩的心来善待与回报父母的伟大。

《来一碗粥》所讲述的故事与《2%的希望》中的故事有着鲜明的对比,与那个对父母不关心也不尊敬的女士相对比的是这篇小说中的女主人公对孩子的百般溺爱。儿子在身边的二十年中,一日三餐想吃什么母亲就给做什么,甚至忽略自己丈夫的声音,父亲只能儿子吃什么跟着吃什么。当儿子长大移居国外后的第二天,她却因为丈夫的一句"粥啦,清淡"而大发雷霆,埋怨丈夫二十年来的挑剔。这个母亲一定是因为儿子的远离而过于伤悲,以至于完全忘记了二十年来丈夫的忍让,却对自己给儿子的溺爱全然不知。林锦在《2%的希望》中表现出了对于不爱护老人的这一社会问题的深深忧虑,在《来一碗粥》中则表达出了对于过分溺爱下一代这一普遍社会问题的担忧,提醒父母们要学会适当放手。林锦认为作为社会建设中流砥柱的一代人,一定要学会如何正确地处理三代人的关系,赡养长辈,同时教育好下一代,如此才能够使我们的社会继续向前发展。同时,要运用正确的教育方法为下一代指引正确的道路,使我们伟大的中华民族文化中的优良传统得以完好地被继承与发展。

　　林锦先生虽然远居新加坡,但他饱蘸情感的文字中处处蕴含着浓厚的中国传统文化意识,他对于许多社会问题的关注与担忧,使我们看到了一位富于责任感的作家的真诚与良知。

(赵 洁)

林 高

林高原名林汉精,1949年生于新加坡静山村,祖籍广东揭阳。台湾大学文学学士,华中师范大学硕士。林高创作以散文、小小说为主,近年亦努力于评论和现代诗之耕耘。1992年与周粲等文友创办《微型小说季刊》并任编辑,1993年召集青年作者创办《后来》四月刊,1997年儿童文学半年刊《萤火虫》和《百灵鸟》创刊并担任主编。2014年获新加坡文学奖(小说类),2015年获新加坡文化奖。曾任新加坡作家协会理事、副会长,现为受邀理事。著有《往山中走去》《被追逐的滋味》《林高卷》《笼子里的心》《林高微型小说》《遇见诗》等。

披 肩

他告诉她,整理太太遗物的时候,从锁住的柜子抽屉里找到一条披肩,手工花卉,上等丝绢,右上角绣个"慧"——太太的名字。

她眼角掠过一缕疑云。"谁送的?"她问。

她看着自己送他的、系在脖子的领带一下子理直气壮起来。疑云飘逝了,她的眼神明亮仿佛清早的晨光一样舒服。"你太太原来偷偷藏起来一条披肩。"

他是想告诉她,太太一直不舍得用。他们度蜜月时在日本京都一家酒店的礼品部他买给太太的。后来她竟也忘了这披肩吧,平平贴贴压在抽屉里四十几年。展开,依然有流动的质感,好鲜美的艳丽!……他忽然有个奇想,若拿来披在她身上……哦,看她沉浸在自己脸上的晨光里,也就不说了。

她醒过来似的问:"怎么办?披肩……"

那盏灯

夜深了。当书房玻璃窗上的露水凝成珠子晶莹欲动,我便看到对面的高楼有扇窗,亮着橘黄的灯。借助月光,我从底层往上数,又从顶楼往下数,数着数着,眼就花了,楼就朦胧了。那灯是在哪一层呢?

奇怪!难道是我展读《从温州街到温州街》的缘故?每次展读林文月老师的思念,那窗就亮那橘黄的灯。

我展读时喜欢抬头看墙上的字,写的是陆游的诗:"江上荒城猿鸟悲,隔江便是屈原祠。一千五百年间事,只有滩声似旧时。"那是台静农老师赠我的墨宝,看着看着便听见台老师朗朗的笑声。那年在台北,在历史博物馆一个书画展上……台老师稍稍肥胖的身影,又出没于墙上镜框里小行草的沉毅灵动之间。

林老师在文章里说,那高高耸立的楼,当有一间朴实的书斋,书斋那扇窗亮着橘黄的灯,灯下,当有一位可敬的书法家。是在哪一层楼呢?我小心翼翼地数,借助月光。数着数着,楼朦胧了,灯朦胧了……却听见台老师朗朗的笑声。一瞬间,那盏灯却又变作一轮橘黄的月,从窗口探出来,升向天空……

Hei

Hei 被抓走,抓去就人道消灭。用老友的话是,一枪毙了。我们几个说说笑笑,在每周饭局上,老友又谈起 hei 的故事,重复是为了拿它和人相提并论。应该说,拿人和它相提并论。

Hei 是一条狗的名字,它全身黑油油,不知道什么时候它跑到了蔬菜批发中心。Hei 很聪明,知道那家门口供土地爷的主人肯施舍食物,就常去。混熟了,听到喊:Hei!老友说,搞不清是喊黑!嘿!还是嗨!反正它就低头摆脑过去。

主人吃饱了喝咖啡的时候,喊 Hei,然后把买给它的一份食物摆在门外给它吃。吃得好,全身黑得越发亮。Hei 很懂得主人什么时候要开心一下,吃饱了它陪主人玩,站、蹲、跳、扑、跪、翻滚……耍出各种把戏。最后又总瘫在主人腿上,死去活来一般柔媚。可是,主人会突然踢它一脚,把它踢开去。Hei 很聪明,就乖乖去晃荡,隔天才敢回来。

谁料到会发生那样的事。老友说,Hei 想讨主人的赏识吧。中元节要拜拜,主人忙了半个早上,抹桌子,摆上鸡鸭什么的。然后洗手点上香烛,跪下,闭眼祷祝念念有词。主人才坐下喝咖啡吃早餐,Hei 吱吱呀呀兴奋地绕着主人跑,仿佛想到了什么主意,又仿佛在动脑筋想什么主意,只见它竖起身子摆动尾巴绕着主人跑。忽然,莫名其妙地跑到香烛前,衔住一支蜡烛,又绕着主人跑。主人抓起扫把就打、追。Hei 丢下蜡烛一溜烟跑了。

没多久 Hei 又回来了。"它不去门口供土地爷那家了。"老友呵呵地笑。

猫　性

有只老鼠从阴沟钻进厨房,躲进橱柜后的缝隙里去了。老鼠有老鼠的聪明,它就知道那儿有缝隙可以让它藏身。猫发现有老鼠。它吃好睡饱,女主人刚给它洗完澡,换上新衣裳,脖子上还戴一朵红玫瑰。

猫发现老鼠趁它在洗澡的时候躲进缝隙里去。它让它去。

女主人让猫躺在后阳台纳凉,今天的风好清爽。

老鼠饿极了,从缝隙里伸出鼻子来。嗅到香气,全身酥了,伸半个头出来探一探猫的动静。猫眯眯眼,老鼠整个头伸出来。猫在打盹呢,老鼠提着胆蹑着脚出来。猫一扑,老鼠在猫的爪下逃不掉了。是猫就要抓老鼠,可猫竟不一口咬死老鼠,它让它逃,再扑,又逃,又扑。才三五步远,老鼠却再也钻不进那个缝隙。猫最后一扑,老鼠四脚朝天,猫看它吱吱叫。嘿嘿嘿!玩腻了你就没命。千钧一发的时候老鼠有老鼠的聪明,它一闪一溜一窜,竟从后阳台跃下去。猫一傻,赶紧追,跟着跳。波一响!猫太重了。猫感觉到五脏六腑在震荡,一阵晕眩。红玫瑰掉落在它身边。当它一傻一阵晕眩,老鼠早穿进花丛,逃之夭夭。

猫对花丛狠狠地喵喵叫,然后回到后阳台纳凉。

疤

我第一眼看到他——系里新聘的一位教中国哲学史的教授,吃了一惊。他那两撇眉,像两把青龙偃月刀,扬起。我不敢看第二眼,他的五官我说不清楚。

当他转头,背向我,我好奇,抬头看,又吃一惊。他后脖子上有一道长长的疤,暴凸,鲜红,乍看还在流血。我的心扑通扑通地跳,却忍不住看第二眼。天!眼前一道强烈的白光,闪闪烁烁,搞得我晕晕眩眩。越是害怕,眼睛越给那白光牵引住了……我几乎坐不稳,要呕吐,赶紧冲进卫生间。

他走出办公室,我心神稍定。他姓史,今天报到。啊,一想起他,又出现那白光,旋呀旋,旋成圈圈圈……却又禁不住要想起他。啊,那白光旋到尽头,咦!是菜市口刑场,狱卒给犯人松绑,褪下木枷,要砍头了。执行官厉声喝道:问你最后一次,降吗?犯人仰天笑:天地有正气,杂然赋流形……刽子手提气,举刀,凝神,挥刀。砰!刀弹脱,飞去。犯人脖子上血汩汩,把刑场染得一片红。

母亲听了嗤嗤地笑:什么时光隧道啦,那是昨晚看的电影。我却又想起那道疤……

🌴 作品赏析

《Hei》和《猫性》是两篇同写动物的寓言体闪小说。小说中的猫与狗有着各自所属物类的局限,俗话说"狗忠猫奸",具体说来即是狗有"奴性",猫有"猫性"。两篇寓言体小说看似在写猫狗,实则是林高在隐喻人性。Hei 是一条流浪狗,因为还算识相,有幸博得"那家门口供土地爷的主人"的施舍。Hei 为博取主人欢心,极尽讨好之能事。但终因作媚献谄反而弄巧成拙,被主人扫地出门,不知所终。猫在主人的呵护之下,变成了只是把抓老鼠当作游戏而非天职的体态雍容的"废物"。就连猫因自己太重,让老鼠逃之夭夭后,仍只"对花丛狠狠地喵喵叫,然后回到后阳台纳凉",这是"猫性"本身太过自我,不够自省的集中体现。身为万物灵长的人类除了神性、人性,还有兽性的组成。狗的"奴性"和自我的"猫性"在人类的身上亦随处可见。面对此种情状，人类应当反观自省，唯此才能在沁染的浊世，做到明心见性。大抵这亦是林高创作这两篇寓言体闪小说的初衷。林高的《Hei》和《猫性》借用动物身上的典型特性来劝谕或审视人性的局限，把富有抽象意义和哲理性的思考通俗畅达地融入文本之中。由此，作家的叙述功底和文本驾驭能力可见一斑。

《疤》讲述的是"我"由新同事后脖上的疤痕而引起的一系列心理、生理及情感反应。新同事报到没有赢得"我"的友善示好，"我"却因为他那"青龙偃月刀"般的眉毛和后脖上的疤痕浮想联翩，以至于呕吐。这显然是现代社会人际关系冷漠，人与人之间出现隔膜的具体佐证。人们宁愿"以貌取人"，甚至动用想象力以穿越时光隧道的方式臆想或武断对方的种种可能，却不愿意用心去了解和接受对方。"疤"原本是受伤的符号，面对同仁的疤痕，"我"没有在心理上示意出怜悯，却在生理上出现了呕吐。此种情状，无疑令人悲哀、惹人深思。《疤》富有现代意味，充满疏离、荒诞和淡漠气息。小说中的"我"之所以会对新同事产生支离破碎的幻觉和臆想，本质上是因为现代社会人际关系的淡漠和人心的疏离。原本作为受伤代称的符号"疤"，本应当得到对方关注或同情，却演变成人心隔膜的壁垒，这是林高予以"人"高度忧心的建设性思考。

林高善于抓住具象，用其精深微妙的笔触，准确击中人心的堡垒和人性的幽微。《Hei》《疤》《猫性》无不彰显着作家对于生命的凝视与关注。

（刘永丽）

辛　白

辛白,本名黄兴中,1949 年出生于新加坡,祖籍福建南安。北京师范大学文学士。曾任小学与中学教师、新加坡教育部课程规划与发展署华文专科督学,现已退休。主要写诗,也写散文,近年来还致力于微型小说与闪小说之创作。曾获新加坡文化部主办的全国诗歌创作比赛华文公开组首奖。现为新加坡作家协会受邀理事、推广华文学习委员会邀约驻校作家。著有诗集《风筝季》《细雨燕子图》《童诗 45》(五人合集)和散文集《音乐雨》等。

大狼狗

他坐在木椅上,看着草地另一边的两棵大树。看它们的叶子,风吹的时候动,风停的时候停。或许是还早,公园里的人不多。忽然一名壮硕的青年男子带着三只棕灰色掺杂的大狼狗从他身边走过。三只狼狗急速前行,男子在后半跑半走紧跟,三条狗链都绷紧了,男子好像被拉着走。他看了,蹙紧眉头,突然觉得胸口有些闷,便起身回家。

妈妈在厨房里洗杯子。他说:"我的工作是大狼狗。"妈妈停了下来,用疑惑的眼神看着他。"我们那些开不完的会,看不完的 E-mail,做不完的事,我天天被它们拖着走,不能停下来,它们是大狼狗!"他激动地说,最后一句几乎是喊出来的。"什么大狼狗啊! 医生不是一直叫你要好好休息,不要再胡思乱想吗?"妈妈把杯子洗了,倒了一杯水,拿了一粒药给他,用担心的眼神看着他,说:"吃药了。"

他把药吃了,想说我看到大狼狗了,却没说出口。他回到房里闷闷地躺了下来,望着天花板出神。

担　心

她很怕搭乘飞机,觉得危险,虽然两次搭乘都平安无事,她还是不放心。她告诉自己,万不得已,绝不搭乘飞机。

26 岁那年,经过一番心理挣扎,屈服于爱情的魔力,她嫁给了他,一个民航机长,32 岁。

从此每逢他值班,她总是担心。她曾要求他转行,他不肯。

没什么好担心的,不要胡思乱想。他说。

他的话说了等于没说。他的安危让她担心了 30 年——她 56 岁病逝。

他 60 岁退休,活到 89 岁。

花　事

花店女老板忙不过来,叫她的独生女到店里帮忙。

独生女坐在一张小桌前,是店里最美丽的一朵花。

他于是常常去买花。

他发觉,独生女把花递给他时,态度十分亲切,而那双清澈的眼睛,望着他时,像是在对他说话。

女老板对他的态度也很好,还叫他帅哥。

后来,他不买花了——女老板把花店和女儿都托付给了他。

邻　居

陈带着兴奋的心情搬进新家。公寓式组屋,宽敞,环境好,比旧家三房式组屋好多了。同一层楼还有三户人家,屋主看起来都是二三十岁的青年人。自己五十几了,比起他们来老多了。

老陈住进新家后却觉得不自在,一来是因为邻居们都是日夜大门紧闭,二来是因为他们的态度。他和他们一起搭乘电梯时、在公共走廊或公用垃圾槽碰面时,他们不是装成没看见,就是面无表情,或者嘴角勉强地动了动。他一向对别人友善热情,开始时总是主动跟他们打招呼,没想到都碰了一鼻子灰。以前在旧家,和左邻右舍的关系都不错,常有交谈,没想到这些新邻居,个个衣冠楚楚,看起来都是受过教育的人,态度却是如此。这之后,他再也不主动向邻居打招呼了。

一年后老陈隔壁的住户搬走了,新屋主是个中年人,友善热情,但不久新邻居就发现,邻居们都是日夜大门紧闭、态度冷漠,让他觉得很不自在。

榴　莲

他把电单车停在老家门口。母亲在厨房里点算榴莲,看到他,说:"回来了。"他点点头。"这两天榴莲掉得比较多。"母亲显得很高兴。榴莲是准备卖给小贩的,他也为母亲高兴,母亲没有能力赚钱,只能在榴莲季节靠屋后果园里几棵榴莲树挣一点钱。母亲指着墙角边几个小的、卖不了的榴莲,说:"要吃吗?"他说:"好。"他从小就喜欢吃榴莲。他蹲下来,掰开一个榴莲,只有两个果肉,黄色,一大一小,却都又香又甜。好满足。他用纸巾抹了抹手,把家用交给母亲,就去看父亲。

父亲住在海边一间小木屋里。父母亲长年合不来,分开住好几年了。父亲坐在小凳上,抽着烟斗,像是在发愁,看到他,脸上的愁容霎时不见了,微笑着叫他坐在另一张小凳上。谈话里,他知道父亲最近身体还好,放了心。父亲70岁了,他最操心的就是父亲的健康。他把家用交给父亲,到海滩走走。以前和父母同住时,他常来海滩,为了避开父母的争吵。

回到小屋时父亲已不在那里。他走回老家,骑上电单车回去,却看到父亲站在果园里,靠近路边。父亲示意他停下,然后从草丛里提起两个硕大的榴莲,很高兴地说:"我猜你今天会回来,昨天藏了两个榴莲,你拿回去和媳妇一起吃。""哦。"他很意外,把榴莲放进座位后的箱子里,突然觉得有些心酸。榴莲是父亲种的,却全由母亲收成。为了不和母亲起争执,父亲竟用这种办法让他有机会吃到自家上好的榴莲。骑上电单车后,他没有回头,怕父亲看到他眼里忍不住溢出的泪水。

蚂蚁事件

老平坐在屋檐下看书。早晨的阳光照在篱笆旁的芒果树上,把叶子照得绿油油的;庭院里的酸橙树、七里香、茉莉花、水梅,也都在阳光里显得生机勃勃。孙子起劲地骑着小脚踏车在庭院里转来转去,粉红的脸蛋上有些许汗水。

"阿公,你看!""什么事?""蚂蚁,很多蚂蚁!""不要去理它们。"老平翻到《为什么要素食?》这一章,一面看一面回答。噗!噗噗!噗!一阵声音传来。原来是孙子正用右脚用力在地上践踏着,脚踏车停放在一边。老平连忙起身。"嘿,你做什么?""我在踩蚂蚁!"果然有很多黑色的小蚂蚁正四处慌乱奔闯,走在前面没被扰乱的队伍,还沿着篱笆继续前进。

"不要踩,不要踩!它们又没咬你!"老平急忙把孙子拉开。许多蚂蚁的尸体,完整的、不完整的,众多不起眼的小黑点,散布在泥地上。老平站在一旁,默然不语。

孙子拉着阿公的手,仰头看他,有些奇怪,阿公很少这样静静地不说话。

鸟叫声

星期六上午,我来到湖边,在一张石椅上坐下,享受难得的宁静。

忽然背后传来一声鸟叫。我四处张望,四周静悄悄地一个人也没有,许多树静静立着。难道那不是手机发出的声音吗?我在办公室里听惯了的呀。

又传来了一声。我循着声音的方向看去,冷不防"唰"的一声从一棵树上飞出一只小黄鸟,朝树林的另一边飞去。

哦,真的是鸟叫声!

初 恋 故 事

公园里,月光如水。

女的问,我是你的初恋吗? 男的说是。

"你说谎!"

"没有。"

"你可是帅哥呀,30 岁才谈恋爱? 我不信。"她看着他,轻轻地捏了一下他的脸颊。

"我 24 岁就陷入爱河,不过我真的没骗你。"

"什么意思?"

"她并不知情,我每天在窗口看她,却又不敢主动去接近她。"

"哦,她一定是个大美人吧?"

男的掏出钱包,拿出一张照片,说:"你自己看吧。"

女的看了一眼,开心地笑着说:"哟,没想到你还真痴情呐。"

出 轨

对不起,亲爱的,不行啊!

是因为吃太多高血压的药吗?

应该不是。

(肯定不是,昨天在她那里还很行呢。)

可能太累了。

应该是。

没关系,改天吧,早点休息。

好。晚安。

等

　　她用力在他的嘴上亲了一下,才送他出门。进电梯前,他对她抱歉地笑了笑,为了今天得早些离开。她带上门,走进睡房,刚才一场云雨,此刻觉得有些慵懒。她靠在床头歇息,心里觉得有些空虚。她知道他趁午餐的时间来也是不得已,谁叫她是第三者。几个月了,她不希望一直这样偷偷摸摸,但是她忍着、耐心地等着,总有一天她要光明正大地把他占为己有——她从没这样喜欢过一个男人,她不想失去他。她到阳台上喝咖啡,打电话给他。他的手机响了,可是竟然按掉了。她有点气恼。梳妆好了,懑懑地开车回她的花店。

　　出了电梯,他匆匆开车前往餐馆。他约了妻子。进了餐馆,看到妻子已在一张餐桌旁等他,他快步走到她身旁,俯下身亲了亲她的脸颊才坐下。"你不是请半天假吗?还迟到!"妻子有些不高兴。"对不起啊宝贝,我们公司临时有事。"他连忙赔不是,然后从袋子里拿出礼物,双手奉上,笑着说:"送给我最亲爱的宝贝,生日快乐!"结婚三年,他从没忘记送她生日礼物。"好漂亮!"妻子看着礼物盒里银亮夺目的项链,开心地笑了。妻子是独生女、岳父的掌上明珠,是以后大笔遗产的继承人,哄她开心是最重要的。他口袋里的手机突然响了。取出一看,是她。犹豫了一下,他把电话按了。难道她来真的?绝对不行,等个一年半载,大家都腻了就拜拜了,我才没那么笨!"谁呀?"她问。"打错了。"他打开菜单,和妻子一起点菜。

作品赏析

　　《初恋故事》这篇闪小说是属于爱情题材的小说,主要通过一对情侣之间的对话讲述了这样一件事:女主人公问她的男朋友自己是不是他的初恋,当男朋友说是时,女生表示不信,直到男生拿出了钱包里的她的照片,她才明白原来男生的初恋就是自己。整个故事两百字都不到,却充满了甜蜜的气息,这是专属于爱情里打情骂俏的味道。结尾比较含蓄,却令人回味无穷。这将女生在谈恋爱中的多疑、吃醋及娇嗔都表现得淋漓尽致,仿佛眼前出现了两人对话的画面,浮现出了男女生的神态,并且感觉言犹在耳。因而这篇小说语言的画面感十足,读来富有生活气息,让人不禁莞尔一笑,感受到爱情的美妙。

《出轨》这篇闪小说主要讲述了男女之间出轨的事。故事中女生跟男生亲热,男生却行不了闺房之事,用累当作借口,假惺惺地拒绝了另一半,作者通过"昨天在她那里还很行呢"点明了这个男生背着自己的女朋友或者妻子出轨的事实。像出轨这种事情在生活中已经有些令人见怪不怪了,光是爆出的明星出轨的事件就不胜枚举,随之而来的是那些人好男人形象的颠覆。众所周知,出轨是一件不光彩的事。爱情讲究的是忠贞,在男女双方交往中出轨的背叛是可耻的。这伤害的不仅是自己的另一半,更可能伤害到朋友、亲人、任何爱自己的人,甚至让自己因为一时冲动而错过了好姑娘,让自己的名誉一败涂地。作者试图通过这个小故事表达对出轨者这种"伪君子"一本正经背叛自己心爱的人的厌恶、批评,也在提醒人们要珍惜眼下的幸福,怜取眼前人,切不可经不起诱惑而错过真爱,毕竟两个人在一起,除了爱情,还有责任和忠诚。

《等》这篇闪小说亦是出轨的话题,主要讲述了刚经过一番云雨后偷情者的行为举止和心理活动。小三希望找到真爱,在等着用耐心打败正房,自己取得最终的胜利。而男出轨者并没有打算跟小三真正在一起,只不过是与小三逢场作戏罢了,他心里所想的是用时间去消耗小三对他的爱,让她绝望到自暴自弃。这是一则非常有意思的故事,耐人寻味。标题"等"字是题眼,作者构思十分巧妙,文中的"等"的主语和宾语分别不同,可概括为小三等出轨者让自己名正言顺,出轨者老婆等出轨者过生日,出轨者等小三自动退出这场爱情游戏。其实三个人里妻子和小三都是动真情的,而出轨者对小三只是玩玩,对妻子只是觊觎岳父丰厚的遗产。细细读来,啼笑皆非的同时,不禁令人气恼不已,感慨这些现象在现实生活中不断上演的无可奈何。作者试图告诉我们出轨伤害的是爱自己的人,是要坚决抵制的。

辛白的闪小说主要是关注现实,篇幅都较短,但是人物形象个个饱满,结构清晰,设计巧妙,内容充实,画面感强,语言精练,缺一不可,令人叹服,值得赏析。

(黄玲红)

希尼尔

希尼尔,祖籍广东揭阳,1957 年出生于新加坡。现为新加坡作家协会荣誉会长、世界华文微型小说研究会副会长。曾获得新加坡文学奖(2008)、国家文化奖(2008)、东南亚文学奖(2009)、国际潮人文学奖(2014)及世界华文微型小说双年奖(2014、2016)等。著有诗集《绑架岁月》《轻信莫疑》,微型小说集《生命里难以承受的重》《认真面具》《青鸟架》等。编有《星空依然闪烁——新加坡闪小说选》。

榴 莲 的 滋 味

摇摇摆摆的早晨,一只黑鸟飞过昨日的天空,留下一阵绝望的叫声,他爬上了顶楼的阳台。一片狼藉,围栏很低。他该不该跳下去?

隐隐约约地一阵榴莲的味道飘了过来,不像是隔夜榴莲的遗味,与他身上的大麻味混搭得十分怪异。

榴莲香来自一个锌板搭成的小屋,一个老妇人,正在做榴莲糕粿——这像极了阿嬷生前的那种辛劳状。

她正忙着把一颗颗的种子从果肉里取出,然后收集在一个铝锅里,想必是累积了一定数量的果肉后,再搅拌成泥状,也许会加一些秘方的配料,然后……

"少年家,帮个忙,把这几颗榴莲籽给拨出来。"

他毫不犹豫地坐下,用心、用力地开榴莲。老妇人在另一边开始用模具烘起糕点来了。那香味四溢,与身上的汗臭味混合在一起。太阳的光线,从锌板屋顶反射到他那儿,他眯起了双眼。眼角有些湿润。刚才——刚才本来是要从阳台后跳下来,却碰上了这驼背老妇人。

"少年家，那边还有几粒，你就顺手……"

他的右腕留下了几处榴莲刺伤的血痕，是生活的注解，是痛楚中带着生命的自信与实在。他——不放弃了。

踢翻的椅子

因患上了糖尿病，她搬去与小儿子同住，以图个照料。不料住了两周，就有许多看不顺眼的地方。她忍住，闭了一只眼，不看就好像什么事儿都没发生。

闭不了的另一只眼则看到了家里东摆西放的家具，她总忍不住要把它们摆正。譬如在前些时候，儿子为了招待朋友，在宜家买了四张不同颜色的塑料椅子，随意在四处摆放着，有一张还被弄翻了。另一张则放置在厨房的后窗扉下，好像是被五岁的小孙子拖到那里，"眺望"爸爸是否回来了。

她严肃地训了儿子一回："椅子放在窗户下是很危险的，一不小心爬了上去……"

她一边洗碗筷，一边对儿媳也这么指责，她用力地擦拭着碗边的蛋黄。

"也不是什么特别严重的事，不过，椅子怎么可以随意打翻？"她把碗搁在一边，转身，就看到那晾衣的木架子。她停顿了一会，像是想起了些什么。

她想起童年的某天，在溪边洗衣后回家的路上，捡了两颗野鸡蛋，高高兴兴地奔回家，在推房门时，不小心踢翻了椅子，妈妈的脚悬空，梁上的白布下凸起的双眼是令人惊悚的。

地上被吓破的蛋黄凝固在蛋白间，时间静止着……

那是她无法厘清与了解的童年画面。

她把搁在木架子上的鱼缸给移走，小儿子也弄不清她是否对小宠物有怜悯之心。其实不然，她对小动物是有爱心的，前阵子，不是买了一对天竺鼠放在家中给小孙子玩？她——

她只不过是看不惯缸里那双凸起的金鱼眼。

欢愉的午餐

我们约好了在翡翠餐馆见面。

因赶时间,大家先随意点了几样点心加皮蛋粥。

丹尼的前任女友传了一张沙滩泳装照给他。"你存在/我深深的脑海里/我的梦里/我的心里。"对方说。他们藕断丝连地连接起来。赞。(虾饺与烧卖上来了。)

你担不担心食用油里掺了地沟油或动物饲料油?不怕。我只怕被人揩油。

有人传了一组 TOTO 的号码给史蒂芬,是由网上的分析软件选择出来的。现在是 49 个号码选 6 加 1。1400 万分之一,中不中看你的运气,这回是600 万。他们集资了 200 元,买一个缥缈的希望。(萝卜糕、炸春卷、凤爪都快齐了。)

他远在美国的黑人同学来到东南亚度假,第一站是新加坡。他说你们小小地方有四大种族,是哪四个?

他回了。上网 Google 一下不就 ok 了?——找不到?(不聪明。)他认真地想一想,不就是华族、马来族、印度族,还有,还有——(他也想不起来。)

(东西都快被扫空了。)

他们都起身了,付款。他们欢愉地在一起,各自吃了一顿轻便的共同午餐,还有——哗,远方的黑人同学又传来讯息。哈!I know,另一个是低头族。

转角荷包蛋

"阿公来了没?"

阿公正骑着一辆旧的脚踏车,赶到校园去。

阿泽在上课时段用手机,给老师扣留了。他来到学校"赎回不良物品",相信跟上回一样,要签一份"担保书"。

孩子的爸没空来学校"解释",听说是要到律师楼与孩子的妈签协议书。他老人家精神有点恍惚。新时代的夫妻不易当,婚姻难维持,有种种的人性诱惑,有层层的生活压力……

　　阿公顺便带了个饭盒,学校食堂里的伙食,一般只是达到吃得饱的程度。阿泽不喜欢,虽然他营养不良,十分瘦弱,何况,他下午还要上"屡测屡败"的数学补课。的确要多吃。

　　在校园的拐弯处,一辆校车冲了出来——

　　一辆深橙色的校车赶时间似的冲出路口,像一头美洲豹似的向阿公扑了过来。脚踏车被抛到路旁的九重葛树丛下,离"学生过路"的牌子约五米处,一个锈黑的脚车轮渐行渐远、渐弱。巨大的车轮下有一只鸡腿,粘有饭粒的余温,以及血红西红柿汁的惊悚。

　　原本搁在饭盒里的一个荷包蛋,横躺在白色的斑马线外,金黄色的蛋黄缓缓流出——如气喘的脑浆,涂地,流成一摊诀别的姿势。

　　阿公已到来,如此仓促。

快 乐 的 一 天

　　老师把每周课堂画作批改后分发给同学们。

　　"凯文画得最好。"老师称赞道,"他画的是以伦敦大桥为背景的父子河边观景图。"

　　最难得的是,他把桥墩在河上的倒影也细心地描绘出来。老师给了A+。

　　约瑟芬画的是滨海湾花园那绿色的园景及澄蓝的流水,颜色搭配柔和,多棵巨大的太阳能"超级树"中,母女的芳影就隐隐约约出现在空中步道上;以抽象(老师,什么是"抽象"?)的手法表达其线条之美,很有创意。老师给了A。

　　志强画了一家人在纽顿圈的熟食中心用餐的欢乐时光。那烧烤海鲜与沙爹肉串的烟雾(还有四周原有的雾霾)用色太深了,掩盖了重点。整体还ok。

　　"还有——秀琴你过来。"老师扣了一张习作,说道:

"你这张画得不真实——你看,色彩怎么全是灰色的?除了这病床后的窗口处的光线。"她得了 C-。

她的生命有太多的"减法",她早已学会无怨无悔地做好一件事。"减法"的人生总有回转处,那画中的妈妈,静卧在床多年的某个清晨,金色的阳光照在白色的床单上,妈妈第一次挺起身来喝一碗耐心的稀粥,是她快乐的一天。

失 物 待(代)领

我们在网站上开设了一个失物认领的平台,让网友、网民把自己遗失之物的信息挂上去,让各路网民提供线索、资料,再由网主确认。

失主可通过网站来认领,只需付若干的手续费。

网友可以把拾到、捡到的物品挂到此平台,失主前来认领,也可代领,只需付若干的服务费。

开张后,每天放在网站上的物件不计其数,无奇不有。

有人认领了儿时凹凸侠(咸蛋超人)的玩具,有信徒收到了一坛密封的佛祖"五色光环"。一位父亲要认领他的儿子,听说是当年他的女友打胎不成"遗留"下来的。

有失恋者把一朵干枯的玫瑰花放了上去,想退回给去年情人节时送花的前男友。

有人把半截尾指的图样展示在上面,自称是"拼命三狼",要那走投无路的华仔欠债还钱,别逼得他不够义气,他的 D. E. L.(地下钱庄)是有行规的。

有高中的女生,想要找回她的贞操。

老爸已交代,要上帝把他认领。在病床等待了两年,对方一直没空过来。我把自己那潜伏多年、从良性转为恶性的脑瘤史挂上网,没有医生敢认领此"病状",只好等待上帝把我们一起带走。

就在半懂半懂之间 SMS 给老妈

Q1

S(Son/儿子)：

我们的课本在 shan(删/伤/丧)减，

人家的课本在 cuan(窜/创/篡)改，

有什么差别？

M (Mother/老妈)：

倭怯沂祁礼徂钚殁胸蚨

史历丕芏义祜伪忖对愧

篦粢棣屙廉犮牿嘎遘橦

嘞醚摞缇耻粝匒髯赟檗

S：

我读的 Higher Chinese，都没有教到这么 High，看不懂啊！

M：

第二部分的看法在第二行里找；至于第一部分的想法，删/伤/丧多少无所谓，只要懂得礼义廉耻就 ok 了。你懂吗？

Q2，

S：

（转移话题。）

开赌场好不好？

M：

人手田米布一衣火水亡

牛羊心工日本刀月山川

猪狗友长买万字风见鸡

破灭天呀高利还作乱家

S：

妈，这些我都懂。很简单，不就是"一本万利"？

M：

再向四周看看……

S:

啊,家破人亡!

计　较

　　安德鲁自从打假期工回来之后,凡事总斤斤计较,对钱的观念有所改变,这也许跟在学院里上了近代经济学,受到老师的影响有关系。

　　前一阵子,他的老妈到医院动了个小手术,留院观察三天后,让他安排出院。真他妈的,他竟然留了纸条,要酬劳:

　　来回接送,＄80;安排家里清洁服务费,＄60(20％折扣);洗衣、熨衣费,＄40。

　　我也回了张字条:

　　早餐,0元;晚餐,0元;学费,0元(扣除政府津贴);做牛做马费,0元;牵挂,免计(17年);一身病痛、吃安眠药、三高药丸费,自找,只能自理;其他,请用良心牌计算机算一算。

　　安德鲁没有算出来。隔天他买了一罐某牌子的天然螺旋蓝藻精片给我,留了字条说是同学的爸吃了这种保健品,精神很好,不妨一试。费用:＄0。

　　还有,字条也加了一小行注解:多照顾身体,才会长命百岁。不然,欠您的,怎么还得完?

🌴作品赏析

　　《就在半懂半懂之间 SMS 给老妈》通过母子间互发简讯展示了当下青少年华文教育的缺失。孩子向母亲提的几个问题,都是关于汉语基础练习的,可见孩子是带着问题意识在学习。面对孩子的提问,母亲机智地用类似猜谜语的方式,让孩子自己从一堆汉字中找出答案。然而,孩子并没有如母亲所愿自主找出正解,反而因为母亲给出的复杂汉字谜题而感到费神,想办法转移话题,并抱怨母亲教的比学校的学习还难。面对华文教育的缺失,华族传统文化的继承困境,希尼尔感到现实问题的严峻。他在小说中透过母亲的话语表述了自己的观点:教育当局篡改教材实在愧对历史;无论怎样删减华语教材内容,作为中华儿女都要铭记礼义廉耻;最后更是发人深省地提出如果照此趋势,新的一代在丧失民族根基的同时,将家破人亡。这绝非危言耸听,而是希尼尔对华文教育陷落而敲响的警世钟。

《计较》讲述了安德鲁在打完假期工后,回到家里无论做什么事情都和父母计算报酬,面对儿子的变化,母亲也认真地同儿子算了一笔养育的账本,并告诫儿子用"用良心牌计算机"算出答案。故事结尾,安德鲁知错就改,不仅不再向父母索要家务酬劳,而且买保健品孝敬母亲,祝愿母亲长命百岁,表示自己想一辈子用自己的孝顺来偿还这笔巨额的亲情债。安德鲁的变化原因有两个:一是学院的教授近代经济学,受到老师关于经济计算的影响;二是社会假期工的授课,受到劳工报酬计算的影响。这两门课带给安德鲁对于钱财观念的变化,他认为一切都可以计价,所以回到家中竟然向母亲讨要他在母亲生病住院期间代替母亲做家务的酬劳。他忘记了亲情无价,差一点丢失了自己的良心,幸好在母亲教育下他拾回了孝心。希尼尔通过这篇小说,对不良的校园教育和带有误导性的社会教育给青少年价值观构造所造成的严重伤害表示了深深的忧虑。

鲁迅曾高呼"救救孩子",因为孩子是未来的希望,是充满可能性和无限潜能的建设者。希尼尔同鲁迅一样关怀着民族的接班人,但是他看到的不是新鲜的血液和无限的希望,而是不懂传统文化的、淡忘历史的、崇尚西化的无知少年。希尼尔深刻认识到新加坡华人在社会飞速发展的过程中,人性、历史、文化被连根拔起。他的小说无论是批判,是讽刺,还是温情地循循善诱,其实都是于精神迷惘中不断努力探索寻找遗失的华族之根的种种尝试之举。

(岳寒飞)

董农政

董农政,男,1958 年出生,祖籍福建福州。现为中天文化学会顾问、新加坡作家协会受邀理事、五月诗社会员。曾任新加坡《南洋商报》《联合晚报》副刊编辑,为晚报文艺版《晚风》《文艺》创刊主编。著有诗集、微型小说与散文合集、微型小说集等,最新著作为摄影诗集《两漾》。

开 演 前

"不知道我国的两只熊猫,能不能适应这里的环境气候?"左边的嘉嘉说。

我还没来得及张口……

右边的凯凯说:"应该有点难度,单单两只猫熊爱吃的窝窝头,就成问题。"

"放心啦!连两只熊猫……哦……猫熊的异族培育员,都在努力学习华语,以便更好地与它俩沟通,何况我们的河川生态园……"

"看事情不能这么简单……"左边和右边的两位新移民同时说。

电影院灯光暗了下来,英语猛片《Ted》(中文片名是《泰迪熊》)4D 版开演了。

"我们看戏吧!"坐在中间的我把身子板直。

不 能 逃

"这次水患太严重了,都快淹到膝盖了,再不走就走不了了,我们今晚就撤到后山,只是舍不得你们,尤其舍不得你……"

钟奕不舍地转身。

脚下满是水的茫茫里,响起:"为什么不把圈门打开? 为什么不让我们一起逃?"

钟奕的转姿疑惑地僵在半途:"你,你会讲话? 喔! 我太放不下你们了,你怎可能会说话? 这水灾真让我们疯掉。老板都已经疯掉,他说不能开圈门让你们逃,他说万一明天灾情缓解了,你们就可以上市,市价正涨呢!"

"是呀! 是我在说话,从灾情开始的第一天,我就一直在说话,只是没人听。"

"谁让我是论斤叫价的被圈养的——

"一只猪。"

小 孩 是 我

"我梦到一个英俊潇洒的男子,在河边拉着我的手,一边走一边说话,从河的这边走到河的那边,再从河的那边走到河的这边,一直说话,一直说话。说着说着,男子不知道什么时候,就变老了,我还是轻轻地拉着他的手。突然,河边出现一只大鳄鱼,张口把男子咬了,拉进河里,消失不见。我笑着,也流下泪水。我发现我拉他手的右手,不见了,只剩下衣袖。我笑着流泪,原来河水都是我的泪水流成的。

"爸爸在背后叫我,我笑着转回头,看到妈妈在更远的后面,身边拉着一个小孩。爸爸微笑着要我走向他,我不肯。爸爸的微笑就变成大笑,一定要我走向他,我还是不肯。爸爸的笑声更大了,但是掩盖不了在更远后面妈妈的哭声。爸爸和妈妈的笑声与哭声,变成钟声,来自更远更远的一间寺庙里。跟着爸爸妈妈不见了,留下妈妈身边的小孩,待着。小孩就是我,却是男的。"

女生平时是不讲这故事的,与她提及这故事,她会一点印象也没有,好像故事是别人的。但只要一失恋,故事就自然溜到嘴边。而奇怪的是,这女生常常失恋。

米

七级大地震。这辈子难忘呀！很多古迹颓塌了，很多家庭坍塌了。我这村里，就我家死里逃生，没塌。菩萨保佑呀！菩萨保佑呀！

外地来了很多支援，帮忙救人，也送了很多物资。其中有一个团体，不送别的，专送米。真是感恩呀！菩萨保佑呀！

大半年过去了。

国际救援组织说，要提供我们一年的资助，包括提供我们一年的米。

菩萨呀！我得给这个专送米的组织写信，让他们可怜可怜我，我已经半年没做生意了，我的货已长虫了。菩萨呀！我家是卖米的，菩萨保佑呀！

针

"这是中医师给的 MC，我要请一天假。"他回到公司，向老板的秘书报告。

"你怎么不去看西医？老板会问的咧！"

他已经转身，正要离去，秘书的话，响在脑后。不必回应了。

"喂喂！你知道吗？有人在老板那里给你打针，你自己保重。"一个同事向他八卦了。

"是吗？谁这么无聊？"

"喏！正从你后面走过。"

他感受到一阵香水从脑后飘过。不必看了。

"你落枕了，专注看前方就好，往后看嘛——不要太勉强，这样的状况会维持几天，我给你针一下，明天再来针一下，后天就能好。"

他玩着办公室里的回形针，想着这东西怎么都拗得如此伏贴……

大　美

怎么会是这样？闪烁婚戒上的永远的爱，一年前保留至今甜蜜的"我喜欢你"短信。刚刚喝醉回家的他却在熏天酒气里宣示："小诗，我爱你，小诗……"

短信是我们发酒疯时用他的手机乱发的。他的好友在她近乎拷问下得意地说出真相。

当她思考当初对短信的感动与冲动，心渊不由自主颤动动动动……

刘姥姥知道大观园大，还是被大观园的大给大呆了。

她，大美，学会做麦当劳的大早餐，给他当晚餐。

她在早上努力保持她的大，也要求他维持他的大。

时光毫不留情，飞逝于一室一床间……

创意人的竹

一张长满翠绿竹子向天欢语的大照片，摆在几个创意人眼前。

奇：顶部的竹子占满了天空，用电脑修一修，加几道天光撒下，有上帝的味道。嗯！好！

谋：我倒觉得将根部模糊，用电脑造些缭绕的云雾，有仙的降落感。哟！好！

精说：中间开一条路，有世外桃源的开阔。哗！好！

悍说：去上下留中间，制造一百八十度的辽阔，坐拥天下。哈！好！

有一个人说：要不要问问照片的意思？

……照片可以有意思的咩！我们是创意人呐！你真是本末倒置。

冷气机吹来的冷风轻轻掀动照片，又静了下来……

草丛深处

小东慌慌张张地在靠近快速公路旁的草丛里窜。

一只老灰狗悠闲地趴在一棵树下："什么事这样慌张？"

"我，我，我从家里逃出来，迷路了，回不去。"

老灰狗悠闲地趴在树下："既然是家，为什么要逃出来？既然逃出来了，为什么要回去？"

小东空得很的胃发出咕咕咕的声响，对老灰狗的发问只能慌张以对。

"你饿了，让我带你回家吧！"老灰狗起身向草丛深处走去。

小东犹疑的脚步微颤："……我的笼子在哪里？"

失　联

他愣在热腾腾的餐桌边。十年，十年了，十年来的每一餐，他都吃得那么幸福。她的厨艺不只好，还有许多爱心佐料，每一粒饭都那么丰满，那么怒放。

今天，这一顿，却萎缩，却枯槁了。

"我对你已没有感觉了。"做完一桌精彩的她，连斜眼也不看他地对他说了这句话。

"怎么回事？"

"我发现我爱的是我的工作。"

"你是怎么回事？"总裁在桌边拍打着电脑键盘，"有这样写计划书的吗？"

"这计划书和以往的完全不一样，"她在桌边说着十年来从不说的话，"全照您的意思……"

"我的意思？我们搞的是创意，你的创意去了哪？"

自从上个月换了总裁后，她以往丰满怒放的创意，就被全盘否定。

看着电脑。整整十个计划书在窗口闪烁。她倒出两颗镇静剂，医生说可以抑制恋爱后遗症。

她搬到客房,电视还不愿意关掉MH370失联的猜测。

失　速

跑道上,我以一公里五分钟的速度跑着。

一群师傅从不知哪里的道上,闪了出来。估计不出他们的速度,只觉得很快。我想跟上,却慢慢被抛远。一下子,不见了他们的脚跟。我二十八。一只翠鸟纳闷地掠过。

"师傅您好!"一对俊男美女,从不知哪里的道上闪了出来。我挥挥手回应。我也跟不上他们,瞄了眼腕上的万能计时表,惊觉我的速度已变成一公里十分钟。我五十八。

跑着,前方莫名地传来喧闹。"添仁,今天要鸡腿,还是鸡胸?"

我愣住。我停住。没有速度。

作品赏析

《失联》用三个片段将人至中年的主人公爱情上的失败、工作上的不得志与毫无方向的迷失联系在一起,呈现出了这位中年妇女的失意人生。十年美满幸福的爱情生活渐渐趋于平淡,没有了最初的激情,于是她将生活重心转向工作,相比于老公,她说她更爱工作。然而,面对严格的上司,应付不过来的她甚至要靠镇静剂来勉强支撑。第三个片段,董农政仅用一句话便将小说的主旨深刻地阐释了出来,新闻中失联的飞机此时一定是迷茫而又无助的,正如小说的主人公一般,面对不如意的生活就仿佛置身于迷雾森林一般,前进,找不到正确的方向;后退,也早已看不清来时的路,只能呆立在原地,茫然不知所措。然而即使这样,她也依旧关心着飞机的失联,关心着同胞是否已经联系上祖国母亲。董农政生活在异国他乡,接受着不同环境文化的熏陶,但始终没有忘记自己的根,这根深深地扎在心底,越是在生活困苦,难以支撑的时候,根越是扎得心疼。董农政的"失联"既是在生活压力中迷失的人生,也是身处异国他乡,漂泊无依的人与祖国的遥望。

《失速》以不同年纪时跑步被不同人群超越暗示出了人这一生的轨迹。我们一同向着终点进发，年轻时我们奋力地奔跑，但那些年纪稍长的老师傅所达到的成绩与高度却是我们无法企及的。等"我"到了老师傅们的年纪，却又反过来被年轻人超过，才惊觉我已由当年一公里五分钟的速度变为了一公里十分钟，我终于老了，所谓长江后浪推前浪，已年近六十的我再也追不上年轻人的步伐。于是到了这个年纪，被动也好主动也罢，我们要么停住脚步享受人生，要么也只好原地踏步。董农政认为每一个人都是由生至死享受着相同的轨迹，而这个轨迹大抵就是不断地超越与被超越。年轻时我们不断地超越别人，然后又被新生命力超越，甚至被"后浪"拍死在沙滩上，我们虽然没有了速度，但一代又一代的超越与传承是不会停止的。董农政将我们的一生比作一场马拉松，起跑、加速、坚持、到达终点是我们每个人都会经历的阶段，当我们真的停住脚步的那一刻，也正是我们顿悟人生的时候。这短短的两百字中不仅有对时间流逝的感慨，突然意识到自己的速度正在慢慢丢失后的怅然若失，同时也表达出了竞争的残酷与激烈。上帝把我们放到了同一跑道上，给了我们学习和升华自己的本能，使得我们都在向终点前进。但在此过程中不会有尊老爱幼，不会有齐头并进，有的是优胜劣汰和残酷的排位，年少没有准确的目标，只是为了跑步而向前，没有能力选对方法必将经历着无数次被不同年龄段的人超越，而这每一次的超越都是对你心态的冲击和点化。这些是上天给予我们的恩赐，若是如此还不能燃起你的斗志，必将是对被超越的无所谓。这种波澜不惊的心态在某一天，你终于发现逆水行舟，不进则退之时，你所拥有的机会便只有停步了。作者简单的几组对照，却突出了人至中年时目标与方向的重要性。

董农政对生活的艰难与生命的自然状态有着十分深刻的理解，他的小说在描述人生百态的同时总能带给读者瞬间的顿悟，通过精简的文字展现着人生不同时期的彷徨与感悟，一醒一梦间便是整个人生。

（赵　洁）

蔡家梁

蔡家梁，1969 年出生，祖籍广东潮汕，笔名学枫。新加坡南洋理工大学会计系毕业，获荣誉学位，2014 年毕业于芝加哥大学高等商业管理专业，获得最高荣誉硕士。2010 年末他在新加坡推动闪小说文体，是新加坡主要的闪小说推手。他曾在 1991 年获新加坡金狮奖散文组第一名，2011 年获得金笔奖第二名，2013 年获得黔台杯优秀奖，2014 年获得"德孝廉"小小说优秀奖。著有散文集《摘心罗汉》(1997)，主编了新加坡的第一本闪小说选集《星空依然闪烁》，参与编辑《新华文学》半年刊，现任新加坡作家协会副会长。

大扫除

除夕，我从国外匆匆赶回家。进门，焕然一新。

妻迎面笑道："回来了！"

"阳台的脚踏车去哪里了？"我问。

"新春大扫除，丢了，那是儿子三岁时候的！"

"橱柜里的烟斗去了哪里？"

"也丢了，你爸生前用的，没人抽烟了！"

"书橱少了这么多书？"

"卖了，卖给收旧货的。《儿童乐园》《小流氓》《龙虎门》《注音符号字典》，几十年你都没动过了。"

"妈呢？"

"送了！昨天，送去养老院了。"

痛

上个月,我病了,到楼下新开的诊所去。原来,诊所医生是阿茂,阿茂是我儿时邻居。

当年,有一次,他在我家玩,玩我唯有的宝贝咸蛋超人,把脚给拗断了。我,号啕,嘶喊,要他赔;他,拔腿,从此无踪影。

结果医生量,听,看,加上寒暄,还配了一大堆药。

我把药吃得清光,还是很不舒服,再回去。

阿茂说:"你怎么了? 没有烧,没有咳,肺清,血压正常。"

"阿茂,我还是很痛。"

"哪里痛?"

"幼小的心灵还在痛,咸蛋超人断脚的痛。"

溜

每个晚上,女佣都会带我出去散步。

美其言带我去散步,实际上是在和邻里的同道们相聚。而我,每每都是百无聊赖地度过了那几个小时。后来,她有了一个新朋友,我认识了美丽妩媚的璐丝。

哪知道,主人出差去一段时日,女佣就没有再带我去散步了。

一晚,看见旁门虚掩,我溜了出去。

女佣溜去会男友,我也溜去找璐丝,我们是一对狗男女。

毛笔字

爸爸生前写着一手好毛笔字,所以向来要我学习书法。

在我的时代学校就不再写毛笔字了,我开始学书法是在 34 岁。

对毛笔字的认识，始终是：父亲在夜里，打开一张可以折叠的长方形小桌子，嘴里叼着香烟，正襟危坐地挪着毛笔，写着一个个楷书字。有时候，是亲友请父亲代劳，写着一张张的喜帖；有时候，是中元节的告示，爸爸写在一张大大的红纸上。

昨天，爸爸大大的手掌包裹着孩子小小的手，强有力的大手使着笔锋上下着移动，我感觉到父亲手掌心的温度，我感觉到父亲贴近的身体接触，我感觉到在我脑后父亲均匀平稳的呼吸，毛笔的墨汁在九宫格上晕开来，晕出了一个"父"字。忽然间我的泪水滴在纸上，"父"字模糊了起来。

儿子回过头对着我说："爸爸，为什么你哭了？你教我写毛笔字很辛苦吗？"

窗 外 的 世 界

我在课室里，肃穆的气氛让我感到窒息，只因为我答应了我怕输的妈妈，我得代表学校来参加什么全国小学现场创作比赛。

此刻的这场比赛，我选择了第三题"窗外的世界"。

其实，我的世界里没有什么窗外，窗外仿佛是虚无缥缈的。

我每天上课都在课室里埋头，放学后总是匆匆忙忙地补课、钢琴、剑道、比赛云云。时间总是排得满满的，妈妈说，那是对我好。

我课室窗外不远处的那个购物中心，虽然离得很近，却始终是那么遥远。

我房间窗外眺望到的戏院，始终是存在在我的期待中。

不过，今天比赛的现场，窗外来了无数双眼睛，听说他们是议员、嘉宾和评审团。我发现他们就是我的世界，严肃、竞争、压力……

窗外的人，永远不明白我窗外的世界。

狐 狸 和 酸 葡 萄

一天，狐狸发现了一棵葡萄树，树上结满累累果实。狐狸垂涎，立即伸手去摘。结果树太高,费尽力气累得汗流浃背,只抓下几片叶子。这时,树上来了一只猴子,笑嘻嘻地看着狐狸,摘了一颗颗葡萄往嘴里送! 然后强颜说道:"哇,这葡萄好甜呦!"

垂头丧气的狐狸,闷闷不乐地回家了。心里是酸酸的。

其实,猴子的嘴里也是酸酸的,因为葡萄还没有熟。

聚 会 物 语

少年,联考后,聚会。烤肉会上,同学们点算,再多少个日子后就毕业。

成年,婚礼上,聚首。干杯间中,同学们点算,还有多少同窗仍未成家。

中年,校友会,重逢。酒宴席上,同学们点算,你我他各有多少个孩子。

老年,丧礼上,相见。哀悼之中,同学们点算,还有多少位友人尚健在。

四 岁 的 爱

大人总是喜欢问我:"你爱爸爸还是妈妈?"

我总是腼腆地说:"爸爸、妈妈两个都爱。"

然后和爸爸单独一起的时候,我说:"爸爸。"

然后和妈妈单独一起的时候,我说:"妈妈。"

其实,我两个都不爱。

四岁的我不明白爱。

因为我不明白为什么爸爸会爱阿姨、妈妈会爱叔叔。

椅 子

每个加班的晚上,太太总是来接我,我的那宝贝儿子也跟着来。每一回儿子来到,总是吵着要到我办公室。每一次到我办公室,儿子总爱爬上我那张椅子坐一坐,旋一旋。

"儿子呀儿子,你爸爸的椅子不好坐,摇摇晃晃的,容易跌倒。"

"爸爸,不会的,你的椅子很舒服,比幼稚园的椅子好坐。"

我心忖,孩子是不会明白的,上司的压力不停地往我肩上扣。

幼稚园假期,儿子在家一个月。一天,他跑到我面前,说道:

"爸爸,我很久没有去你办公室了,我想坐你的椅子。"

"儿子呀儿子,你爸爸的椅子没得坐了。"

深夜,三户女人

A 座 01 户

夜深了,女人挨近了床铺,弓身,为幼龄的男子拉下裤子,抬起两只小腿,把臀部抬起,以尿布小心地裹上。儿子继续在酣香的梦里,打鼾呼呼。

B 座 02 户

夜深了,女人挨近了床铺,弓身,为中年的男子拉下裤子,张开两只大腿,把臀部抓紧,以埋头努力地吮舔。丈夫乍醒于酣香的梦里,激昂呼吟。

C 座 03 户

夜深了,女人挨近了床铺,弓身,为老年的男子拉下裤子,挪开两只瘦肢,把臀部垫起,以尿布粗犷地换上。家翁迷糊于病缠的梦魇,悲凄呻吟。

作品赏析

《四岁的爱》讲的是四岁的"我"不明白爸爸妈妈口中所谓的"爱"。言简意赅,寥寥数语,离婚对孩子的伤害跃然纸上。孩子对爱的理解来源于对至亲之人相处模式的理解:爸爸会永远爱妈妈,就像爸爸妈妈会永远爱我一样。当有一天孩子的逻辑被打破,不仅是对爱理解的困惑,更多的是情感上的挫败感。成人世界对爱有各式各样的理解,也可以有一万种理由打破常规追求真爱,却忽略了对孩子心灵上的伤害。

《椅子》讲的是爸爸和儿子对办公室椅子的不同理解:于爸爸,椅子承载着工作的压力，于儿子是有趣的玩具。最好的场景对话来源于生活而又引人深思，在成人世界看来，更多的是与职位高低、工作压力等联系到一起，而孩子的世界只关注椅子本身好不好玩、舒不舒服。横看成岭侧成峰，年龄、阅历、身份的不同造成对同一事物认知的不同，也就形成了成人思考与孩童眼光的巨大落差。特别是最后一句"儿子呀儿子，你爸爸的椅子没得坐了"，爸爸失业的苦楚和无奈儿子又怎会理解？

《深夜，三户女人》简单细致地描绘了女人的三个身份：子女，妻子，母亲。小说描绘了夜深三户女人照顾男人的场景，相似的动作却针对不同身份的男人，分别是母亲照顾儿子、妻子体贴丈夫、女儿照料父亲，概括而典型地体现了平凡女性在平淡生活中所承担的巨大责任。女性厚重伟大的形象透过三个简单场景深入人心，每个男人一生中都离不开这些伟大的女性，也都应该发自内心地对这些女性表示深深的感谢和敬意！

蔡家梁的闪小说善于抓住生活中的某一细节进行简洁有力的刻画，通过寥寥数语勾勒出日常生活中再普通不过的某个生活场景，作者不发一词，但读者却在阅读的过程中挖掘到"普通"表象背后的深刻。

（严　青）

周德成

周德成，1973 年生于新加坡，祖籍广东梅县。2014 年新加坡文学奖得主（诗歌），目前为英国剑桥大学博士生。新加坡作家协会受邀理事、新加坡书法家协会评议员、五月诗社副会长。著有图文诗集《你和我的故事》，也进行小说和散文创作。2015 年组诗《五种孤独与静默》被改编成动画短片，在院线公映。

"你好吗?"简讯 8 则

这日无聊，我突然想发简讯，第一则传给我父亲，可惜在我 8 岁他去世时手机还不流行。

第 2、3 则想传给童年时的猫咪和金鱼，不过一个土葬一个水葬，地道水中皆收讯不佳，传讯错误。

第 4 及第 5 则要传给小王子和快乐王子，可是我没他们的星际和古代国际域号。

第 6 则想传给我远在台湾的远距恋女友，但电信公司烂透了，国际服务失灵，简讯只能存在心灵的 Draft 信箱中，传不出去。

最后两则是传给 18 岁和未来的自己，传出去了，竟是"Message Error"——自己是不能传给自己的。"你好吗?"突然在 8 秒后，我收到未来自己的回讯。

下半生

子曰:"吾十有五而志于学,三十而立,四十而不惑,五十而知天命,六十而耳顺,七十而从心所欲,不逾矩。"

40 真的不惑吗？患近视多年,除了在躺下睡觉前,都不摘下眼镜。这天,在镜子前把眼镜取下,竟看不清楚自己沧桑的脸,只看见眼前的现实,远方的梦想却越来越模糊。

50 岁那年,重看多年不读的《论语》,戴上了老花眼镜,否则会看不清现实——这是命。

60 那年开始耳背,什么——什么耳顺？耳不听为静。

70 岁那年倒真的躺下了,永远躺下,摘下眼镜,放下肉身,看不见也听不到。在三长两短的棺材里,无所谓清不清楚,灵魂上天入地都不会知道。你要烧一副隐形眼镜给我吗？

近代史

算一算已近两百年,莱佛士铜像立于钟楼前,回英国的夙愿一直未能达成。

郑和约了爱治史的司马迁来狮城,前淡马锡岛主、马六甲苏丹一世也依约游至"榴莲壳"。司马迁打算治南洋史,第一次与二魂晤面。

"Siapa nama Kamu?""尊驾如何称呼？"

" Sang Nila Utama.""山尼拉乌他马。"

"Parameswara.""拜里迷苏剌。"

"What's your name?"

"……"

通晓多种南岛语的郑和忙着翻译。聊着聊着,但感沧海桑田,司马迁对着郑和叹:"人生有时真没有立足点。"

"那是你们没根。"口沫横飞的鱼尾狮一时失言道。

"你不也没腿。"郑和反讥。

原来鱼尾狮的愿望和美人鱼一样,是有人的双腿。而人,却想入水能游。

"至少你有尾巴能游。"从不言语的莱佛士突然开口。

"我尾巴也只不过是人类的美好想象。"

"但至少你能吐苦水呀。"太史公正色道。

斜目榴莲壳,正见"滨海艺术中心"斗大字眼。郑和恍然听见对面剧院钟楼,传来十二下断续钟声。倏地,太史公竟若李白酒鬼般上身,自此旧殖民地风的维多利亚剧院窜然飘出,口吐剧末台词,曰:

抽刀断水水更流,举杯销愁愁更愁。

众人相视而笑,追忆剧情说山尼拉乌他马初登岛曾见一狮子,故命其"狮城",唯身旁山尼拉乌他马则自谓毫无印象。一时梦幻泡影,刹那蓝月下,主角山尼拉乌他马与祥兽"狮",幻化为眼前无语的鱼尾狮像。

临别前,拜里迷苏剌问莱佛士:"Di-mana awak tinggal?"(马来语:你住哪?)

新旧剧院内外两两相对,舞榭歌台,故人流水,一切皆付谈笑中。

弃婴与堕胎事件

为了赢得天下,只好放弃孩子。
心中的孩子。
女人镜前告诉自己。
政客麦前秘而不宣。

再重逢

再见到你时,你一点都没变,对我还温柔微笑着,这个微笑至死我都记得。头发造型那么帅气,而衬衫长裤那么笔挺。

气氛很好,室内轻轻播着我们喜欢的音乐。周围很多人,有的在吃东西,有的在聊天,还好都很安静。我想和你聊聊天,你的眼神仍是那么温柔,但我们彼此不发一言。

我去结了账,以前你都不让我结账,这算是我尽的最后一点心意。临走前,我回头看了你一眼,最后一眼,我狠下决心。

重新出发,里面传来的《恰似你的温柔》已换成重新编曲的《情人的眼泪》,歌词在我心中盘旋不去。你的遗照在灵堂正中央,目送我离去。

传 承 情 意 结

没想到走着走着,人生道路总要不时停下、回顾。

夏禹的鞋带松脱了。他弯下腰,心始终有股说不出的郁结。在把鞋带重新系上的十秒内,故事和记忆都结束了。

"要我帮你吗?"原本体型高大的爷爷弯着腰说。

"不用,我会。"孙子喃喃道。

爷爷的笑容仿佛还和从前一样,但又似有些说不出的不同,好像……多了分幼稚无邪。夏禹天真回过头,笑笑看着他。两人陶醉在彼此的相视而笑,依稀忘了什么。此刻的他早已忘了,当年正是爷爷教年幼的他,如何系上鞋带的。

风吹得脸有点痒,好像还有点湿。当年这样的天气洗白布鞋真不易干。也可能会暴雨积水成灾,爷爷就不用带孙儿上学。

不过,爷爷颟顸亦早在去世前的十年,忘了曾教过一手带大的孙儿,如何系上鞋带。

四月的风和脸好像有点湿,眼有些痒。

下雨了,牵着孙儿手的夏禹,皮鞋踩着风干的记忆。

器 官 事 件

据我祖父描述,我曾祖犯科无数,大胆狂徒一名,一次差点被送上电椅,临刑前也未娶妻生子。

后遇国丧,全国大赦,曾祖死里逃生,惊魂未定,马上动手术割除胆脏。后他处事处处小心,结果却一再展延婚期。

还好,22世纪新法令通过:凶徒、前凶徒一概去胆脏,未婚者则装3D打印人造胆,费用政府全包。

真是英明国策,于是我能在此和你说话。

亡　目

最近电脑用太多了,我一直肩痛,好像背负着千斤重,是生活的担子吗?

后来,是四马路观音庙前瞎眼的算命先生告诉我,我十年前堕胎儿子的亡魂一直骑在我肩上。

我骑在他肩上,不肯放过他。儿子骑在父亲肩上天经地义。

他已忘了,一百年前,我是他母亲,那世他阴魂不散地骑在我肩上。

今天我吵着要走,我要离开牛车水,父亲叹了一口气,说随你。这一世我来做他儿子,我要他这辈子辛苦照顾我这个目盲的儿子。

叮

是微波炉吗?门关上,推进去,三分钟,叮一声,在滚烫的液体中,面熟了。

门关上,电梯中,三十秒,困着两个面熟的陌生人,叮一声,送你一程,目的地到了。

叮一声,原来是错觉,不是微波炉或电梯,你被推进去,棺木要经过烈火的煎熬。你到了,我目送,你踩着微波而去,熟人从此陌生。

冲

说好公平竞争。时间不多。

我们一直向前奔去。

我们的关系不知怎说,也算是种另类的情敌。我们应可以成为好兄弟,亲若双生。

但命运令我们变成不是你死就是我亡的宿敌关系。

忘了告诉大家,这次是我们的毕业考。

我以猎豹的英姿冲向前。

这次最后毕业的只有我。哇的一声我哭了出来,护士拍了一下我羞涩的臀部。

作品赏析

《叮》讲述了"我"与即将离世火化的友人遗体告别的简单故事。全文篇幅很短,仅仅四小段,"叮"是日常生活中电器发出的表示完成了作业的提示音。"我"听到了"叮"的一声,以为是微波炉热好面的声音,又觉得是电梯到达目的地的提醒。然而这一切都仅仅是"我"的幻想,"不是微波炉或电梯,你被推进去,棺木要经过烈火的煎熬。你到了,我目送,你踩着微波而去,熟人从此陌生"。结局出人意料,没有眼泪,没有悲伤的描写,两个发呆中的幻想情景,却细致刻画出了"我"与友人天人永隔时刻的恍惚与不舍。平淡简短的文字回头再看,却令人揪心不已。或许是友人离世的过于突然,"我"还根本难以接受,告别遗体的过程中脑海中"叮"的声音让我觉得还只是生活中的普通情节,回过神来,朋友的棺木却已经被推入烈火,这声"叮"却又是洪钟一般响亮,敲醒了我明白了我与友人的情谊也随着友人的逝去而画上了终止符。

《冲》与上文的《叮》所描述的死别不同,讲述了一个新生的故事。故事以第一人称的视角带入其中,以"我"的叙述道出就里。紧扣"冲"的主题,说明了时间不多。"我"对"我们"的关系展开了思索……为何从亲若双生变成了你死我亡的宿敌。"我"直接与读者对话,"这次是我们的毕业考"。"我"向前冲去,最后却只有"我"到达了终点。全文都弥漫着紧张的情绪,直到读到最后一句,读者才恍然大悟。"哇的一声我哭了出来,护士拍了一下我羞涩的臀部",原来并不是真正的赛跑冲刺,而是新生儿从母亲子宫中跑向外在世界的冲刺。

两篇闪小说虽是各自讲述了生与死的不同故事，但是写作手法和表达技巧却是相似的。作者都是用生活中的普通事物为题，全文紧扣主题，在闪小说有限的篇幅内，制造悬念引人入胜，然后在最后道明故事的真相，出人意料，仔细回味却又发现尽在情理之中。虽然文本都极短，但是无一不是做到了情节的饱满和感情的充沛，对于生死的主题思考也是颇具深度，一篇闪小说读完不过半分钟，读者却可以在阅读的基础上展开自己无尽的思索。

　　周德成善于把生活中普遍的心思和情感，通过自己笔下的文字以一种巧妙的方式在文本中再现出来。在平实清淡的文字中，往往蕴含了人生历程中的种种情感和深厚思索，小说结构设计也是别出心裁，往往给人以出乎意料的阅读快感，这也使他的闪小说拥有了明显的个人特色。

（王成鹏）

马来西亚卷

年 红

年红,原名张发,1939 年出生,祖籍福建省晋江下村乡。国立师训毕业后,任教 39 余年。已出版小说集、散文集、杂文集、评论集及儿童文学作品多达 140 余部。获得英国"国际作家奖"(2004)、"马来西亚教育导师"(2005)、"首届沈慕羽教师奖"(2009)及台湾"海外华文著述奖:小说首奖"(2013)等多个奖项。现任南马文艺研究会会长、马来西亚华文作家协会副主席、马来西亚翻译与创作协会副会长等职。

公主和番

锣鼓声响起来了。

花旦对着大镜,双眼无神地望着自个儿的公主扮相,耳边仿佛响起了阵阵喝彩声。

赶了近五百公里的路,她的确感到了劳累。不过,她心里想,公主和番,乘的是木轮马车,肯定更累!

老班主打从布幕外缩回头,双眉紧锁地自言自语:"取神符保平安的人可不少呀……"

她默默望着大镜,突见炉主、头家、善男信女……用着几分爱慕的眼神望着她。她淡淡地一笑,散发出迷人的青春风采。

终于奏起了开场音乐,依然是中规中矩的《南进宫》,高音的板胡,在管弦乐音配合着锣鼓的节奏中,谱出完美而动人的乐曲,扣人心弦。

她站起身来,蓦地,感到格外孤单,身边的小生、青衣、老丑……一一离去,叫她有牡丹失绿叶之感……

苦苦熬过的日子,让她有演技炉火纯青的时刻;然而,她没有丝毫的满足感，因为，每一次，当她出场时——

老班主都会叹息着对她说："无论如何，你得忠于演艺；何况，你是演给九皇大帝观赏的……"

幕开了，公主带着哀伤的心情出场。她一眼看去，台前，除了三五个老妇和小孩，但见神庙前高挂着一条红布，上书"筹募民族文化基金"几个大金字。

她清脆圆浑的嗓子唱出了"和番"的凄凉，并且真的哭泣起来……

"奶奶，这不是白雪公主，我要回家！"

大伞·小伞

"各位亲爱的来宾，让我们以最热烈的掌声来表示对杰出老工人的敬意！"

乌云密布的广场立刻响起了雷鸣般的掌声。

沙礼伯望了望乌云，心中却闪着四周明亮的强光灯的光芒。

他徐徐步上台去，虽然气喘得很，但是深感温暖。

"恭请尊敬的大臣颁发年度杰出工人奖给沙先生。"

于是，广场又响起了不绝的掌声。

满脸皱纹的沙礼伯绽出一个得意的笑容，不停地挥动着一双干瘪的手。

从大臣的手中接过了锡盾，沙礼伯紧紧地握着大臣的手，让记者们不停地拍照。耳边的掌声，使他眼角滴下了泪水。

蓦地，竟下起大雨来了。广场上一阵骚动，人群纷纷奔跑避雨。

就在这个当儿，几条大汉撑着大伞，匆匆地冲上台来，争着给大臣遮雨。

沙礼伯想躲进大伞里避一避，竟被一个大汉一把推开，差点就摔倒在台上。

大臣匆匆地走下台去，那些大伞，就像他的影子，紧紧地跟随者。

捧着锡盾的沙礼伯，全身已经湿透了！一阵风吹来，他不禁哆嗦起来。不得已，只好徐步走下台。当他孤独地站在台下时，只见一个老妇人，撑了一把小伞，迎面走来。

"当心着凉呀！"

那熟悉的嗓音,那熟悉的背影,不就是陪伴了自己几十年的妻子吗?

沙礼伯眼角流下的,也不知是雨水,还是泪珠,而手中的锡盾却"乓"地一声掉落在地上……

枪　匪

"这一次,我们的目标是金融公司。喏! 就是图中的这一间。"

"为什么偏找闹市中心的这间?"

"我查清楚了,九个职员当中,除了经理和保安人员,其他的都是女人!"

"太靠近警察局了吧?"

"在我们眼中,最危险的地方才是最安全的。职员一定疏忽了安保工作。"

"万一那些女职员被吓狂了,不听指示,怎么办?"

"开枪!"

"开枪?"

"开枪! 而且要杀一个,吓吓其他人。"

"你是说,杀死没武器的女人?"

"干我们这行的,就是要心狠手辣,无毒不丈夫!"

"真的要开枪?"

"干我们这行的,是拿命搏命,不能三心二意。不然,抢不到钱,还要赔命的!"

"电话响了!"

"×你母,为什么偏在这个时候来电话? 你去接。"

"喂,是谁? 哦,是找你的,好像是你母亲的声音。"

"喂,有什么事吗? 什么,哪个王八蛋敢抢我妻子的手提袋? 什么,和他打了起来? 什么,那个王八蛋有枪,是真枪? 什么! 妈,你说那王八蛋开枪打中……什么,那王八蛋打死了我妻子……他,他——杀一个女人,那个王八蛋还有人性吗? 天啊!"

商 界 奇 才

"喂,是董事经理吗?对,我正是。关于那块油棕园的事,我想请你帮帮忙,尽快收购……我知道,估价师是低估了些,如果根据那个价钱出售,我在这块园子的投资不是化成水了?这个我明白,就依你的办法,每英亩加两千元好了,一千归你,另一千归我……嗳,这我岂不是要吃大亏吗?那两千多加上去的,所得税由我付,过分点吧?不,不!怎能拉倒?我明白这一点,两千英亩是送了我两百万,这个我谢谢你,可是你也暗赚了两百万呀!……都是商场上好几年的老朋友了,能各自负责分内的所得税吗?……唉,别讽刺我了,行吗?我如果真是商界奇才,也不会这么低声下气地求你了。……对,对,这我不否认,利益归你我,小股东管他妈的!……是啊,顶多他们每千股也只损失三两百块钱而已……是呀,本来就是大鱼吃小鱼的世界嘛……说认真的,这两千英亩的油棕园是成交了?成交了!太谢谢你啦,怎么,又是要我付你暗赚的所得税?……好好,就全依你的!单是这一手法,'商界奇才'这四个字还是送回给你。……行行,一切顺利进行的话,我们到巴黎去,哦,也行,就阿姆斯特丹吧,一切费用由我负责;至于所得税的事,只要你计算出来,我就在阿姆斯特丹还你瑞士法郎。……哦,是你了不起,只在这几分钟里头,就赚足了两百万,比起你,我实在算不了什么呢!……我会向党干部建议,在党庆那天,送你一个大匾额……对!就用'商界奇才'这四个字!好,再见……谢谢,谢谢……"

阿 龙 嫂 的 二 十 一 元

阿龙嫂好不容易才走到了底层,那三楼的楼梯虽然只有六十多级,爬上去要命,走下来也一样要命。

无论如何,她是松了一口气。三个孩子吵着要买的练习簿的钱,总算有了着落。要不是年轻人嫌那打扫拭抹的工作低贱,她也就没机会在这桌球俱乐部打杂,三天赚了二十一元。

抓一抓腰间的小钱包,没失落,也没被扒手给偷了去,那二十一元,一张二十元钞票,另加两个五角的辅币,着着实实是属于自己的,是孩子开学买练习簿的。

跨出那座大厦,转进后巷,一看,她像触了电,震了一下,头一阵昏。她的脚踏车不见了!

她想:"怎么这样缺德呀,用了十几年的老样式脚踏车也有人要偷?"

她眨了眨眼,两行泪滚了下来。

她带着忐忑不安的心,走到大厦保安人员面前,喘着气地对他说:

"我的旧脚踏车被偷了……"

"这年头,谁要那种车?"保安人员冷笑着,说,"后巷不得停放车辆。刚才,县议会执法人员把它载走了。你到县局去,缴二十元罚款,就没事了!"

阿龙嫂紧抓着腰间的小钱包,禁不住地喊了一声:

"天公啊!"

会 乱 走 的 死 猫

隔邻老妇人养的老黑猫,好像是被汽车撞了,嘴角流着血,倒卧在老妇人的白钢大铁门边。不久,却没了踪影,只听得不远处杂货店的老板骂了一声:"怎么来了一只死猫!真缺德……"夜归的老赌徒一下车,就叫了起来:"妈的,这是谁养的死猫呀!"接着,有家房子亮了灯,却没人走出来看个究竟。

天亮时,那只老黑猫又卧倒在老妇人的白钢大铁门边,嘴角的血迹已干了,露出可怕的利牙,模样恐怖。垃圾车刚好经过,几个工人匆匆地把路边置放的垃圾,一袋一袋地抛进车里,却似乎没看见那只老黑猫。

隔邻老妇人突然从屋里冲了出来,对垃圾车的工人高呼一声:"喂!还不带走这只不知从哪里跑来的死猫?"

车上一个嬉皮笑脸的工人回答她说:"死猫见多了!过后,它会失踪的;怕它乱走,就把它包扎好,不然,把它埋掉吧!"

垃圾车"轰隆轰隆"地走开了。

花 猫 公

"花猫公呀花猫公,你又失踪了!这是第九次了,我实在忍无可忍,再也不能收留你啦!我这么一个可怜的老太婆,前半辈子受够了那死老头儿的气;如今,总不能再让你来凌迟!我自个儿舍不得吃,舍不得用,却让你吃上等猫饲料,尝新鲜海味儿;我本身冲凉不用肥皂,洗头不用洗发剂,却让你用上了高档的毛刷、香喷喷的清洁粉……你是前世修来的,我是前世欠了你的,就像欠那死老头儿一样。可是,你还是不听话,又偷偷溜出去追逐那些脏兮兮的野母猫,弄得全身泥浆,满身伤痕,连脚都跛了!我实在忍无可忍了呀!这一回,我可得把心一横,再也不要你了!你给我滚!滚!滚!瞧你,可真像那死老头儿,脸皮厚,死赖!但是,我——我……难道要我孤零零一个,过下半辈子?花猫公呀花猫公,你简直就是那死老头儿的化身……"老妇人紧紧地抱着花猫公,哭了起来。

丽 珠 和 茉 蒂

那辆在阳光下闪着光芒的银色名贵汽车,打了个 U 形转弯,安稳地停在油站的添油机旁。

留着八字胡子的年轻伙子得意地按了一下车喇叭,然后把电动车窗给按下,说:

"满!前面的大镜替我擦干净,要快!"

他身边坐着的那个打扮入时的少女,正对着小圆镜,在补唇上的口红,偶尔也弄弄额前新月式的发丝。蓦地,她看见了正在擦车镜的少女,一愣,随即叫了起来:

"丽珠,还认得我吗?"

"你是小莲,六年级同班同学,怎会不认得?"

"我现在叫茉蒂,你没上大学吗?"

"环境不好,先找事做。"

"这工作不苦吗？嘿，不如到我的情人理发店来，工作又轻松，薪金又高。瞧你，简直成了灰姑娘啦！"

"我觉得蛮好的。"

"风吹日晒，一脸泥尘，一身油污，还说蛮好？班上哪一个没赞过你，今天却落到这步田地，太可惜了！瞧我，过去，大家都只管叫我'丑小鸭'，现在，我有了白马王子，变成公主啦！"

"多少？"留着八字胡子的年轻伙子打断了话，问，"轮胎气足吗？"

擦干大镜，那少女用手背擦了一下额头的汗水，说："四十九元八角五分。"

"喏，五十元，不必找了。"他转过头，对身边的少女说，"你怎么和这种人说那么多话？我们没时间啊，还得赶远路，上云顶去哩！"

说罢，开动了引擎，又是打了个 U 形转弯，然后"轰——"地飞驰远去……

望着车子消失在高速公路之后，她轻轻地叹了一口气，脸上却泛起纯朴的微笑，在阳光下，那微笑显得更加清秀动人……

但　是

"各位社会贤达！各位记者朋友！女士们，先生们！今天，能够得到各位的支持和厚爱，第三次蝉联会长，使我有机会再为社会做出贡献，我感到非常荣幸！

"在过去的四年中，我竭尽全力，为我们的同业争取权益。但是，成绩并不理想，这是我再次争取蝉联的主要原因。我相信，在座的各位都很了解我，我是不到黄河心不死的！无论如何，我都要把同业的权益完全争取到手……

"我们也曾要求在货车上书写华文商号，以求提高华文的地位。同时配合华教的要求，更广泛地使用华文！但是，为了更容易获得交通部的批准，及时发出准证，我们还是无奈地放弃了这个坚持……

"为了加强华文的应用，我们也曾要求同业所有的文件必须采用华文。但是，为了节省开销，用两三种语言，不如只用一种语言；何况，会计师和查账官都只看一种语言,那只好把华文给割舍了!

"无论如何,我们还是热爱华文的,我们通过议案,每年拨出一万元做华文独立中学的发展基金。但是,由于今年的会务开销太大,只好等明年再捐献了……

"各位,我们是龙的传人,是华夏子孙,我们不能忘本,不能没有根! 但是,为了全民的团结,为了子孙的前途,我们必须采取中庸之道,采取忍让的态度,采取牺牲小我完成大我的精神! 这些,都是我们的优良传统,值得我们发扬光大!

"我们应该牢牢记住,华文的地位一定要维护,同业的权益一定要力争!但是……"

台下已是闹哄哄的一片,很多人把酒杯高高地举起,异口同声地嚷叫着:"饮——胜!"

新巴士上路了

豪华巴士公司的五辆新车上路了。

公司里的成员都拍手欢呼。

"公司的服务进入了新纪元!"行销部经理笑呵呵地说。

"公司提供更佳的服务。"维修部的管工竖起了大拇指。

"公司的服务,样样第一了!"票务主任得意地说。

"公司的'安全第一'目标达到了。"司机组人事主任不停地点着头。

"好!"打扫和清洗工人也附和地欢呼起来……

豪华巴士公司的五辆新车上路了。

经理在办公室打开了大信封,里边装着十张千元大钞,夹着一张小纸条:"笑纳,行销部经理。"

维修部的管工在车房内打开大信封,里边装着二十张百元钞票,夹着一张小纸条:"新轮胎换复新轮胎退金。××轮胎公司。"

票务主任在办公室内打开小信封,里边装着五张五十元钞票,夹着一张小纸条:"车票印刷佣金。"

司机组人事主任坐在小办公室内,笑着打开十个小信封。每个信封内都有五十元。那是遴选司机和跟车时说好的。

打扫和清洗工人，每人拿了两把新扫帚和两块进口绒布回家去了。

🌴 作品赏析

《丽珠和朱蒂》是一篇闪小说，讲述了这样一个故事：曾经是六年级同班同学的丽珠和朱蒂，在丽珠工作的加油站意外相遇。丽珠原是人人称赞的女孩，现在却在加油站做着灰头土脸的工作，而朱蒂却从"丑小鸭"成为"公主"，两人的人生出现了巨大反差和强烈反转。朱蒂的境遇从她口中的情人理发店、身旁的年轻伙子可窥探一二，丽珠则以"环境不好，先找事做"解释自己在加油站工作的原因。作者无形中已对两者进行了比较与评判。浮躁的生活只会加速精神的贫瘠，即使是丰厚的物质条件也无法弥补心灵的空虚。清静淡然则予人内心强大的精神力量，即使在清贫的生活中也能安然度日，因此丽珠脸上的纯朴微笑在阳光映衬下显得更加清秀动人。现代生活充满机遇，也充斥着诱惑，如何在浮躁的生活中沉淀灵魂是年轻人应当细细思考与体会的，《丽珠与朱蒂》恰也是年红先生对年轻一代的警醒。

《但是》这篇闪小说主要讲述了这样一个故事：连续三届蝉联的会长先生发表了一篇慷慨激昂的讲话，讲话中他反复强调华语的重要性以及华人为振兴华语事业应承担的责任和使命。而每一段落的最后他都用"但是"转接一个理由或者借口，意图解释自己为发展实业经济而"被迫"放弃了振兴华文的机会。甚至在演讲的最后，他感慨："为了全民的团结，为了子孙的前途，我们必须采取中庸之道，采取忍让的态度，采取牺牲小我完成大我的精神！"华丽的话语无法掩盖丑恶的本意，作者以反讽的腔调撕开了会长先生的虚伪面具，其滑稽、丑陋的形象表露无遗。会长先生将金钱利益比作"大我"，视华文事业为"小我"，显然是本末倒置。商场利益与华语生存并非水乳不容，反而是相辅相成、互相支撑的关系。试想，倘若会长先生们一味牺牲"小我"成全"大我"，那么华文事业走到尽头之日便是他们的利益高楼倾塌之时，失去华文作为文化根基的华人命运又该向何处去？如此简单的道理，精明的商人怎会参悟不透？不过是被利益蒙蔽了双眼罢了。作者借反面人物的形象呼吁实业家们勿忘责任与使命，切忌"捡了芝麻丢了西瓜"，得不偿失。

《新巴士上路了》的故事简短却发人深省。豪华巴士公司的五辆新车上路了,经理、维修部的管工、票务主任、司机组人事主任都收到了金额不等的好处。作者以"豪华巴士公司的五辆新车上路"这一事件为牵引,简单的几行语句形成了一条清晰的利益链,从上至下环环相扣,揭开行业内"潜规则"的面纱。不难发现,这些利益既得者都在"新车上路"这一工作的不同环节拥有一定发言权,经理进行决策,维修部管工复新轮胎,票务主任负责车票印刷,司机组人事主任遴选司机和跟车,这些为他们获得经济利益提供了便利。反观打扫和清洗工人,"每人拿了两把新扫帚和两块进口绒布回家去了",与前述相干人等形成鲜明反差。底层员工付出了辛苦劳动却少有收获,利益链上层的执行者却能够坐享其成,形成了畸形的运行体系,劳有所得、物尽其用的良性准则似乎在豪华巴士公司中并未体现。作者以豪华巴士公司为经济发展一隅,批判了经济利益链的黑暗环节。

年红有着强烈的社会责任感,善于针砭时弊,以理性的文字折射社会发展中的弊端。他的写作视角涉猎广泛,经济、文化领域皆有涉足,并且关心青年的发展。年红总是将自己隐匿于作品中,给读者留下问题,引人深思。

(孔舒仪)

勿 勿

勿勿,原名郑澄泉,祖籍广东潮阳,1946年生于马来西亚槟城州大山脚市,退休前从事商业摄影。20世纪60年代以笔名沙河开始新诗创作,近年以勿勿为笔名写作微型小说,为2007年第九届花纵新诗推荐奖得主,曾出版诗集《鱼的变奏曲》和《树的墓志铭》,微型小说集《寻碑》,作品被收入《大马诗选》《赤道形声》《马华新诗读本》《中国新诗百年大典》《细雨纷纷》《定水无痕》等。

孵 化 记

早就觉得这屋子怪怪的:屋顶和地板都是圆弧形,阴沉潮湿,狭窄到连翻个身都难。与其说是屋子,不如说是斗室。

如囚犯般被禁锢在这里,室温一天比一天高,让我全身一天比一天痒,像要从体内蹦出一些什么来,只好努力去寻找一道门。

今天温度已到了极点,我拼命在墙上敲,结果敲开了一道裂纹,啊哈!终于找到了出口。

叽叽叽……

等 待 红 绿 灯

绿灯张大眼睛眨了一下又转红,她赶紧刹住脚步,在斑马线这一边等待。她非常非常害怕也讨厌越过马路。对她来说,过马路就像游过一条河那么辛苦,想到就会脸色泛白。但旁边那些人显得从容自得,她不得不尝试放下心中的水桶,埋怨妈妈老要叫人面对这心惊胆战的局面。打十岁起,每每厨房有什么欠缺,妈妈就要她到对街的杂货铺去买。虽说今年已领了身份证,不算小孩了,但个子娇小的她,还是不能克服过马路时的失控心情。

放学回家刚放下书包,就瞥见那个男人的脸在窗口掠过,妈妈连忙放下手中的工作,拉直衣服,笑着迎了出去。自从爸爸过世,这个男人便不时在家里出现,妈妈和他的关系她不懂也不愿去弄清楚,但心里自然而然孕育出一股厌恶的情绪。

"去,去杂货铺买十粒鸡蛋和一瓶酱油。"妈从袋里掏出十令吉,把她半推出门,犹豫一下又说,"顺便看看阿叔铺子的漫画书,不必急着回来。"

五分钟过去,行车道上绿灯依然亮着,车子像箭镞咻咻射过,紧接着黄灯闪了一下,红灯亮起停车的警示,这意味着行人可以穿过马路了,两岸人群蜂拥而过,唯独她仍然停滞不前,脑子里跑马灯地转过许多画面:爸爸慈爱的呵护,妈妈失态的笑声,还有……那男人奇怪的呼吸声。

反正妈妈不要我这么快回去,自己也没有心情去看什么漫画,完成任务后又要到哪里呢?

绿灯又亮了,然后黄灯,然后红灯,然后再绿灯……红绿灯不断变换,她心中的红绿灯也不停变换。在街的这一头,她几乎已经站成一尊石雕。

箱　子

他终于看到一件大开眼界的事情:一个大箱子,把一对老夫妇装进去,门再度打开时,却变成一对年轻夫妇走出来。

太神奇了!这不是回春仪器吗?新世纪人类终于破解了返老的方法。

他激动地回想尚未穿越过来时,为皇上踏遍高山峻岭寻求不老药,总是不得要领。

他站在箱子前想着,心神恍惚,又有人走进箱子,问他道:

"你搭不搭电梯?"

酷

他十分不满意自己这张脸，无端在白净的左颊长了片难看的胎记：从耳侧直到腮帮下，浮着一抹鱼鳞状赘肉，远看像伏着一尾鱼。

他懊恼入神，连一对装扮十分出位的男女在他眼前出现也不曾察觉。他们发型前卫，满身上下不是刺青就是穿刺，男的端详着他的脸，羡慕道：

"酷！是哪个师傅的手艺啊？"

阿 公 与 猫

打从我懂事起，就知道阿公喜爱养小动物。猫狗不说，就连略有野性的果子狸也养过，但只是非常短暂的时期，养得最久的是几只乌龟，后来因为把院子池塘弄得乌烟瘴气而放弃。

阿公并不是真正的宠物迷，他也不懂得小动物的正规饲养方法。他爱和小动物在一起主要是因为阿婆早逝，他内向的个性使他更显孤单，唯有借逗弄小动物打发时间。其实家里有我这个小孙子，弄孙总比玩动物来得温馨吧，只是因为阿公有抽烟的习惯，所以母亲不允许我和他太亲近，怕小孩子容易感染上烟瘾。阿公也识趣地尽量和我保持距离。

就这样养了放弃，放弃了又再养，到我八岁那年，阿公年岁已很大，精神显得恍惚不稳定，父亲不让他花太多时间在小动物上，所以身边就只剩下一只猫。这只猫看来有点灵性，时常和阿公依偎在一起，吃饭时阿公会分一些食物给他。也因为这样，阿公不和我们在饭桌一起进餐，而是选择在房里和猫儿共食。

一天放学回家，发现家里闹得团团转，说阿公不见了，又说阿公是因为猫儿不见而出去寻找，大半天还没回来，父亲和家里人交头接耳，我好像听到什么老人什么症的。傍晚我独个儿在后门台阶上发呆，一心在等待阿公回来，想到如果阿公就这样不见了，不知该怎么办。正当我坐得发困，模糊的视野里，阿公的那只猫正悠悠闲闲地踱步而来……我高兴得向后头张望，但是却没见到阿公的影子。

旧物回收

他把回收的旧报纸一束一束地捆扎起来,堆得山一般高,身体已累得像蠕不动的虫,肚子更是咕噜咕噜响,这时有个客人上门,他便乘机停下来休息。客人问:这里回收旧电器吗?

收,收,凡是你们不要的我们都要。他额头的汗水滴下来,滴在旧报纸上,漫开了一朵花。

客人把车子倒退进来,拉起后车厢,车里几个孩子哗啦哗啦下来帮忙搬东西。客人把一位白发苍苍的老人扶下车,让他坐在一旁的椅子上。车里热,在这里歇息歇息。客人对老人说,老人一脸茫然,静止在阳光里如一具石膏像。

这家人的旧物也真多,除旧电脑显示器打印机外,还有很多零零碎碎的厨房电器,小孩子七手八脚地搬,碰撞成一首无章的音乐。

计过价钱,一家人又一阵风般走了。他把眼光从等待安置的旧电器往外移,嘎!

那个老人呆呆地还坐在那儿,难道……

这也是回收的旧物?!

空椅子

连日烟霾,今晨才稍见阳光,多天没晨运,全身的细胞已经在骚动。

一转入公园入口处的小斜坡,不由望向路旁一栋平房。矮矮的旧式木屋,没髹上漆料的木板墙绣满暗绿的苔痕,简陋的屋廊下那张老旧的藤椅,空荡荡地在寒风中瑟瑟。

"Good Morning! 早安!"

以往,我一踏上这条小径,亲切的声音就会从这椅子上传来,一个老汉扬了扬手,脸上堆满笑意。

有时，我还没来得及回应，他又迫不及待地连忙以粤语道了声："早安！"

每天去晨运都必须经过这里，同样有问安的声音，几乎每个经过的人都得到同样的待遇。老汉一大早就闲坐在那儿，向过路人一一问安，这仿佛就是他的职责。但没有人会停下来和他寒暄，大家都匆匆而过，我也只是向他略为点点头，扬扬手。直觉告诉我，这位老汉太寂寞了，是独居者？家里无人交谈？可是有时我会看到有一两个年轻人进出，也不和他打招呼交谈，老汉总是落寞地望着他们的背影。渐渐地我擅自以他为主角，杜撰他背后的故事，揣测他的心情和想法。

这些天不见人，该是病了吧！我心中自我解答。但几天过去，几个星期过去，那张空椅子依然在迎风哆嗦。是搬了家？我不禁停下来，伸颈向屋内张望，屋里似乎有些动静，我渴望他会出现，但没有……这一刻我突然发现，我竟然这么在意老汉的存在，在意他那一声早安，缺少了这些，心中空荡荡的，就像那张空椅子……

唉！我才应该是那个寂寞的人。

老头？

山路有点陡峭，他速度稍微慢了下来，几个青年呼啸而过，抢在前头。他望着他们的背影，不服气地想，你们别仗着年轻力壮就这么神气，我也不会比你们逊色，于是便提气赶了上去。他每星期都会来这里爬山，所以练就了一副好体格。不仔细端详，表面一点也看不出真实年龄，这是他一直感到自豪的。

朋友们在他面前都叫他"烟叨呇"（闽南语帅哥之意），这不只是因为他长得白净，还懂得装扮自己，每天衣着光鲜，容光焕发，一点也看不出已到了抱孙子的年纪。不只外表如此，他的心态也从不认老，年轻人的玩意他都懂，手机电脑、运动热舞，样样俱通，有时连他都以为自己还停留在不惑之年。

前面的年轻人渐渐拉远距离而消失踪影，今天自己怎么啦？好像力不从心，一把劲老提不上来，胸口有点窒闷，喘了喘口气，在草径旁找块大石坐下，略微休息休息。又有几个人赶上来，也在那儿略为停下又再继续往上，临走时有一个回头对他喊话：

"老头,不再继续吗?"

老头? 他一时还没会过意来,那些人的影子已隐没在绿丛之中。

旁边没其他人,所谓"老头"应该说的是自己。他的心怦然一响,身躯差点失去平衡,这个字眼像一把剥皮刀,一层层地剥掉了他武装的外壳。他望着前头绵延的山路,几乎没力气继续完成剩余的路程。

遛 狗 时 间

丈夫办事有条不紊,做任何事都有一定的安排,例如每星期六和我下一次馆子,星期天陪我逛商场和超市,每个月第一个周末回乡下探望双亲……这种规律,从结婚到现在都没改变。专家说,这样的男人虽有点沉闷,却是可以信赖的伴侣。

除了出差或雨天,每天傍晚五时到七时多,丈夫把它列为遛狗时间。这时候他会牵着两岁大的拳师狗"将军"到外头溜达,直到七点多我准备好晚餐才回来。我本身不喜欢狗也没遛过狗,所以不清楚丈夫会到哪些地方,猜想就在公园一带吧,因为那段时间有许多人都在那里遛狗。

这次丈夫到国外出差一星期,才过两天"将军"就开始显得有些浮躁,近黄昏时就在那儿咻咻叫,坐立不安。看样子,出外溜达的习性还真的给惯出来了。看到狗儿闹情绪,我唯有放下手中的工作,牵起"将军"往外走。

与其说人在遛狗,不如说狗在遛人,通常是狗主顺着狗儿的方向走。"将军"也一样,把我拉着跑,弄得我喘不过气,可它不往公园,却朝镇边一排房子奔去,我十分纳闷。

"将军"来到一间蓝色的平房,以头撞开篱笆门,咻咻声雀跃地奔向关着的前门,我拉也拉不住。这时,屋里一个女人的声音亲切响起：

"是'将军'吗? 好狗狗,两天不见,真想你了!"停了一下又说,"……不是说出差一星期吗? 怎么提早回来了?"门开处,一个年轻标致的脸庞出现在拉开的门口,她见到我,错愕之下又迅速把门关上,门内顿时鸦雀无声。

嗡的一声,我脑袋像被敲了一下,这些突发的现象一时之间无法拼串起来,但那种震撼,已翻动我体内的胃酸……

作品赏析

　　《旧物回收》讲述了一位客人，拖家带口（有几个孩子，还有一位老人）地来旧物回收处出售旧物，孩子们下车帮忙把旧物从车上卸下来，那位客人则把老人扶下车来坐在一旁；旧物倒卖后，一家人风一般地走了，却把那位老人给留在了"旧物回收"处的故事。"凡是你们不要的我们都要。""这也是回收的旧物?!"小说讽刺了现代人的无情和冷酷，对现代社会道德沦丧的现状进行了沉重的批判。

　　《空椅子》讲述了"我"在晨练路上遇到的一位老汉在瑟瑟寒风中向每一位过路人问候早安，而大家都只是匆匆路过但不予理睬的故事。在"我"看来，这是一位"无聊"的老汉，可当有一天他突然不再出现的时候，"我"却无比挂怀，因少了这份问候而感到"寂寞"。正所谓"以小见大"，这样一件小事，却引起了"我"的注意，影响了"我"的心情，乃至引发了"我"更进一步的思考，从中反映的或许是对空巢老人境况的担忧，或许是对如今"快餐式"社会人情淡薄的嗟叹。

　　《老头?》讲述了一位自认为还年轻、帅气、有力的老人，却在一次登山路上被年轻人喊作"老头"而表现出的难以置信和震惊之态。其实，从小说的表述中可以看出，老人应该已经有六七十了，只是向来自信的他，在旁人冷不丁的一声称呼下，彻底剥掉了他武装的外壳。有一句话"智慧的女性，能够聪明地对待眼角的鱼尾纹"，其实每个人都会老去，又何必如此逞强要胜？适时隐退，把未来留给年轻人，将会赢得另一种自信和尊重。

　　《遛狗时间》讲述的是一位丈夫有了外遇，利用每天遛狗的时间与情人约会，由于丈夫出差，没有人遛狗，妻子无奈代替了丈夫去遛狗，才机缘巧合地发现了这隐藏已久、掩护极好的一场外遇。小说欲抑先扬，一开头就写道：丈夫做事有条不紊，专家说这样的男人虽有点沉闷，却是可以信赖的伴侣；可就是这样一位"可以信赖的伴侣"，却不动声色地在背地里做起了龌龊的勾当。小说通过侧面、正面描写相结合，从一开始妻子的信任无虞，到最后发现外遇的惊慌失措，描写得妙笔生花，剖析了社会上尔虞我诈、道貌岸然的现象已司空见惯（即使在最亲密的人之间），抨击了畸形的社会道德。

　　匆匆的闪小说短短百来字，却总是给人出乎意料的感觉，其小说想象丰富、角度奇特,既有反映严峻的社会现象,又有讲述温情的人性闪光;在表现方式上,细节描写、反转、想象等手法在作者笔下用来得心应手,使小说文字背后蕴含的理性思考、感性投入更显严肃和真实。

（吴　悦）

曾　沛

曾沛,女,1946 年生于马来西亚,祖籍广东番禺。2005 年荣获马来西亚最高元首封赐拿督勋衔。主编《马来西亚当代微型小说选》,曾出版多部短篇小说集及微型小说集。曾任第十一届、十二届马华文学奖评审;2013 年获得作协文坛长青奖,2016 年获得亚西安华文文学奖,同年获得世界华文微型小说杰出贡献奖。现任马来西亚华文作家协会会长、世界华文微型小说研究会副会长、马来西亚华人文化协会顾问、马华文学奖顾问。

女　儿

女儿欢欢最近郁郁寡欢、心事重重……

难道是功课压力?

那么聪慧的高才生,会有什么难得倒她?

难道是为情所困?

中学生谈恋爱不足为奇……就只是,常常会迷失自己,怎不叫人担忧?

欢欢妈观察了女儿很久很久,欢欢注视远方、没有焦点的目光出卖了她,她何时变得多愁善感? 时不时一副愁容,时不时默默沉醉在幻象中……灵魂像离开身体在飘浮、飘浮,连欢欢妈在她身旁走来走去也毫无察觉……

欢欢爸也有同感,问老伴:

"最近女儿常跟些什么人来往? 有男孩找上门吗?"

"没有!"

"有刻意打扮,常常出门吗?"

"没有,放学回家,常躲在房中对着电脑,一坐就是大半天!"

"那更糟,会不会遇上不实际的网上情人、爱情骗徒?"

"谁知道,网络世界那么无边无际,怎管得了?"

两老一筹莫展……

一天在报章上读到一则新闻,说一中年未婚女人,在网上交了个情人,被骗财骗色,欢欢爸抓紧机会当着女儿和老伴的面说:

"这女人真笨,网上情人怎靠得住? 就算不被骗财骗色,感情被骗也一样伤人!"

不料,女儿听后不置可否,全无反应……

一天,女儿匆匆出了门,拨了个电话回家说遗漏了文件,叫妈妈到她书桌第二个抽屉找出来,待会儿爸爸上班顺路带到学校给她。

欢欢妈在女儿房间出来时,扬扬手中的几张单据,笑眯眯地对老伴说:

"女儿就是在热恋中,只不过她爱上的是文学!"

欢欢爸仔细一看,欢欢妈手中扬着的是一叠稿费单。

房　友

萧玲参加两天一夜的剧艺研习营,规定两人一房。

萧玲听课听了一整天,也排了一段戏,夜间已经很疲倦,只想倒头大睡。

她是无论如何也不敢先睡的,因为她有自知之明,她的打鼾声会扰人清梦,所以常待房友先睡着,自己才敢入眠。

可是,她的房友月凤偏偏是个慢郎中,洗澡洗了半个钟头,洗脸洗了二十分钟,之后又在吹头发……

她知道,如果不找个话题聊聊天,她马上就会睡着了!唯有先打开话匣子:

"月凤,你觉得这次研习营的课程内容如何?"

月凤在自己的脸上抹着晚霜,对萧玲的问话完全没有回应。

"你不觉得理论比实习多吗?"

还是没有回应!

这时,房里的电话响起来,月凤她也不接听。

正在煮开水想泡咖啡排除睡意的萧玲唯有走过去接听,是找月凤的,便对她说：

"月凤，你的电话。"

月凤见萧玲面向自己，摇摆着手中电话，便把左耳靠向萧玲问道：

"什么？"

"你的电话。"

月凤这才戴上耳机，把电话筒贴近耳朵……

萧玲松了一口气，咖啡也不泡了，躺在床上蒙头大睡！

爸爸的眼泪

沈妈妈去世了。

长女心梅很伤心，沈爸爸更伤心。沈爸爸和沈妈妈感情非常好，秤不离砣、出双入对，不知羡煞多少人。

"爸，要不要叫大弟回来奔丧？"心梅问。

"不必了，他身体不好。"

"可是，他是长子。"

沈爸爸欲言又止，泪水一串接一串地流下，心梅从来就没见过爸爸如此伤心，一时也不知道该如何安慰他。

"心梅，也许爸很快就会随你妈去了。"

"爸，不！爸会长命百岁的！"

"爸不怕死，只是有些事必须交代清楚。"

"爸，有什么事尽管交代好了！"

"你大弟他……他……他已经不在人世了……"说着说着，沈爸爸已泣不成声……

"什么？"心梅像被晴天霹雳炸得粉碎，"什么时候？是什么时候的事？"

"早在去中国治病的初期……"沈爸爸哭得更伤心。

"已经四年了，您……您……我们……我们写了那么多的信？"

"是我交代那边的侄儿冒充大弟的笔迹给你们回信的。"

"爸！"心梅心里一阵撕裂的痛。

"我把他的遗体火化了，放在故乡的宗祠……"

"您怕体弱多病的妈妈受不起打击,就连我们也隐瞒了?"
"你说呢?你妈承受得了吗?你大弟是我们家里唯一的男丁!"
"而爸您就一直独自承受白发人送黑发人的丧子之痛?"
父女俩抱头痛哭……

释　怀

儿子才 47 岁就遇上交通意外去世了,白发人送黑发人,他伤心欲绝。当初,家人千方百计想隐瞒这悲剧,最后还是瞒不过他。他往深一层想,儿子虽只活了 47 年,却事业有成,举凡华文教育、社会公益、社群服务,无不积极投入,所做的事比活了 74 年的他还要多,他便释怀了。

待字闺中

她都快 40 岁了,还是单身。
总觉得天下好男人,都结婚了;
没结婚的,又太年轻。
不想做小三,不想随便找个男人嫁,
奈何缘分未到,待字闺中……
一天,她遇见一位嫁作商人妇的老同学,羡慕地说:
"你真会择婿,嫁了个大老板。"
老同学说:"我和我丈夫拍拖的时候,他只是个骑电动车的打工仔。"

失　眠

李明常因喝了浓茶喝了浓咖啡而睡不着觉;
也常因深夜思考写作脑细胞太活跃而失眠;
或是记挂着没完成的工作和心事而睡不好。

他质疑人会不会有放不下的事而死不瞑目,
李明因此常找人谈心事深恐心事没人知晓。

狩　猎

邢老爹和老黄都很喜欢打猎,也因此成为好朋友,两人和同伙结伴打猎已有廿余年。

像往日一样,四更时分,他们一伙人摸黑相约出发。不同的是,邢老爹带了两个儿子同行,说是要让他们见识见识,也是时候栽培接班人了!

一伙人静待在林中。邢老爹的两个儿子耀明和耀辉因为是第一次狩猎,感到特别兴奋、特别紧张!

尤其是耀辉,一紧张起来,频频感到尿急! 说时迟那时快,他人有三急正在解决中,“砰砰”两声! 周身竟被散弹击中,扑通倒在血滩中……

白发人送黑发人是最悲惨的事! 邢老爹怎么也没料到就这样失去一个至爱的儿子,加上老妻终日哭泣唠叨,他逢人便后悔地说:“老天爷要惩罚应惩罚我本人呀!”

从此,邢老爹再也不狩猎,还常常梦见群兽在追他——在追他索命……

回老家吃饭

“老婆,亚坤回来了! 你看,媳妇、孙儿们都回来了!”

“真的回来了? 怎不提早告知?”

杨伯仲和仲嫂满怀高兴,笑得见牙不见眼,比中了福利彩票还高兴……

儿孙们才刚进门,仲嫂就匆忙走进厨房,看看有些什么可以煮给他们暖暖肚。

午时已过,黄昏将至,杀鸡还得煮开水,明天再杀鸡吧!

冰箱里只剩下一小块肉,加些冬菜可以滚个汤给孙儿们下饭;大人怎办? 怎办? 家里只有些咸鱼和小江鱼干,加个蛋和长豆大概也可以炒出一盘有味饭,可她从来就没想过给儿子媳妇做这么简单的晚餐……

仲嫂想了又想，就只有这些可以煮给儿孙吃了，这其实也是两老平时吃的！

这晚，她就这么反反复复给同一个梦境困扰着：儿孙们突然回家了……翻转整个厨房，家里也没什么可煮的……怎办？怎办……

一夜失眠……怎会有这样的梦？

其实，两老心中的图画是：一家人围坐着，满桌子大鱼大肉的，尤其是那养了很久、就等着儿孙回家吃饭才杀的阉鸡！

可是，儿子亚坤总是那么忙，每次说好了要回老家吃饭，都因为有事而失约，好像什么事都比回老家吃饭重要……

而家里养着的阉鸡，也因为这样而延长了生命！

多少次，失望之余，伯仲抱着阉鸡说："你又可以多活一阵子了！"

伯仲和仲嫂年轻时，也是把事业和儿女排在首位，然而父母在心中也有一定的地位，那时是三代同堂，住在同一屋檐下的时代……

仲嫂向老伴提起梦境，两老一脸落寞……

街上一幕

"妈，前面好像有人被抢了！"

"快走，别多管闲事！"那女人拉了儿子康康的手掉头就走。

"怎可袖手旁观？"康康摆脱妈妈的手，追了上去。

留下那惊魂未定、怕得周身发抖的女人……

"别走！别走！"随着康康的呼喝声，路人也大胆加入追逐……

"抓到了！抓到了！"

众人围了上去，见儿子抓住那造案者的衣领，成了众人眼中的英雄，那女人觉得很光荣！

前阵子，有被抢的人遭歹徒毒手，因为没有人及时施以援手……

前阵子，在同个地点被抢的人没事，追歹徒的人却被砍了数刀……

康康想，自己若是受害者，人人见死不救、呼救无门，如何是好……又或，扪心自问，要是自己遇上有人被抢，自己会见义勇为吗？

会怎样？

会怎样？

当然是应该见义勇为了！这是康康心想的答案。

但是，他真能做到吗？因为，事情发生时，人的反应未必是平时心里想的……

此刻，康康很高兴，他做到了！他本能地做到了！

康康很高兴，他伸出两根手指，做了个 V 形的手势！

最后的晚餐

她漫无目的地走到江边，心想：

"跳进江算了！反正不会游泳，一定会淹死！"

她摸摸裤袋，还有点钱。

"吃饱再死吧？做个饱鬼总比做个饿鬼好。"

来到餐厅，侍应生把餐单送上。

她发觉这餐厅老板真用心，把餐单设计得这么美，看起来每道菜都经过精心设计！她点了一道美食和甜品，望望四周，单身的、一双一对的、成群结队的、一家大小的，个个吃得不亦乐乎……

看来，没有一人像她一样，是来吃"最后的晚餐"的！

一道美食摆在她眼前，她心情好多了！

出甜品的当儿，她食欲加强了！她又多点了个甜品……

美食当前，她心情慢慢好转……

他，那负心郎无情的"死相"似乎又像冤魂般出现……

可她想，就算她看不开死了，他也不是照旧风流快活？

她为何还要伤害自己？

从此，她一不开心就想到美食。反正，点到不好吃的可以再点别的。

她爱上美食了！她可以尽情地爱，美食是不会变心的！

她可以挑食，尽情地挑食；可以情有独钟同时又能博爱，也不会伤害到任何人，与美食谈恋爱多好，永无烦恼！

她没有真正快乐起来，她只是不选择死，却选择了"大吃特吃"来麻醉自己……

她不只快乐不起来，还有了身型变胖的烦恼。其实，她还未能放下那段感情……其实，那只是一个她自以为可以放下的假象……

祸从口入，渐渐地，她胖起来了！她不止失恋，还更难找到恋爱对象！

她更痛苦……但是她没有绝望，也没有想死的念头……

从哪里跌倒就从哪里站起来吧！

她一次又一次地提醒自己……

她需要一些时间……

🌴 作品赏析

《回老家吃饭》讲述了两位留守老人日夜盼望儿孙回家吃饭，却连这小小的心愿都迟迟未能实现的一个亲情故事。小说是由一个梦境开始的，儿孙的忽然到来令老两口开心到合不拢嘴，本应和谐美满地幸福下去，而仲嫂却因翻遍了整个厨房也找不到可以为儿孙做饭的食材而陷入焦虑。这个梦境反反复复地困扰了仲嫂整整一夜，让她辗转难眠，因为这梦与老两口一直期盼的场景完全不一样。他们是多么希望一家人可以开开心心地围坐在一起吃一顿丰盛的"家宴"啊！但由于儿子工作繁忙，这样的机会少之又少，就连那只专门为儿孙回来吃饭而养的阉鸡都没有机会好好展现它的用途。曾沛通过这个故事揭示出了现代社会大多数家庭的生活状态，表达出了对这种渐行渐远的家庭模式的担忧，对从前的三世同堂的怀念，以及对中华传统中的家族观念的淡化所带来的亲情淡化的担忧。文章结尾，"两老一脸落寞……"道出了多少守在家中盼儿归来的老父母的心声与无奈。随着社会经济的发展，越来越重的生活压力使我们总是在不经意间忽略了身边的人，尤其是当"背井离乡"成为一种生活常态，常回家看看就显得尤为重要。

《街上一幕》是一篇短小精悍的闪小说，曾沛总是擅长用最精准的文字揭露出最深刻的道理，用这不足四百字的篇幅生动细致地刻画出了那见义勇为的英勇一刻，并将主人公的心理活动细腻地表现出来。一位叫康康的主人公，在街上遇到有人打劫时不顾妈妈的阻止与反对，冲上去追逐歹徒，他的这一英勇行为鼓舞了更多的路人伸出援手，最终将歹徒抓获。而当时怕到浑身发抖的妈妈看到儿子成为众人眼中的英雄时也感到十分光荣。到这里作者自然而然地提到两件前不久的事，这两件事虽然看似无关紧要，却是文章承上启下的关键。前不久的一次打劫事件中，因无人施以援手而导致被抢者惨遭歹徒毒手；另一件事则是追歹徒的人被砍数刀。作者通过对这两件事的描写，更加突出康康的勇敢。同时这里也为之后的文章埋下伏笔，引出康康的一系列心理活动，可见作者写作技巧之娴熟。

《最后的晚餐》描述了一位失恋少女的故事，作者采用第三人称的叙述方式，客观真实地将失恋后的伤心痛苦展现得淋漓尽致。原本想要为爱殉情的女子，因为想要做个饱死鬼的想法而来到餐厅享用自己的最后一餐，但没想到美食却让她的心情逐渐好转，想到自己死了以后负心郎还是会一样逍遥快活，那为何还要伤害自己呢？从此她将爱与伤心全部寄托到了美食的身上，自我安慰，与美食恋爱。但表面上的快乐依旧无法掩饰心中的落寞，她用美食麻醉自己，身材逐渐走样，于是便在更加痛苦与吃得更多中反复纠缠……庆幸的是她始终没有绝望，安慰自己为自己加油打气，或许她只是需要一些时间。曾沛采用第三人称的叙述方式，将这个故事平淡真实地讲述给我们，没有华丽的辞藻，没有情绪的渲染，却深深地打动着每一位读者的心。仿佛置身事外，却又好像就是曾经的自己。爱情是最动人心弦的那一首歌，也是文学作品中的永恒话题。但能将失恋的悲痛与爱情的哲学如此平淡地诉之于世人，曾沛做到了。

曾沛善于将"爱"作为自己文学创作永恒不变的主题，在爱的关心鼓动下，她不断发现着问题，但从来不教导，而是在创作中表明自己的态度与倾向，从而引发读者的关注与思考。

（赵　洁）

陈政欣

陈政欣,祖籍广东省普宁,1948 年出生于马来西亚槟城州。新加坡义安工艺学院机械工程系毕业,曾任马来西亚华文作家协会副会长、世界华文微型小说研究会理事、马来西亚作协北马联委会主席。创作涵盖诗歌、小说、散文、杂文、剧本等。2014 年小说集《荡漾水乡》获得中国首届国际潮人文学奖小说组特优奖,2014 年散文集《文学的武吉》获得金帆图书奖文学类大奖,2014 年获得第十三届马来西亚马华文学奖。

悟　空

孙猴子翻了几千个几万个筋斗之后,落下。

还是看到云烟深处的五根玉柱,这次气得连尿也不撒,字也不题,顿足骂道:

"时空,老孙不跟你玩了!"

悟 空 悟 空

如来对着掌心中的悟空:"孙猴子,要认输。"

说着,如来翻掌按压,悟空顿时被镇囚五指山。

千年过往,悟空还是不解:所谓时间,所谓空间,怎会是在迷雾缥缈、波谲云诡,还有我老孙一泡尿腥味的掌心中。

这时,有一书生路过,悟空忙问:"时间与空间,我怎生翻蹦不出?"

书生站定:"你翻蹦不出的,是我的脑子。"

悟空大惊,喝问:"你是谁?"

"吴承恩。"

悟 空 的 事

自从回到长安,自从师父被唐朝来迎接的将士们驾走,悟空就带着师弟们笔直地站立在长安的西郊,痴痴地向东眺望。

师父还没来得及交代,就带那堆佛书经牒,跟着唐朝一起消失了。

直到一天,有个书生从明朝穿越时空,来到长安西郊,撞见这猴子还带着一头猪、一个和尚、一条龙在那里守候着,不由好生内疚,连声道歉说:"撤了,撤了。这唐僧早就忘了还有你这四厮了。"

猴子说:"哥,你怎么这么说我师父?"

书生说:"我是吴承恩,是我这么说的。"

悟

爱因斯坦的说法是光在真空里每秒钟跑 29 万 9000 公里。

上帝跟他说在东方,有只猴子一个筋斗就翻越 18 万 6000 英里,大约是你说的 30 万公里。

爱因斯坦说怎会有这样的事,就匆忙赶到明朝,找到吴承恩,说:一翻就18 万 6000 英里的猴子呢?

吴承恩说:"误会了。我说的是华里,不是公里或英里。"

这时,达尔文也赶了来,说:"猴子,就是人类的先祖。"

"是呵!"吴承恩说,"时间与空间,有谁能翻腾得出?如来的五指之内,即使是光的速度,也穿梭不透。我佛慈悲,猴子不猴子的,要'感'要'悟'才是。"

核 战 后

在一次核战后,全世界的人都死成了幽灵。就不知什么原因,还有一个人活着。

有一天,这人在思考着还有什么东西能让他果腹时,听到有人敲门,开门一看,头即时垂落,说:"上帝,你也来了。"

上帝说:"就你和我了,撒旦哥。"

受 贿

"说他受贿了? 不可能。

"国家党政主席都平稳下来了,历史地位都只待定位。又不缺钱。人到了他那境界,钱已不是钱,有钱也没处可花的。

"儿女们都有脉络、有网际可走,顺顺当当,只要不出岔子,这一辈子,也是风光、也是无忧的。

"他干吗要受贿? 他受贿要干吗?

"人都是一样的,生不带来死不带去,两袖清风清风两袖的,就像周恩来。

"人要的是张面子。他的历史地位就是他最好的面子。要面子有面子,他才不需要他永远都用不上的几亿贿赂而丢了面子。

"受贿? 他,不可能。我绝不相信。换是我,打死也不会受贿。"

"爸,你好自私呵!"儿子说。

直升机

早上起床后,他就闷闷不乐,苦着脸坐在客厅发呆。

这时他的邻居李先生拿了份报纸走进他家,直嚷道:"嗨! 嗨! 大新闻,大新闻。"

他吁了口气,头仰倒在沙发背上:"什么事?"

"昨天,我不是看你用货车载了一架纸扎的直升机去清明扫墓吗,哈哈,真出了风头,报纸还赞扬你,说你够尽孝道,也追上时代潮流了!"

"报纸真的这么说?"他不由板直身子,伸手抢过报纸。

报纸是有这样的报道:今年清明节,除了纸扎的录影机、DVD机、手提电脑和手机之类的现代数码化的电器之外,昨天,一架纸扎的直升机矗立在芳草萋萋的坟头上,为当今的纸扎祭品业拓开新的局面……

他不禁又叹了口气,顺手把报纸合上。

"好呵,老兄,眼光尖锐,脑筋也转得快,人家还没想到的,你老兄已捷足先登。我想,你家两位老人家,现在就已驾着直升机在阴间出尽风头了。"

"惨就惨在这里呵!"他又吁了口气。

"怎么啦,报纸的报道给你惹来了麻烦?"

"倒不是。"

"不是你又长吁短叹的,不会是心痛烧了那架直升机吧!"

"唉。昨晚在我睡梦里,牛头马面递了张通知书给我,说来年我不必再扫墓祭拜父母了。他们正式通知了我,我家两位老人家昨天驾着直升机,不幸坠机魂亡。也就是说,两位老人家已经魂离鬼界,不知所终,已成一片空白。来年,就省了……"

龙 的 长 城

我本是一条龙,高在天庭,悠游于时空之外的龙。

时空之外,没有死亡。即使是诞生,也已是遥远的传说。我已不记得我来时的源头。

我与玉帝同在,我与如来同在,我与星辰同在。

这颗仙桃般的蔚蓝星球上的过目云烟,本就不该引泛我心井内的丝毫波纹。来来往往,喧嚣纷扰,无非是空的映像。

错就错在:我一时对人间的纷争,哑然失笑。

于是玉帝贬我:既有入世意,就得下凡尘。

如来垂眉,弹指微挥:去吧。

就这么着,我降落到这如发烂中仙桃形般星球的人世间。

那时北方有战争。

在那有限的时空里,他们却以战争来把本已有限的时空再缩小微割。于是生命是边疆的青烟,传递的是死亡的讯息。

错就错在:我一时对生命的消逝感到惋惜与怜悯,而想把遍野的青烟战火扑熄。

于是我就把身躯一降一搁,横亘地躺卧在北方的疆土上,形成一道阻障。宽宏地梦想:南北从此就会和平安详。

哪知道在天庭时空之外的我,与一旦蛰伏在人世间时空之内的我,就由于时空的界限导致我自身生理机制的错乱。

我长长的身躯,搁置在这人世间的空间里,时间也把我的心理状态搞乱。

我的头摆放向东方的滨海,尾巴伸向西方荒漠。首尾距离上千里,时间的差别也上几个小时。也就是说,我有宽度、长度及高度的三度空间,但由于我的庞大,我竟穿透时间,进入了第四度空间——时间。

龙头已在迎接万丈的晨曦,龙腰还在深夜沉眠,龙尾却是刚吃完晚餐。首尾的生理机制混淆不堪。

也就这么个入世,我的身躯就框梗在起始与终点,诞生与死亡之间。时间带来生与死的幻影,造就了无数的悲喜剧。于是我开始因时间与空间而意识到衰老和厌倦,更因此而看破一切的过眼云烟。愚蠢的人类,在生与死之间无休止地争执着空旷的虚无。

祸首:就是时间。

终于我的身躯逐渐僵硬起来。

直到有一天,人们竟把我僵硬的身躯称为:

龙的长城,

万里长城。

清明节

老人对老伴说:"别看他平时少来问候,这孩子还是有孝心的。"

老伴说:"可不是。我都说了,孩子还是自己的孩子。"

老人点着头:"就是嘛。"

前一个老人的诞辰,孩子就把他们两老的国际护照、两张马来西亚航空公司的机票送来,同时还附上个红色的信封,里头是两张花旗银行、两张美国运通银行的信用金卡,更夹了张纸条,写着:爸妈,你们可以去环游世界了。

比起前些时候送来的电冰箱、洗衣机、多媒体电脑及软件、电视机与录影光碟机,这些印有花旗银行与运通银行徽标、闪烁着金黄色光芒的信用卡,两本印着双虎国徽的国际护照,更能令两老乐开怀。孩子很久以前就答应过他们两老:让你们环游世界去。

老伴的诞辰时送来的国产"英雄"汽车还摆放在屋外的草地上,当时才送过来的女佣,现在正忙着为他俩张罗午餐,还有那本马来亚银行的支票簿与存款簿,不就正搁放在桌面上。

至于过年过节时送来的金呵银呵的元宝,更是堆满了屋子内的每一间房间。说这孩子的事业情况不佳,说近年国家经济不景,市场萧条,股市更是停滞不前,但看看这孩子近日送来的礼物的质与量,却令他俩百思不解。

这时,电话铃声响起。

会不会又送东西来了?老伴跳了起来。

果然。

提起电话:"这是接收处。陈先生,你的孩子真是孝顺,给你送来了座金山。"

老人:"呵。今天是什么节日?"

接收处:"今天呵,清明节。"

车 祸

月色明洁的夜晚。城市。阒寂无人的长街。

一只黑狗从阴暗的屋角窜冲而出。

一声刺耳的刹车响声,摩托车像被魔手随意一挥般地,飞跌在长街空寂的黝黑柏油路面上。

一阵剧痛自胸膛伸延。这阵痛楚掀开我的眼皮。我看到阿李的摩托车倒在街心上,那后轮的轮胎还在旋转着。

一个人体伏倒在路面,四周传来人群向这里奔跑的脚步声。

我站了起来。这是阿李的摩托车。毫无疑问,阿李的摩托车出了事,但驾驶者肯定不是阿李,因为十分钟前我到阿李家去,阿李没有在家。

我得去通知阿李,阿李是我的朋友。我该去通知他,叫他来处理这件事,或者到警察局把摩托车领回。我要尽作为一个朋友的责任。

我开步跑,我向阿李的家跑去。

夜风在我身边流过,夜风撩起我的长发。

这是个清凉的夜晚。远处,有狗在长号,号声是多么的哀怨。

这夜的长街空旷如坟场。两边的店铺就像一座座的坟墓,一张张的广告牌就是一块块的墓碑。

我跑步,夜风在我的脚下四处流窜。我跑步,我要到阿李家去报信。我朝阿李的家,跑呵跑。

来到阿李家。大门关闭着,屋内有灯火。我翻开窗口的百叶玻璃,屋内没有人影。我大声喊,没有反应,只有我的声音在回响。

怎么办?我望着阿李家大门顶上贴着辟邪的神符。我才不愿意冒险。灵或者不灵,我可不愿蒙受私闯别人家屋的罪。

我只好再回到窗口处,我再次喊道:"阿李呵阿李……"

我探首望着屋内,竟看到挂在墙壁上的钟摆已停止不动了。

夜风却恶作剧地把我的声音吹得那么凄厉,害得邻家的狗群都悲哀地长号起来。

这时,我看到阿李的摩托车就在屋影下,摩托车的钥匙就在暗影中反射着月亮皓洁的寒光。

大意的阿李。或者,我该骑着他的摩托车去找他。他要不是在黑狗那儿车大炮,就一定在香莲那里痴缠。

我骑上摩托车,扭转油门。清凉的夜晚。天上圣洁的月亮见证,我如飞般地向黑夜的长街冲奔而去。

月色明洁的夜晚。城市。阒寂无人的长街。

一只黑狗从阴暗的屋角窜冲而出。

一声刺耳的刹车声。

而我飞呵,飞呵,飞呵飞。

🌴 作品赏析

《龙的长城》一文用"龙"的口吻,自述了龙因失笑于一场人间纷争而被玉帝贬到人间及其后来在人间所经历的故事。陈政欣笔下的这条"龙",是一位心怀悲悯、怜惜生命的善良慈悲之神。在看到战乱带给人类的灾难后,他不惜用自己的躯体化作战事多发的两地之界,形成一道阻障,但是,由于龙体过于庞大导致首尾生理机制混淆紊乱,龙的身躯被"框梗在起始与终点,诞生与死亡之间",龙由此见证了人间无休无止的争执,龙看破尘世,终于收起尘世之心,化成一座僵硬的万里长城。《龙的长城》是一篇充满寓言色彩和东方神话感的小说,龙作为中华民族的图腾本身就带有一种神秘、神圣的光晕。陈政欣不仅赞美了万里长城的宏伟壮丽,而且神话化了万里长城的缘来,隐秘地流露出他在书写中潜在的中国情结。文中对于时间与空间、生与死、战争与和平等的书写拓展了文本的表现疆域,充分体现了闪小说于"螺蛳壳里做道场"的独特性和神奇性。

《清明节》讲述的是作为后代的儿子在清明节为已逝的父母双亲上坟捎去拜祭礼品的故事。故事似乎平淡无奇,但是陈政欣巧妙地选取已经在九泉之下的两位老人作为叙述者,讲述了故事的前前后后。小说开头由老人之口称赞孩子有孝心,随后列举了孩子在老人诞辰、过年过节及清明节送来的"机票""信用金卡""国际护照""女佣"等祭品。老人口中所谓的孝子实在令人发笑,真正的孝顺不是给双亲荣华富贵,而是简单的常回家看看。古人云:"树欲静而风不止,子欲养而亲不待。"做子女的应当及时尽孝,对老人精神上的关怀比物质更重要。小说中交代了儿子事业情况不佳却在"孝顺"一事上如此大手笔,实则暗讽了儿子片面追求物质、面子主义、做事看中面子工程的假孝义。在诡谲的鬼魂叙述中,处处表现了陈政欣对现实问题的关注,借助独特的叙述将当下青年孝义的沦丧现实揭露摊开,发人深省。

《车祸》用倒叙的方式,借助一位亡魂的声音回忆了"我"在车祸前后的经历。《车祸》是一篇虚构的小说,"以一位刚翻车而亡的幽魂为叙述者,耍完时空混乱、虚化生死的游戏"。文章虚实交错,鬼魂和人角色转换营造出诡异阴郁的氛围。陈政欣运用多种意象——"月色""无人的长街""黑狗""阴暗的屋角""黝黑柏油路""夜风""狗的长号"等,将寒意逼人的,甚至有些惊悚的环境描写跃然纸上。小说首尾呼应:"月色明洁的夜晚。城市。阒寂无人的长街。"将悚人的黑夜封成一个密不透风的穹顶,笼罩在整个故事之上,抑郁得让人透不过气来。然而,看似虚构的、充满幻想的小说实际指向的是现实的人们。对比在"我"死后围观而来的"吃瓜群众"而言,死亡后的"我"的魂灵还在为好友的摩托车操心奔波,"尽作为一个朋友的责任"。陈政欣在冷漠黑暗的外部环境下,烘托出一颗纯真、善良、有责任心的热忱之心,透过对比让读者领悟生者的冷漠和自私。

陈政欣总是敢于尝试多种创作方法,题材涉猎范围也十分广阔,所以对于他的写作风格及秉持的写作原则做单一的归类是不恰当的。我们看到陈政欣在闪小说创作中国情结的隐现,神话寓言的化用,打破时空、虚实结合、探讨生死奥秘的尝试和努力。在马华文坛上,陈政欣实属一位充满多重色彩的、值得深度关注和挖掘的优秀作家。

（岳寒飞）

洪　泉

洪泉，原名沈洪全，祖籍福建诏安，1952年生于马来西亚柔佛州麻坡。毕业于吉隆坡美术学院，现任麻坡音乐学校儿童美术班导师。1979年起在《蕉风》等报刊发表多篇小说，颇受文坛关注和佳评。著有小说集《欧阳香》。

全 无 睡 意

　　昨晚在吊唁过后，步出殡仪馆，看到她快步紧跟在那个男人身后。她说，他们要结婚了。莫名的悲伤在心底浮沉，这种男人值得她跟从吗？

　　闭上眼睛，全无睡意，爱人就是第二生命吗？爱情可以满溢人生吗？和她相爱，一时情投意合，一起生活，从满足达到高潮，然后背对背睡去，然后就是爱的生活开始走下坡路，看不到尽头，对爱情就有些失望了。我们生活可以持久，从对方身上可以得到即时满足，两人性爱只能疯狂一阵子，一夜激情，不是一年激情。一天亲热几次，一生淡如水。如胶似漆的形容词用于那些面目姣好的男女，像我说的那些亲朋戚友，他们看我，我对他们另眼相看；我们男女关系，我们未来生活，他们知道多少？我们多少隐私，他们知道我的生活怎样过吗？他们知道过去和未来的日子是不是还有爱情？还有生活的情趣吗？或者，只剩下互相扶助的男女关系而已。

　　她告知了婚期，是的，她要结婚了。我们过去一起生活就已经知道会有这么一天，我们由亲密而逐渐分离，因为工作吗？爱情短暂休息吗？为什么，说不出所以然！

　　她说，她负担了旅行费用，负担了家庭开支。家务呀，从早做到晚，十二点之前还没有睡，躺下不知道什么，天就亮了，什么都想不起。工作工作，他是什么呀？一个男人呀，只懂得打种和发泄，自己梦想生活美好，梦想那些父母的遗产,想不到他在等候死亡。我等待的是什么?这是我自己找来的黑洞生活,你要好好生活呀,知道吗?

她近来没有消息,前些日子还偶尔有短信。是了,手机在十点之后或者会哗一声,那是男人完事睡着之后的事。等候吧! 手机短信号,开机:爱你,晚安!

拼图的面积

这盒千块拼图,吴雪青兴冲冲送来,他亲了她,她拥抱他,两人一起拆开盒子,在清空了的三尺方桌上,开始看图面分类颜色。他们看不出图面是什么,或许是某个现代画家的抽象画,布洛克的或是库西宁的。他感觉那些小色块可以随心拼凑,面对一小块面积,那是什么? 他感觉那是吴雪青的发角或是身体的某个隐私处,是林间奔跑的蔓藤还是她激情颤动的身体喃语。

拼图的面积有展开的版面了,在右下角,一个色层堆积的脚印,像是脚印吧,不是吴雪青的脚印,那是我们过去踏在泥泞里的脚印,一种雕塑版画的印象,凹陷和浮现的光影,吴雪青的脚板光滑,这个女人没有赤脚走过草地或泥地吧,她的脚可以爱抚和亲吻,这是调情的时光,过去的也是将来的,那是心爱的记录,是在日子里翻滚出来的记忆,当她抚摸我的脚趾时,粗糙一直挑逗她某种感觉。我的脚板和她的脚板互相摩擦时,我们在互相拼凑发酵的情感,那种触摸,在闭眼时刻,感觉对方在探访深入的情欲。可惜事情过后,那种感觉就像两指间拈着的小块拼图片,不知道它落在哪个凹凸间。

吴雪青离开时,桌面上的拼图只有她肚脐下那么大。已经好几天了,我们没有花力气思索那拼图可能出现的画面,我们时时贴身爱抚,她身上的肌肤关节毛发脂肪,曲线的起伏,仰起或落入的画面,在寻找小块的凹凸拼图片时,我们互相倾诉了解和渴求一种可以满足的结合。时间过去,每一小块图片没有组合的可能,她在精疲力竭时睡去,醒来就出门去了,我一直等候她回来。我单独对着那一小堆一小堆的碎片,一小片一小片尝试拼出套连的可能,或许我能拼出可能出现的画面。可惜心情告诉我,还是得拆开,这是不可能的事,出现的那个凑出来的颜色比纸巾的污渍还难看,不可能是画面。我找来小塑胶袋，把一小把一小把的碎片装袋，一袋多少片多少袋。这样不行，更不可能拼凑出原来的画面。

我告诉吴雪青，不要做拼图了，她似乎也厌倦了，但她说："你没有毅力拼出来吗？"我说："我算过了，这里头缺少60片，刚好是我们的岁数之和。或许就在这拼图里的空白处看到什么存在，那个空白处是个预言。你要知道吗？我不想知道，我在这拼图的过程缺席。好了，我们还要玩拼图吗？"

提醒还有一壶水

他把水壶放在水龙头下灌满，壶满七公升，可以灌满三个热水壶，足够三个人二十四小时冲热饮，这壶水要烧煮二十五分钟才沸开。他把水壶放在煤气炉上，打火，没有蓝色火焰势头，只听到火着了的细细响。几秒后，蜂巢炉板上出现红炉火。他从筷筒抽出金属柄汤匙，夹在壶提手和盖子的缝隙间，盖子紧了，壶嘴的活片盖好，水滚开时就会响起哨声，提醒有一壶水开了。

他一天的开始在天没亮之前，空气中还没响起祷告声，有人还在睡梦中，他从湿润的被窝中醒来，看到窗外的街灯软软亮光，披在眼前昏黄的景物上，车子草地树路和猫和狗还有什么！是有东西，感觉到，看不清楚，从玻璃窗的隔间看平静的画面，感觉不平静，眼前窗外没有动静，影子没有动，景物没有动，他移动的眼睛向天亮前的空间逐个看去，街灯照出的阴影隐隐挂在背光的一边，阴影没有移动，没有白天那种不断移的动作，光移影也移，没有月光里那种逐渐沉没的光影悠逝，或许从幽暗里移动的影魅中，看到了眼光或飞越的影了，可以嗅到一种生物的气味，不知是活力还是消逝前的回光，他对自己说：煮壶水，让汽笛唤醒可以起来的。

水还没煮沸，她站在眼前，啃着从冰箱里拿出来的黄瓜，第一口已经咽下了，第二口还在嘴里咀嚼，第三口就贴着唇边，黄瓜就这样准备着入口。他看着她握着黄瓜的手指拇指和掌形，这是她的早餐。他说：你不迟点起身吗？她回答：你起身，抱不着你，我就醒了。他说：你可以躺到早祷过后。你还想再来一次吗？你想吗？等水开了，我们再做爱。不要了，昨晚搞得太夜，我必须回家。她把黄瓜塞进他口中。她开门走了。他握着黄瓜站在窗前看她驾车走了,街灯还是原来的样子,老神在在。

他不放弃,他们已经相爱了她一半年龄,他等着她结婚回来,他们的岁月没有改变,爱没有改变,一些感情却在另一边,生活在另一边。爱像一壶水,沸开了,响着生活里那种无声的波纹,沸水不断,却短短地,煮了一夜的爱,没有交响曲,只有相爱在两人之间断流续流。

祖母说自己去找

记忆里的半亩水塘,剩下眼前餐桌大的水坑。水坑四周种了甘蔗和香蕉,这些植物边缘有层突高地,看得出这曾经是低洼地,这就是记忆里的半亩水塘。这水塘是这附近地面的积水潭,记忆里早年附近不曾淹水,水塘的水淹上地面,也只有脚踝那么高,半天后水都在水塘里晃悠,像河面湖面。曾经听说这里还淹死过鸡和猪,就是没见过,只见过鸭子和水蛇,看过四脚蛇和跳出水面的鱼。有人在这里钓鱼,钓上水獭;有人在这里下网,网上出现大蟒蛇。传言这里有人死在水里,被鱼和蛇吞噬。问祖母,她说:"你听聊斋故事呀。那是什么故事呀?"祖母说:"你长大了自己去看那本书,你就知道了。"

我的祖母只给我说经历和道理,从来不说故事给我们听,要知道故事就自己读书写字学习看书。书里的故事比这地方的传说还多,这里来来去去就是那些添头添尾的大话,这些大话游说得我们听久了也知道不真实了,像《西游记》《封神榜》。我们有时候给这水塘流言加了枝节声影,说那个不听母亲和媒人的话要出嫁的十六岁女孩的浮尸被一条大蛇吞了,把这区里的人吓呆了,没有人再到处追寻那个十六岁女孩。十多年后,我在大城里流浪,最贫苦的时候在她的杂菜档前要她最后的剩饭。她认出了我,却什么也没说,给我包了饭,放进塑胶袋里给我。我感激她,连声谢谢,她才开腔:"自己人,不多说。"那口腔调那乡音惊醒我,我瞪着她,她说:"那水塘干了吗?"

那水塘干了吗?那水塘在我离开时没有干,只是水位降低了,以前在独木桥上玩跳水游泳,我离开的时候四周长了草,旱季可以在泥泞中摸鱼,一次可以捉好几桶的泥鳅生鱼,我们把鱼偷偷送去阿海那椰林屋子里,你记得他吧!没忘记,是他把我藏在牛车里,和椰子送到附近的小城里,我和他住在小城几个月就逃到这里来,很久没看到他,我知道这种坏人都很难死。阿海是被一条蛇咬死的,那是我离开前一年。听说那水塘浅了。为什么呀?大水塘怎么会没水了?你的家人四处找人又自己动手,在水塘各处挖沟通水疏流,他们要那条大蛇出来,要找你的骨头安葬。

眼前这水坑还有多少故事可以说呢?还是祖母那句话:自己去找。

肩 袋 里 的 猫 望 他

聚餐晚会,她来了,肩袋里还藏了一只猫。猫头伏在袋口向外摆摆,两只青色猫眼在昏暗里探看。孩子们惊叫,大家走避,有人劝告她,回去呀!这里有小孩,你不要吓坏小孩,我给你吃的,你回去!她两眼瞪着说话的人,袋子里的青眼猫也注视着说话的人,说话的人匆匆回避,对身边的人说,这是什么鬼怪。

聚餐晚会的主人走过来,和颜悦色地对她说话,像个亲人似的,肩袋里的猫头在手肘袋口仰望他。他伸手抚摸猫头,猫头缩进袋里,又伸出来,看主人,她说:猫要找个地方歇歇,让它睡觉。她再看猫,猫伸出头,她用力按下猫头,猫"喵"的一声,双脚和爪子出现在袋口边上,主人后退一步,她对主人说:不要怕,不要怕,它昨晚没有睡觉,我找个地方让它睡觉。

听到她说话的人以为她要离开,轻松畅气。她转身走向屋旁的幽暗处,就坐在那边的石砖上。在几块假石和一道水流声中,她在那里抚摸猫袋子,那袋子里的猫好像真的睡着了,她口里好像还哼着歌,调子轻柔重复,在幽暗里冒出一种莫名的阴森。

聚餐晚会轻播的音乐加了某种重量,把那种她和猫的影音覆盖着。主人在客人之间走动,言谈间忘了猫和女人还留在那幽暗处,那个女人和猫已经离开了吗?追思祷告过后,大家在吃喝间聊天有某种未完结的期待,后来有人告辞。离开的人逐渐多了,庭院里只剩下几个人,有个要离开的客人问主人,那个带猫的女人去了哪里?主人好像想起什么,他四处张望,幽暗中没有人影,那个女人不在墙边那个角落,那些假石水声里没有人影也没有猫影,那猫和女人去了哪里?不会进屋子里去吧?他心里冒冷,不会吧!一个要离开的客人问他那女人是你什么人?他受到惊吓般吞吞吐吐地说:不知道,不认识。

车子暂停放

这车子这样停放在入口,看看车牌,不认识车主。是谁?一个女人或男人。车子摆不正,或许是个匆忙的访客,或许是贸然来这里的过客,不管是谁,车子不应该堵在入口,入口路边还有很多固定停车位,不然开门把车子停到门里,为什么要把门口堵住?心里生气,还要赶时间做事,现在要进去找传道员,给她送老婆交代的捐赠衣物。现在怎么办,索性把车子停在堵门车子的后面?还是等一等好了,这样停在门口的车子应该不会久的。

坐在车子里,关了冷气,这是种无谓的浪费。油价昨晚又涨了两毛,车里冷气不应该在这门口开着。昨晚才算了算,家里两辆车,一个月要几百多元,这种开销已经超出家用预算,就像泊车费一样,尽量不在繁忙时间开车找停车位,可是像这样把车子停在门口处好像过分,那又怎样。

半小时过去了,车主没出现,自己还要赶去对面那些商店办些事,还是办了事回来找人好了,这车主是谁,为什么这么长气,走到车子旁,想看看这是男人的车还是女人的车,有个包包在车椅里,不知装了什么,从袋口看是衣饰之类,这是女人的,就像老婆常常也给袋子装得满满出门,也不知是送货还是当义工去。怎么想那么多去,这车子要停多久,伸手按按车前盖,不热,温温的,好像停很久了。算了,这个女人。

把车子停在入门口车子的后面,对了,你使我进不了门,我就让你出不了门,等我办完事才来取车,不过一小时罢了。

一小时好像很短,却又很久,心里一直挂着自己的车子会不会被人砸了,被拖车拖走了,都有可能。办事还有手尾就匆匆赶来现场,怎么车子不见了?两辆车都不见了,原以为可以看到前面那辆车的女人在那边跳脚,让她尝尝这种车子被塞堵的滋味。

站在门口发呆,传道员走出门来说:"你太太把你的车子驾走了,刚才她带朋友来送衣物药品,我们下个星期要出发去山里。"

这根暧昧的头发

　　我给朋友看，我拇指和食指拈着这根头发，这根暧昧的头发是谁头上的？

　　跨越时间和空间，它怎么出现在我阅读的《爱的历史》的封面上，这书有几个人读过翻阅过，记不起阅读时有谁倾靠在身边共读，有几个人的手指溜过那些图像，谁的手指把插图里的人发划了下来。

　　我一直在推论这些人那些人。

　　头发是怎样掉落的，它好像羽毛一般轻飘吗，还是沉重坠下尘土飞扬？这种声量和微细的感觉，像爱情吗，听到了波动的声音？也能感觉到这根头发，静静地，怎样出现。是了，是昨天他在这里指指点点，说我不忠不感恩，这可能是他的怒发，他不懂什么是不仁不义，所以这根头发对谁也没有表明什么。这不是仁慈的白发，也不是那种象征公平公正的黑亮浓发里的一根。它不刚正，它是一根软弱的头发，在白色的背景里是一根黑发，在黑色背景里是一根泛泛的白发，从不同的角度可以是白的也可以是银色的。他说得公正，公正可以在自己的太庙分猪肉，对圈子外是另一种霸凌面貌。这根头发代表了什么，你觉得它是生活的象征，我感觉到岁月里这根头发的压力。我对眼前朋友说。

　　朋友说："可能是你的吧。"我说："我没有白发生在头上。"她说："这一根看起来是黑发，应该是你的，这根头发应该是你的。"我说："从这根头发的长度来推论，不可能是我的，是她的。也不对，她的头发修剪成差不多和我的一样，粗细也没有多少分别。""是几天前来过的朋友留下的吧。"她说。我说："不会的，这两天来的朋友都有染发。"她说："或许是从你床上飘来这里的。"我说："我不是鸭子也不是公羊，最近，我床上没有朋友睡过。"

　　或许这根头发是从窗外飘进来的，或许在街上有根头发粘贴在衣服上跟着回家，或许是对面家那个巫师的杰作。呀！这根头发如果落在那些有执着偏见的人面前，是不是要分类另论？非我型类或我家族某人的圣洁头发，是被称艺术家的或被称政治家的，是整形的女人还是叫人服从的男人，看来，这根头发叫人深思，不会是忘恩人或忤逆人的吧？不要从这根头发规范一个人型号,被标签。这根头发不知感恩吧,竟然离开生长它的头脸。

我把头发放进小玻璃瓶里,写了日期的小纸条放在里头,不知要投入满河还是珍藏为证物。她抢了它丢进垃圾桶。

土　虱

他从冰箱冷冻格里拿出一个冰袋子,上面注明 2010 年 12 月冬至,从朦胧塑胶袋子可以看出是鱼,是土虱。这冰冻的鱼已经多年了。还能吃吗?大家有争议,有人冒出笑话:阿公一定会说能够吃啦!在爆笑声里,老幺说:"说不定这鱼还活着,阿公一定会这么说,我想,鱼应该还活着。"大家不禁毛骨悚然。"丢掉呀!"有人大声说。

不知道谁把土虱冰块丢进空的水桶里,又有人说,阿公可能复活了。又是一句毛骨悚然的话。这种话不要乱说呀,明天是阿公的祭日呀!

几天后,老幺经过那个冰冻土虱的水桶,眼影中好像看到晃动的水影,仔细看水桶里,有两只脚板长的土虱,沉在桶底,褪色红桶底里沉着两条不动的灰黑土虱。他喊来哥哥,两人看桶底的土虱,背鳍起的宽头向前平扁,鱼身侧扁,唇须还在,胸鳍两边没了硬棘,大概被阿公下重手折了。我刚才好像看到这两条鱼在动。半天里,两人观察了很多次,土虱还是沉在桶底里,没动。两人不敢搅动水,那两条鱼像冬眠。老幺说:"阿公陪阿嬷睡着了吧!"

桶底里的土虱没有改变姿态,不知死活,水没有变质,不浑不臭。

日子没有改变,从冷冻格里拿出来丢进旧水桶中的两只土虱,一直沉浸在水底默默过日子,谁也没有动它们,大家心里疙瘩,知道桶底里两只土虱鱼是活着的,是阿公亲手放入冰箱冷冻格里的。阿公逝世几年后才发现它,现在桶里,今天是阿公对年冥祭,它们还活着。老幺说:"阿公当年没杀生也没放生,放任生死,难道要把它们再放入冰库里吗?"

她的假牙裂了

她的假牙裂了,她用强力胶黏结,果然可以再用。能省就省。她对妹妹说,妹妹劝她抛掉假牙,做一副新的。套得好好的,比原来的感觉还好。你的假牙十年了吧,换新的吧! 你有钱呀,单单上牙就两三百块,为什么东西样样贵,样样涨价,东西最好能用到死才值得呀!

假牙果然就这样套在姐姐口中,很久,什么时候姐姐没有再套假牙就记不得,对了,应该是姐姐说她牙床牙龈什么的常常发痛,有时候;后来就看到假牙浸在她房间小桌的那个杯子里,没牙的嘴更显苍老,才五十岁的人,嘴唇已经内陷,天天吧吧着嘴喊不舒服。她从杂菜档帮手转到清洁厕所的工作,工作更压弯了她的腰板,多添了苍白老态。

你不要去那熟食中心工作了,三个孩子都工作了,你停下来养病。她病了,她的三个孩子知道吗? 他们好像都不知道母亲病了,大儿子跟了个女人到几百里外去自组家庭。一个女儿淹没在大城的繁忙里,偶尔给母亲通电话:"妈,你没事吧,我真的很累,现在还在公司里。"还好能知道这个女儿活着、忙着。另一个真的不知道怎么说呢,给她几句生活提醒,就引出陌生感觉,后来,她真的像电玩里的闪动,消失了,听说跟了一群形形色色的人走失在人间里。

你不要这样呀,午餐一盒白饭配番薯叶吃到晚餐,这种日子过够了。以前是为孩子的成长前途和学业,现在不用了,也不要了。姐休息呀,你病了,吃药,没钱到政府医院去。不要听那些人的风凉话,不看那些人的偏差作为,对有些人歧视的眼光,也就算了,只要有药给你,医不好,也可以降低病痛。去,我叫阿美陪你去,她语言可以说得通,那些人的脸色就不会叫人受不了,你搬来跟我们一起住,你不要来住也不要紧,每天到我车衣间来看我的衣有没有车错,日子会容易过。

她在医院里,在妹妹的抚摸下身体逐渐冷了,没了呼吸,当工作人员为她裹尸时,妹妹悄悄把她的假牙放入裹尸布里,对她喃喃:"你的口腔癌要了你的命,这假牙你带走吧!"

昨 晚 的 将 来

　　她已经被证实成了植物人,问她丈夫如何处理,要让她回家还是怎样。她丈夫的回答很简单,让她在这医院里,由你们护理,孩子我带回去,她醒来会自己走回去的。

　　这样的答复使安纳很不自在,感觉要有什么去冲击这个男人。这个男人陪着一个女人,女人抱着那个刚被宣布植物人的女人的新生儿。这个女人是谁,女人很爱笑,很听从男人的话,从话语的语调姿态和身体动作看出,是一个新婚的妻子。算了,是自己想多了,自己以前接触的男人都有两个心,一条说是专心,另一条看着办,那个专心什么时候也是看着办,你就等时辰了。

　　"可怜的女人。"身边的护士说。"抢救不及吗?""噢!不知道为什么!"安纳说:"前天晚上看她进院还好好的,男人陪着她,还听他说:'小心小心,医生很快就来,没事,不要怕,孩子福大,没事。'"孕妇很听信丈夫的话,喜悦和紧张在言语和动作中把男人当作唯一的救星。

　　这就是幸福。当时安纳心中注满欣喜,过后,对那个场面有些不悦,自己的将来会不会也有这种幸福的感觉,好像那个完美温柔的床铺等着她,她能安枕享受这种幸福时光吗? 或许这是短暂的,一个场面的演出,常常看到幸福的场面,结束在不完美的时刻。那个常常出人意料的关系,就像她近半年来被他的爱情迷惑,感觉甜美满溢。不完美的事,她是第二个涉入者,想到要为他生孩子,心里就有那个说不出的另一个不爽。看到那个因生育而成植物人的女人,她觉得不应该有这种事发生,为什么?

　　"前天晚上是谁为她接生的?"护士看了她一眼,说了她熟悉的名字。"不可能,那晚他不是没有值班吗?""有,他说正在忙着重要的事,他让护士为那个女人接生,他忙得很,他常常很忙,这种意外是天意,第三宗了。"

　　安纳不安,前天晚上她在夜里和他聊通宵,听他的甜言蜜语,和将来的幸福预言。

作品赏析

《土虱》讲述的是阿公在去世前冷冻在冰箱里的土虱,多年后才被发现,居然存活下来的故事。在阿公的对年冥祭,被冰冻多年的土虱依然存活,真可谓物是人非。在小说的结尾,老么问道:"阿公当年没杀生也没放生,放任生死,难道要把它们再放入冰库里吗?"显然,这是出自孩童的拙朴发问。面对死别,人类总是富有郑重的仪式感。而对待其他生灵的生死,却多少表现出淡漠。但生命在本质上其实是平等的。即使是土虱,也不应当被放任生死。洪泉在对土虱复活的叙述中,倾注了其对生命的观照,体现了作家对生命的态度。尤其是老么在面对物是人非的对比时所做的发问,给读者留下了思考空间,这亦是洪泉的匠心。

《她的假牙裂了》讲述的是"她"一生为生活所累,平凡而清苦,连假牙套都不舍得换,最终凄惨地离开人世。"她从杂菜档帮手转到清洁厕所的工作,工作更压弯了她的腰板,多添了苍白老态。"子女跟她的关系也很疏远,在她的生命里连天伦之乐的幸福也未曾拥有。"只有生存,没有生活,没有幸福"——她的一生可以说是多数底层人民浑噩困顿的真实写照。洪泉把写作视角凝注于对底层的观照,用"假牙套"作为苦难的缩影,书写了"她"清贫寡居的一生,这体现了作家深切的人文关怀和对底层人民的热切关注。

《昨晚的将来》讲述的是感性的护士安纳因为目睹产妇的幸福和不幸而对自己的未来和幸福产生了迷茫和困惑。在笔者看来,这是关于爱和幸福的"寓言"。在《昨晚的将来》里,安纳在看到孕妇的幸福时,对爱和幸福产生了信心。但当孕妇因为生育变成了植物人,丈夫却带来了另外一个笑靥如花的女子,把变成植物人的产妇独自留在了冰冷的医院,这使作为旁观者的安纳很不自在。面对爱情的善变和无常,视爱情为生命重心的安纳出现困惑是很正常的。爱情是否可靠?这可能是很多人,尤其是女性朋友比较关注的一个问题。答案亦是一千个读者眼里就有一千个林黛玉。在笔者看来,真正可靠的幸福是值得加愿意,也就是说你愿意付出真情的对象是一个值得的人。客观地讲,一个男人真正有担当、有责任心才值得托付。但安纳的恋人却让安纳变成了爱情里的"第二个涉入者",在自己值班做接生工作时,跑去跟安纳私会,把接生工作推给了护士。很显然,安纳的恋人没有责任心，缺乏担当。在小说的结尾，洪泉点出安纳落入了"甜言蜜语"的圈套，由此，安纳的"昨晚的将来"不言而喻。《昨晚的将来》是个充满立体隐喻的故事，洪泉通过对细节的把握和多层意象的交织，向读者展示了关于幸福的歧路和正途。

洪泉善于从多层意象的交织中，拿捏和把握事物本质；在立体的碰撞中，向读者展示其思考触点和写作诉求。

（刘永丽）

朵 拉

朵拉,原名林月丝,1954 年出生于马来西亚槟城,祖籍福建惠安。专业作家、画家,出版个人作品集共 48 本。现为中国《读者》杂志签约作者、郑州小小说传媒集团签约作家。现任世界华文微型小说研究会理事、世界华文作家交流协会副秘书长、槟州华人大会堂执委兼文学组主任等职。多篇小说改为广播剧在大马及新加坡电台播出。小说《行人道上的镜子和鸟》被译成日文,并在英国拍成电影短片,于日本首映。

不 在

"啊!原来你在这里!"她走近,微笑地伸出手。

我看着她修长的单眼皮,圆睁着眼睛时变得很大。

那时我对她说:"你是我见过的眼睛最大的单眼皮女郎。"

"真的吗?"她不是不相信的口吻,只是自然地回应。

"真的。"我点头,很用力地。

"真的是你吗?"她微笑,两边嘴角往上扬,脸发光一样亮了起来。

"是我。"我伸出手,"我当然是我。"

她突然把手收回去。

脸上闪着的光彩黯了下去。

"你们很像。"

她不是对我说话,是自己喃喃。

"真的很像。"

眼睛的焦点不再对准我,她望着我背后的人群。

那样遥远,缺乏视觉焦点的单眼皮眼睛,在寻找什么一样,里边盈满哀伤。

我仁着没动。

要碰到对的人，在对的时间，并非易事。

她是。我是。很困难。

人潮汹涌而来，又汹涌而去。

她不是。

我也不是。

抉择的桌子

唤一杯咖啡，静静地坐着。

门外嘈杂喧闹，购物中心里拥挤的人群并不一定是来购物，正如走进咖啡馆的人并非是为了喝咖啡。

五年前的那个下午，就在这里，她也唤一杯咖啡，静静地坐着。

留下来或者出走？

她心里的犹豫在渐渐放大。

后来，咖啡未喝光，她做了一个决定。

抉择的桌子，给她美丽的回忆，所以她回来，唤一杯咖啡，静静地坐着。

原来的房间

我推开门，房间的摆设没变。

浴室在右边，狭长走道过后，一张双人床，床边有个小书架，七颠八倒的书摆得太满，书架快支撑不住，有点斜度，却没倒下。

没有梳妆台的房间有个书桌，一张椅子，书桌上一台手提电脑。

面对着电脑的女人背着我，我看不见她的表情，但听到她的哭泣。不是哀号的呼叫，只是幽幽地，呜呜呜地，似乎哭得太久了，可悲伤还在，无法停止地哭着。

那呜咽幽怨的哭泣，叫人忍不住要跟着流泪，一种穿透心肝肺腑的悲哀,仿佛永远不会消失。

电脑里有什么让她心碎的消息?

她身边的窗帘扬起来,风吹拂进来,她的头发飘扬起来,卷卷的长发竟有几丝白花花。

已非青春年少,尚有难以抑制的悲伤?

来到中年,难道不知道,任何事情皆不值得哀伤良久? 所有的一切,好与坏,最终都会过去。只要愿意把一切交给时间。

离开这个房间,到今天回来,起码三年了。三年里,经过风,经过浪,一些云,一些海。当时走出去,幻想可以把从前放下。总以为远离事情发生的地方,眼不见为净,等时间走过,再回来过新生活。

可是——

我站在旧日的房间里,看见当时的我,还在对着电脑,哭泣。

写　她

报纸上连载男作家的爱情故事。

"你不应该把你们的秘密公开。"朋友说,"她已经去世,你却透露了你们的过往,对她不公平。"

"法国女作家米歇尔在她的好友过世后,说:'为了不要失去她,我要写她,至少在纸页上,她是不会消失的。'"男作家借别人的话来回答,语气悲伤,神情惆怅。

"啊!"朋友这才知道,作家如此多情深情。

朋友不知道,揭露自己和女政治人物的婚外情,作家获得稿酬 50 万令吉。

青山依旧在

郁翠青葱的山上,首次相遇,言谈甚欢,相逢恨晚。

两个人相约:"明年一起再到山上来过农历新年。"

紧紧握手。"人生难得遇一知己。"

半年后,其中一人车祸逝世。

约会的日子近了,另一个因病去世。

再见的时间终于来临,两个人皆无法前去赴约。

山,青绿地矗立。

害怕的自由

葬礼终于过去了。

"剩下她一个人……"

"不必担心。平时她常埋怨,久病的丈夫的拖累,害她失去许多生活乐趣,你看到了吗?她都没哭呢!这下子,她可高兴了。"

亲戚朋友一一告辞,房子即时空阔起来。

女儿阿秀说:"妈,我也要回去了。"

"阿秀,你能不能带我一起过去你那边住?"

"咦,妈妈,你不是常常说一个人住比较自由吗?"女儿惊讶地问。

她终于哭出声来:"不,不,我好怕,怕一个人,怕死了也没人知道。"

白首偕老

父亲对女儿说:"哼!只有我才能够忍受你妈妈。"

母亲对儿子说:"哼!你爸爸的脾气,我不容忍,早离婚了。"

50 年金婚晚宴上,父亲母亲笑意盎然,和宾客们握手言欢。

"真令人羡慕啃!"

"50 年了还如此恩爱!"

"要向你们学习呀!"

钦羡的言辞似美酒,一口一口灌下,大家都醉了。

散席后回家,上床,无笑容无言语,父亲母亲背对背,各倚一边躺下。

明天又是同一天。

进　来

我正要上楼去午休的时候,门铃响了起来。

"是你?"打开门我忍不住就惊诧地低声叫出来,"苏家明!"

"我可以进来吗?"他低沉的嗓子仍然没变。

我曾经拒绝过他。上一次他问过,要进来的时候,我向他摇头说不。

门外下着冷冷的雨,但他身上没有湿,只是看起来有点疲倦的神态。他的头发还是和从前一样浓黑,他的眼神也和从前一样热烈。

我迟疑,没有回答。

丈夫在房间里睡觉,他如果知道我让苏家明进来,会有什么反应呢?

当年他们一起追求我,我选择了他,苏家明出国去了。

人生有很多时候,都在十字街头徘徊。无论我选择的路是正确或者错误,都已经做了决定,就应当对自己的抉择负责。

虽然我偶尔也会想起苏家明。

有时候我怀疑,要是我当时选择苏家明,我会不会在某些时候想起我现在的丈夫?

"也许你再打电话给我,我们另外约个时间,你再来好不好?"我把门半掩着,打算要关起来的样子。

失望像阳光下的影子,映在苏家明的眸子里。

我闭上眼睛,把门轻轻关了。

心里有些依依不舍。结婚后的日子并非我想象中的那样美好。

我听到闹钟的声音响起来,急急伸手把它关了。

丈夫就躺在我的身边,他没有被吵醒。

原来我竟睡在床上。

我拉着被单坐起来,冷气直往我身上吹,感觉很冷。

真想下楼去门口看一看,也许苏家明还没有走远。

旅　人

我遇到他的时候是在黄昏。

太阳快下山的那段时刻最让人焦灼不安,像一天就要结束了,又似新的一日将要开始。结束的已经成为过去,却不知道能不能醒着看到明天的早晨。

地点是在机场。

我提着小皮包,大的行李已经托运去了。划好机位以后,总算可以坐下来歇口气。

——工作?

坐在我身边的老人问。

——旅游。

我微笑。

——你呢?

在旅途上,谁都不是朋友,谁也都可以是朋友,善意的笑容受到寂寞旅者的欢迎。

——一样,我也是。其实大家都一样。

他流露出来的神态,是一种看透世情的冷淡。

——你的行李……?

我瞧着两手空空的他,忍不住好奇。

他着一套 T 恤短裤,脚下是一双拖鞋,像出来散步多过去搭乘飞机。

他没有回答,只是耸耸肩。

我接不下去,轻轻向他点头,表示我明白。事实上我并不。

——一个人,没有什么好带的。

突然他再度打破沉默。

听到广播报告可以进入候机室时,我提起小皮包,并招呼他。

——一起进去吧。

他做个手势,让我先走。

——每天我都喜欢坐在这里,看旅人上下飞机。

穿过玻璃我看到,又有别人坐在老人的身边,同时我也看到,寂寞像一层雾,静静地笼罩着他。

储藏室

不知道有多久没打开储藏室了。

因为不想整理。

不是懒惰,而是不晓得应该怎么处理。

多次下定决心,吸一口气,以非不可的坚持,打算清理一番。

那些不需要的,未来再也用不上的都应该丢弃;那些搁了许久,但没动它一动的,表示再无用处,再说。无论新的旧的,收久了,都变成过期物品,应该给作废才是,心底下却总有一丝,说怜悯也不是,说是舍不得,这形容词倒很接近那感觉。

舍不得的感觉,一丝尚可,不可太强烈。还记得刚分手那段时间,过于舍不得,心差点碎成片,最终,仍是靠自己,亲手一针一线,细细密缝。

过往旧事,一点一滴,都储藏起来。

新伤旧痕,**叠叠盖盖**,压在最底下的好像看不见,她也不愿意去翻开。

心里有一个储藏室,她没有对任何人提起。无人会对他者的储藏室有兴趣。

他们一分手,他就飞到中国做生意。外人看在眼里,因此传言:他太伤心,远走他方。

真正收在储藏室里的真相是:分手之前,他早在中国有了外遇,生意也逐渐转移到中国。

争辩到最后,受伤的人还是自己。她选择无言。

打开储藏室,她希望看到,一个什么也没有,被搬个清空的小房间。

作品赏析

《进来》讲述了我的一个梦,小说中的我是一位已婚妇女,但在婚后生活中我会不时想起当年被我拒之门外的,和我现在的丈夫一同追求过我的苏家明。在梦中，苏家明冒雨来找我，我的内心是激动愉悦的，但因丈夫在家所以不得不拒绝苏家明，并请求改约时间。从小说标题"进来"可以推敲，女主人公内心深处其实隐藏着一个想法，即重新做一次选择。但人生不能倒带，时光不能倒流，一旦做出选择就必须承担后果，无论选择正确与否，都只好抱着"自己种的果自己食"的态度坦然面对。尽管故事中的"我"依然在精神上出了轨，但是梦醒时分我还是丈夫的妻子，婚姻生活仍会继续。

《旅人》讲述了"我"在机场静候一段旅途的启程，在候机室遇到一位同样出发旅行的老人，老人什么行李都没准备，简单的装束更像出门散步，待我登机时，老人依旧独自坐在原地，看着来来往往行色匆匆的旅人。两个陌生人的会晤，偶然相遇，短暂交谈，马上又各奔东西，其实多半时间里，人与人互为过客。生命不停歇，人的脚步也不会停驻，小说里的老人显然十分孤单，"我"能感受到老人内心的寂寞和冷清。朵拉试图表现的是人与人之间的缘分，无论有缘或无缘，只要相遇了，就请带着温暖的微笑去关切他人，让世间多一点爱的力量。

《储藏室》讲述了女主人公收拾自家储藏室的点滴故事。标题"储藏室"一语双关，不仅表示家里储存物品的储藏室，而且指代了女主角心中情感的储藏室。打开许久未打理的储藏室，虽不知从何下手，但还是必须打扫一番，无论新的旧的，只要是无用或过期的物品都应该清理掉，即使心中存着一丝不舍。由此，女主人公回忆起当初失恋疗伤的日子，对于伤心的事情，最好的处理方式不是隐藏或逃避，而是敞开心扉，放下过去，坦然面对新生活。打扫完储藏室的旧物，也该清理下心灵中的灰尘了。

朵拉的闪小说多半色调忧郁，这是因为她试图在短小的篇幅中孜孜不倦，追问人生哲理，无论是爱情婚姻的秘密，是人之孤独特质的表现，还是人生选择和人生追球的永恒话题，都凝结在朵拉的笔尖。面对人生的离奇和无常，朵拉选择用爱心和怜悯去怀抱整个世界和整个人群。

（岳寒飞）

邝　眉

邝眉,原名萧美芳,马来西亚华裔,1960年生于沙巴(北婆罗洲),祖籍广东深圳。南京大学毕业,曾任教30年(又毕业于亚庇佳雅师范大学),现从事写作。创作散文、微型小说和科幻小说等各类型文字,善写教育用书,出版作品40余册。曾获花踪散文推荐奖、南大微型小说首奖等。马来西亚作家协会、沙巴华人作家协会以及山打根文艺学会永久会员。

大　潮

大潮终于出现。一贯专门散布假消息的朋友圈,这次不再狼来了。我坐在屋顶。下过倾盆大雨的天空,老不高兴地黑着一张脸。潮水涨上岸时,我还死睡。我认识的海浪声拍打耳际,还有本来遥远的咸腥味也光临寒舍。我以为这是个不切实的梦。直到床榻晃动,我醒过来,一半身体平躺在水里,哆嗦。夜晚的海水多么冷,孤单的感觉多么刺骨!黑暗中有木箱浮在水面、面盆、两个杯、两个碗,还有许多成双成对的东西:椅子、毛巾、筷子、小板凳……全要漂走,它们碰撞,发出互相责难的声响。抨击谁啊?这里除了我没别人。你走了之后,我发毒誓等你回来。前两天村民劝我先离开,这次的大潮不比往常,先躲一躲。要不,把贵重的东西搬上山坡。昨天的山坡上满是电器、家具和一箱箱"贵重"的物品。村民见我无动于衷,叹息:"她大概已经疯了。""她的男人离开的时候不是说绝不回来吗?""这破房子也没什么可以搬的吧?""甭管她了!""大潮淹过来的时候,休想我们来救她!"村民越说越气,仿佛我活该是个被嫌弃被抛弃的烂女人。大潮不断升涨,到了九米,屋内连呼吸的空间都没了。我现在唯一珍贵的只有这条命,尽管它曾躺在火车轨上等候死神。于我,它现在是我的全部。我湿漉漉地往上爬,这里有个小而曾经罗曼蒂克的屋顶瞭望台。一根树丫长着长着穿过了它。当海潮推倒房子,一切随水漂远后,我紧紧抱着树丫。我这才明白海誓山盟只是人生中的假消息,最可靠的是清醒过来的这一刻,仍然逃得过这次的大潮。

数　鱼

　　我初到西太平洋,是个穷学生,成天泡在小咖啡馆的角落一杯咖啡喝到天黑。满腮红胡子的胖子老板,天天见我来忍不住要给我介绍工作,我听不懂他叽叽咕咕的英语,仅从语言的碎片中理解有工作可做,以为是打扫端茶的小事儿,喜出望外,猛点头:"那是天上掉下来的礼物啊。"他说工作只从四月到十月就结束。我纳闷,多问几句,红胡子的鬼脾气就发作:"这优差半年赚一年工资,划算了吧?"哦,这么大一只蛤蟆终于跳到我跟前了。红胡子带我到大水坝。他说这里就是工作地点。我眼里就一片荒凉的水坝啊老兄!这时,说浅不浅说深不深的渠道上有无数疯了似的鱼跳上水渠的阶梯,不管滑落多少遍,这些神奇的鱼仍旧不顾一切地拼命往上跳。它们重复着这种愚笨的动作。"它们在干吗?""你应该问你来这儿干吗!"我瞄了一眼对面的老先生,他的眼珠鼓胀,盯着跳动的鱼,手指不停地按着计数器。"我明白了!"我高兴得伸手拍打红胡子的肩膀,他魁梧得像山神,我得踏上巨石才拍到他的肩膀。于是我开始了这神圣的工作,每天干满八小时,平均每小时按键近400次。这是世界上最无趣最单调的工作,唯有遇到不同的鱼种,我和对面的老头就会高声欢呼,两个疯子赶紧快速地按下不同的按键。

　　我是睁着眼睛对心理医生说了下面的一段话。"我赚了不少的钱,足够办一场像样的婚礼。可是等了我五年的新娘子却跑了。扔下一句'我受不了你的手指!'"

　　心理医生低下头,喃喃地说:"我也受不了你那双眼。"

🌴 作品赏析

　　《大潮》讲述的是一位失爱的女子在大潮来临之时,守着最初的海誓山盟执意等待,在历经潮水的洗礼和生死考验后,女子的自我意识得以苏醒。

小说中的女子偏执地等待杳无音讯的爱人回心转意时，她的心看到的是"黑暗中有木箱浮在水面，面盆、两个杯、两个碗，还有许多成双成对的东西：椅子、毛巾、筷子、小板凳……全要漂走，它们碰撞，发出互相责难的声响"。可见，与爱人分离前彼此间有过较为激烈的冲突和伤害。随着水位高涨，女子求生的本能得以复苏，于是，女子"紧紧抱着树丫"。历过生死劫难后，女子的自我意识得以苏醒，正视到爱情中的海誓山盟可以是人生中的假消息。面对假消息的伤害，爱情之于生命，孰轻孰重？答案恐怕莫衷一是。在笔者看来，自爱是所有爱的最大前提，原谅是最大的爱。当爱消逝，我们能做的是要学会原谅自己的执着，原谅对方的有限，而非死执自虐，这才符合爱和生命的初衷。正如《大潮》中女子所领略到的，"最可靠的是清醒过来的这一刻，仍然逃得过这次的大潮"的自爱和大气。邵眉把人生中的"大潮"和现实中的"大潮"巧妙地设置在一起，两个"大潮"在女子的现实困境和情感困境中相互交织，凸显出生命的可贵和思想的交锋。这是邵眉的独具匠心，亦是她的良苦用心。

《数鱼》讲述的是一位初到西太平洋的穷学生找到了一份数鱼的肥差，等他赚足了钱，准备办一场像样的婚礼时，女友却离他而去，原因是"受不了你的手指"。如果说"办一场像样的婚礼"幸福地生活是"我"的最初目标，那么实现目标的手段——机械地重复乏味的数鱼工作则让"我"逐渐被异化，就像"对面的老先生，他的眼睛鼓胀"，如心理医生所说"我也受不了你那双眼"，这是女友离开"我"的根本原因。工作是提供衣食住行的必要手段，但人似乎不应当"不择手段"地盲目选择工种，否则会得不偿失。环顾现实四周，因为"数鱼"肥差而失去自我的人亦不在少数。在这里"数鱼"可以视为具象，其折射出邵眉对人生追求和生命存在的深度探究。邵眉对于数鱼工作和生命追求的审视，体现了作家深厚的人文关怀和深邃的生命领悟。

邵眉善于把富有哲理化的生命思考熔铸于精巧的故事中，在看似漫不经心又别出心裁的叙说中，让人不禁折服于其胸怀的深广、敏锐的洞察力及明澈的心境。

（刘永丽）

方　路

方路,原名李成友,祖籍广东普宁,1964年生,马来西亚槟城大山脚日新独中、中国台湾屏东技术学院毕业。曾获花踪文学奖、时报文学奖、海鸥文学奖,两次获南大微型小说比赛首奖。著有诗集《伤心的隐喻》《白餐布》,散文集《单向道》,微型小说集《挽歌》《有一万朵雨落在海港》等。现任《星洲日报》高级记者、《阅读马华》专栏作者及马来亚大学深耕小说课程讲师。

长 生 店

我依照问米婆的指示,到街场长生店找老师傅,示意问米婆要买两只活乌鸦。

老师傅把刨刀搁在一旁,从刨了一半的棺木里爬出来,满身沾了木屑。

他神色呆滞,没有精神,看看四周没有人,把我拉到堆满棺木的后房,严肃地问我:"问米婆有说看到什么吗?"我说,问米婆在吊魂时看到我出现在上星期女生被奸杀的现场。

那时,我因抓了半天的野鹈,憋尿,到太上老君庙旁的茅草芭解决。但我没有告诉他,解决半途,看到老师傅从荒落的庙内走出来。

七 人 头

经过集体埋葬的地点,看到一位老妇人在收拾尸体,她自言自语,军人在这里处决,把七个人活生生断首。

她看我走过,在点算后说,只有六具尸体,突然抬头问我,认得这个头颅吗?

我不知要不要告诉她,她手上捧的是她自己的头颅啊。

雨 对 话

你的身体好像雨,很凉。

其实,淋了雨都是这样子的,体温渐渐降低,感觉就凉了。

你平时应该很喜欢在雨中。

雨是好的,至少可以滋润土地、树木、花草,可以清洗屋檐上的落叶。

看你长得好好的,健康的腿,满挺的胸,一看就是运动型的。

身体凉了,就会感觉到疲倦,不想睁开眼睛。

如果你能撑一把伞,身体就不至于这么凉,令人有眼泪的感觉。

遗体化妆师除去口罩和手套,合上工具箱,起身鞠躬,离开化妆室。

一 双 眼

村长儿子被人抠了眼珠。

我不久就被列为嫌犯。

因为我不小心撞破他偷窥邻家女生溪边洗澡的事。

村长纠众持械包围我。

要挟我承认是我偷窥邻家女洗澡。

要挟我承认抠了村长儿子的眼珠。

要我还一个眼珠。

我用溪边的沙弄瞎了眼睛。

持械的人最后包围村长。

要为我讨回一双眼睛。

殡仪馆

殡仪馆地段出租给发展商。

准备建二十楼商业公寓。

我去采访签约仪式。这殡仪馆是会馆改建,两个螺旋式旧梯可以上到二楼和三楼。

签约过后,嘉宾到外面巡视地段,观察风水,风和日丽。

我怕晒,自己上二楼吹风。

过了楼梯口,发现有一堆东西,相挤着,重叠着。

我以为是准备迁移的旧人体模型,用来计算棺木置放大体的尺寸。

可是,突然发现一些人体会动,蹲下来看,一惊,怎么有老态的活人,和尸体叠在一起?

一些大体准备入殓,可是有的仍没有断气,老者的眼睛,还挣扎着投眼神看我,似乎跟我确定,他是不是还活着?

蜜蜂窝

草丛有动静,我知道有蛇经过,树顶的枝头晃动,我就没法猜准到底压了根什么。

在乡下,看到这状况,最多是猜树顶一定有个大蜂窝。有一次,我看到枝丫在晃动,悬住一个窝,看到多好虎头蜂在钻动,眼花了起来,定了神再看,群蜂钻进的不是蜂窝,是挂在树枝上的断头,怎么有一个头颅勒在树上,虎头蜂还在挖空眼珠的地方爬进爬出。

母亲看我回到家张嘴讲不出话,摸一摸我额头说,这孩子冒病了。

导盲犬

他和导盲犬一起生活了八年,视力却神奇地有一些变化,可以看到微弱的光,接着第一次可以看到陪伴他的狗,看到前面的斜坡路,有些弯曲,但仍值得跨前行去。

导盲犬仍依在身旁,准备带主人越过前面弯曲的路。

但发现导盲犬走错方向,他用导盲鞍,示意它回头。

他蹲下来,抚摸狗,看到狗流泪,他明白,狗正在逐渐失去视觉。

他和狗,一起坐在斜坡上,最后,他把狗紧紧抱在胸前,悄悄说:"我永远陪你。"

断掌女

寂寞的时候,她看书。

寂寞的时候,她磨刀。

寂寞的时候,她给老公看断掌,这次分开两截的掌,还沾着血。

作品赏析

方路的闪小说在命名上就多具有惊悚诡谲的特点,例如《七人头》《一双眼》《断掌女》等,非常夺人眼球,在这个生活节奏极快的信息社会,能够瞬间引起读者的阅读兴趣,也算是顺应时代发展的产物。

《断掌女》全文仅仅3行共40字,却满满都是"言有尽而意无穷"的味道。读完之后,读者会忍不住自己想象故事的全部情节。一个女子嫁给了并无什么共同语言的丈夫,时间流逝,女子愈发感到孤独和寂寞,她或许曾经也想跟丈夫沟通,但是丈夫并不理睬她或者甚至干脆粗暴地拒绝了。她只能一个人看书排遣寂寞的心情,但是丈夫的行为愈发过分,寂寞孤独的感情终于压垮了她,女子终于在某一天发疯了,她磨刀,斩断了自己的手掌,将沾满血的断掌给丈夫看,想引起丈夫哪怕一次的关心和注意……虽然并不像传统小说,具有种种创作要素;但是这篇短短40字的闪小说,却有着感情的转变,如同《雷雨》的戏剧般的冲突,令人震惊的欧亨利式结局转折,在写作手法上吸收了传统小说的优点并且做出了适合自身体量的创新,最为重要的是这一切全部都是由读者自身的想象完成的,作者寥寥几笔仅仅是描出了故事的轮廓。

《导盲犬》这篇,讲述了一个简单的故事。盲人与自己的导盲犬共同相处了八年,盲人渐渐发现自己的眼睛能够感受光亮甚至看见东西了,却发现自己的导盲犬开始认错路,当他俯身拍拍爱犬的头发现它在流泪,才明白导盲犬用自己的视力换取了主人的光明,主人轻声承诺,会永远陪着自己的导盲犬。整篇篇幅不长,却构思精妙一气呵成,略带魔幻色彩的故事令人感动,完美塑造出了一只伟大忠诚的导盲犬形象,歌颂了人与宠物之间相互依赖扶持的珍贵情感。虽然拥有温馨感人的作品,但是方路的大部分闪小说还是以惊悚的手法为主,叙述的故事往往让人觉得颇有寒意有些后怕,对死亡的思索和人性的探求才是方路闪小说的主要主题。殡仪馆是故事发生的常见场景,对话经常发生在生者与死者之间。

《七人头》中,"我"路过坟地,有一个老婆婆说军官杀了七个人,却只看到了六个人头,"我"不忍心告诉她,她的人头在她自己的手上。又如《蜜蜂窝》,这篇闪小说几乎没有故事情节,仅仅叙述了"我"无意中发现树上的蜂窝是一颗死人的头颅而吓愣住,回家被母亲说冒病了。海德格尔曾在《存在与时间》中说:"死不是一个事件,而是一种须从生存论上加以领会的现象,这种现象的意义与众不同。"似乎在方路的认识中,生与死与其说是相互对立的两极,倒不如说是彼此渗透的生命之维本身。生与死原是一对孪生兄弟,生命只有在死亡的参照下(即便是充满吊诡性)才能充分凸显其意义与终极性。

方路在对死亡的审视与思索中,感受生的存在和眷恋。不同于方路在传统文学形式上的创作主题,他似乎是在闪小说这块新生的土地上,肆意试验着更为丰富的创作主旨和手法。

(王成鹏)

许通元

许通元,生于 1974 年,马来西亚人,祖籍福建诏安。现任南方大学学院图书馆馆长、马华文学馆主任、通识教育中心讲师、《蕉风》执行编辑、柔佛州作协联委会主席。曾荣获第 11 届大专文学奖小说首奖。出版小说集《双镇记》,微型小说集《埋葬山蛭》,散文集《等待鹦鹉螺》,诗集《养死一瓶乳酸菌》。主编《有志一同:马华同志小说选》,合编《新加坡华文文学五十年》等。

袋 鼠

你踏足跑来对我说,让我俩从此以后过着快乐的两人世界。我提高声量回应:"什么,快乐的两人世界,你又发傻吗?"你似只袋鼠蹦蹦跳跳,在我视线中遁隐。我尚不及告知你,那是从那部电影内斩获的可笑事件。虽然可笑的意义你自己也可以随意乱定一通。

再重遇时,我真怀疑你是一只袋鼠,竟然能蹦跳得如此稳当。我开口询问:"这样蹦跳很好玩吗?"你回说有个人婉拒我后,我身体的移动方式只能往这方面开发,算是一种有趣的转变。你是在向我变相地投诉吗?欺骗隐瞒的借口你想了几天?真话没人相信,你的嘴唇连白泡沫都飘出来。这句台词共享过几次,你纯熟得能与舞台剧演员大斗演技。你再一次似袋鼠蹦跳离开。

之后,我只听说这城市冒出一只四处蹦跳的袋鼠,但是始终无缘见之一面。我偶尔会怀疑车有没有长眼睛,四处蹦跳的袋鼠会被撞伤否。人的眼睛只有两粒吗?二郎神的第三颗眼睛可否帮我寻觅遗失的某样东西,譬如说教我如何重新看一种东西,一个人的真心或者一只袋鼠正移动时的尾部是如何保持平衡的。

　　终于，我按捺不住，钻进动物园的门，守门员抵挡不住，只在门口中央摆手顿足。那时，我学袋鼠用时速四十公里的速度前移，盼望你可以接收到我脑海产生的频率。你不可能盼望我仅止于此的举动吧。于是我寻觅紧关袋鼠的角落。你仿佛上帝，赐予我灵敏的嗅觉，立即闻及紫苜蓿的芳气。我无须似躲在木马内的兵士偷偷大开城门，而是光明正大、迫不及待地在光天化日之下，打开锁关袋鼠的铁门。我享受参观游人的哗然。一群群的袋鼠逃窜，某只袋鼠停歇，示意我骑在它背上。我俨如驾驭驷马，乘风归去。

山　蛭

　　山蛭左边的吸盘贴住我的右脚，右边的吸盘粘紧你的左脚。我俩同时感觉微痛，俯下头看时，发现了似蚯蚓的山蛭。此时椭长形的软体，拉长至最紧绷的状态。想象突然断成两半的软体，似壁虎断尾胡蹦乱跳。

　　你抢先捻走它，掏出卡其裤袋中的药罐装之。伤口淌着的鲜血，似伸出红红的舌头在扮鬼脸。你说此山蛭体中，已流着我俩相融的血液，属于我俩的一部分，岂能容它就此离去。你要抓回去好好饲养。

　　我连忙追问如何饲养。你回答说继续用你我的精血让它慢慢拥有人性，最终等待它蜕化成人形。你性感的嘴唇移动着，慢慢地变成两只山蛭。我拔腿逃亡。眼睛探寻着雨后布满泥泞的山路。老虎脚印散布烂泥上。群象捣毁的树木凌乱阵亡。半只手臂长、黄黑相间环纹的马陆堵住山路中央。我腰肢旧伤复发，体力不支而晕倒在地。

　　一只山蛭都惊吓成如此。你唇型移动，手上把玩着山蛭。我再次晕倒。四肢无力地梦见你将它喂入我嘴中。

裸

　　进来。你命令正走过门前的我。可以帮个忙吗？你询问。"赴汤蹈火，在所不辞。"别说这刺耳的话语，我是问你真的可以帮忙吗？"有什么是不可以的。"爽快。你回应,继续说,那么脱掉衣服。"干吗脱掉衣服?"你连忙说。"你不是说'有什么是不可以的'?"我依照你的话脱掉上衣,顽皮地说:"像不像电视上报告新闻的裸男。"

我是指全身的衣物,你张开口。我好奇地问:"你真的要我祖露相见?"是。我奇迹般地顺着你的意思。然后你命令我脱掉你全身的衣物。我失去灵魂地跟随你的指使。你抱紧我,在我脱剩你内裤时。你在我耳边轻声说脱除它。我抛掉它后,你在我额头轻吻,说声谢谢,然后蹑着脚走出户外。

脚　车

你推着脚车走进院子后,我锁起篱笆门。那脚车如今搁在阴暗的楼梯角落,等待尘埃落定。你离开时,我没来得及买下做纪念。你出让给如今远赴英国的她。她只骑过一次。她临走前,我没提起勇气向她购买,只不过经常走近它,触摸已经干瘪的轮胎。

山峦起伏之地不适合骑脚车,这是她放弃它的原因。而我则不喜欢别人瞪着自己的背影推着脚车上山。虽然我喜欢坐在你脚车的后面,顺着斜坡滑落,轻松得忘了牵挂。

如今的我正爬上斜坡。那倾斜的角度拉缓我上山的速度。某架脚车突现,与你的坐骑近乎一样。那脚车往我的正面方向直冲。爬上斜坡喘着气的我来不及闪避。那脚车上出现半边脸似你,另半边脸似她的人。我躺卧在地上时,来不及看清楚更多东西。

选　择

躲在第二通道桥梁的柱墩上钓鱼,偷得一日闲,在两国之间。你打开话匣子。尤其一或两人坐在柱墩上,静静垂钓,可以什么都不想。无聊时可以脚跨一步即是对面邻国。

斜眼望去,刚到了桥上的巴士或车辆,挤满赶着赴彼岸的人。人可以选择在这里悠闲地生活,而他们选择了忙碌地为生存空间打拼。有人不知可以选择。鱼刚好这时上钩。

对　岸

都来到了边境,你无论如何,都要过去对岸。拉着我上了舢板,唤着划船的:"快,渡河去。"

"对岸不远,这里也看得到,为何一定要过去?"

"渡彼岸嘛!我把你渡过去,任务就完成了。"

"别乱说。"

"我是说真的。"

舢板慢慢靠近对岸,有警察慢慢靠近,询问有事吗?

我说没事,看看而已。

警察再问:"你们几个人?"

"连划船的,共三个人。"

"还有一个呢?"

我回过头看,仅有划船的,独自努力地在划着。

票　根

在下龙湾码头亮出票根时,他发现你的票价不及五分一。阳光炙热得灼肤。他躲入刚好可以上船的檐下,然后躲避你的身影。联想最初抵达时某中国女孩在路上透露,警惕本地人似蛇狡猾。你好不容易寻获他时,眼神温柔地逼视,然后在他身躯弯卷成一尾虾时,特紧地环抱,甚至摸出肋骨的位置。票根蓦然飞出窗口,落入绿蓝水中,沉没。

胶　袋

进入公司,似直升机直接降落成为主管后,她首先打出的环保牌,就是节约能源,出门前记得关冷气关灯,尤其是垃圾要按照不同的垃圾桶来分类,逐步禁止同事使用胶袋。这让老板马上提起眼镜另眼相看,果然是国外留学回来的。

她希望日后可以在公司全面禁止,百年前可能方便使用;百年后,大量生产,一个胶袋需要多一百年后才能在世界上自然消失。她尝试办很多环保运动,比赛设计禁止胶袋海报比赛,以纸袋替代胶袋,自备饭盒、环保袋,甚至周六鼓励大家去公园、公司后的小山拾垃圾,当作运动,一家大小出外"郊游",顺便捡拾垃圾,尤其是胶袋。老板很开心聘请到工作能力强大、环保意识深刻同时带动公司节省能源的主管。

某日老板在下班最后一分钟莅临公司,瞥见有个高大男人在出口处等候她,边抽烟。她才上车,他就替她关门。老板刚走近公司出口处,高大男人的车刚好启动引擎。老板瞥见他那辆大大的 Hilux 车上,印有胶袋制造厂的字眼。他眼睛还没闭上,那辆车已经消失在他视野中。

玫　瑰

午后徐风自铁框的门口探进,你随风穿梭而入,赞美窗前的玫瑰。午休时间,来杯玫瑰蜂蜜花茶的清香吧。玫瑰香淡溢。调配一场影片招待你。女主角痴等已被哥哥杀害的情人,直到托梦后,将之头颅偷埋于种玫瑰的花盆内,早晚对着窗口的玫瑰。你观赏完,对着窗口的红玫瑰,猛呕,然后狂掘花盆之黑泥,发现花下确实有粒骷髅。

神屋友

当初他搬进来时,约法三章地告知:洗手间两人共用,每人每星期轮值清洗;冰箱可以放食物,但洗衣机因卫生关系,不方便借用;炉灶亦如此。

两个星期后,你发现一撮恶心的毛发塞住洗手间水流的出口。你用洗衣机时,那盖住的布,方向倒转过来。有次你提早回家时,发现他正煮面,而且没当你存在,继续往冰箱里取出你的一粒鸡蛋,煮完面回房自己吃。

你正不知所措时,他刚好出来,请问你可否顺便洗洗碗。然后躲在房里不再出来。

后来很多天都没见到人。轻轻打开那门,发现里边根本没东西,也没人。

🌴 作品赏析

《胶袋》讲述了一个关于人性虚伪的故事。新来公司的国外留学生,刚进公司便成了主管。她大打环保牌,要求大家节约能源,随时关灯关冷气,尤其要求尽量不要使用胶袋(即塑料袋)。她还组织各种环保活动,鼓励公司员工去公园、公司后山捡垃圾。因此,她非常受老板赏识。但是,在某一天,老板却在无意中发现,她的男友竟然在一家胶袋生产厂家工作。这篇闪小说篇幅不长,但是前半部的铺陈与结尾的转折形成了鲜明的对比效果。留学归来的主管,大力倡导环保的理念,并不是因为自身素质高,爱护环境,仅仅是因为想给老板和他人留下好印象以取得职场上的成功而已。短短两段文字,将一个虚伪的人前人后不一的人物形象生动地刻画出来。

《玫瑰》和《神屋友》这两篇则颇具魔幻主义色彩。《玫瑰》仅仅百字就写了一篇非常具有惊悚效果的故事。"你"欣赏着自己窗口的玫瑰盛开的美丽与芬芳,之后观看了一部电影,其中有一个杀人后将头颅藏于玫瑰花下的桥段。"你"对着自己的玫瑰猛呕,之后也发现自己的玫瑰花盆中藏有一颗骷髅。《神屋友》则讲述了,"你"新搬来的室友刚住进来便约法三章,譬如轮流值日清洁卫生间,不共用洗衣机,不准擅自动用他人物品。但是之后发现他没有一样遵守了自己提出的条约,甚至变本加厉地惹你生气。当你想与他理论时,却发现隔壁屋根本无人居住。这两篇故事都很简短,但是因为引入一些超自然的现象,都具有了很强烈的惊悚效果,给人一种耳目一新的阅读感受。与许通元自己的微小说习惯的小故事见大道理不同,他的闪小说则表现出了多元化的创作模式,在新时代快节奏的阅读环境下,实现了对自身创作主题和技巧的突破。

(王成鹏)

泰
国
卷

司马攻

司马攻,1933 年生,本名马君楚,另有笔名剑曹、田茵等。泰籍华人,祖籍广东潮阳。1966 年开始文学创作,著有《明月水中来》《冷热集》《泰国琐谈》《踏影集》《梦余暇笔》《湄江消夏录》《演员》《挽节集》《司马攻散文集》《司马攻文集》《司马攻序跋集》《人妖　古船》《小河流梦》《文缘有序》《司马攻微型小说100 篇》等。现为泰国华文作家协会永远名誉会长、世界华文微型小说研究会顾问。

小　偷

小偷闪进厨房,将手伸入米桶,一摸,桶中空空如也。

这时,睡房里传来一阵声音。

"娘,你身体不好,这碗稀饭你吃了吧!"

"娘不饿,孩子,你吃吧。娘知道,你还没吃晚饭!"

小偷暗忖:"都是苦命人,还是孝子、慈母呢!"

小偷离开小屋,过了一会又转回来。他背了一包米进入厨房,正要把米倒入米桶。一青年从房中走上前来,把小偷捉住。

"你来偷东西? 我把你送官去。"

"不,我是来送米的,刚才你们的话我听见了,我去偷一包米来送给你们。"

房间里传来了苍老的声音:"勇,你放了他。这位兄台,你把米拿回去,我死也不吃你偷来的米。"

小偷跪在地上,叩了个头:"谢大娘教诲,我从此不再偷人家的东西。"

小偷背着米袋,越墙进入一大户人家,要把米送还。两个大汉冲上前来,将小偷踢打一番之后,送往官里。

生死之交

九十年前,一艘从汕头开往曼谷的轮船,船舱中挤满着离乡别井的潮州人。

李光波在船中结识了邻乡的马向南。两位青年人谈得很投机。

船到达了曼谷的中遥码头,船中乘客都非常高兴。

李光波和马向南在高兴中,又舍不得就此分离。上了码头,便要各奔东西,不知何时再相见。

在码头上两人紧握着手,李光波前去投靠他的伯父。马向南将往泰南找他姐姐。于是,两人约定明年今日下午五点,在这码头会面,不见不散。

一年过去,约定的日子到了。

下午四点,马向南来到码头,等着。

五点了,李光波没来。马向南耐心地等。

"是,我是马向南。"

"我是李光波的二伯,唉,光波他上个月死去了!临死之前他要我把这支自来水笔送给你,并转告你,做人要耐劳吃苦,经常给你母亲写信。"

伤心河边骨

一百七十多年前,潮汕地区发生大饥荒,人民纷纷往南洋谋生,到暹罗的最多。

当年,泰皇拉玛三世为了交通和农田灌溉,掘了好几条小运河,由郊区通向曼谷中心。最长的是二十六公里的伤心河。

来到泰国最容易找到的工作,便是当苦力掘小河。

郑大、李二、林三、张四、马六和几百华工在一起掘小河。

午饭时,郑大叹了口气:"没想到来暹罗开河!"

李二:"开河是苦活,但胜过在家饿死。"

林三:"听说工头马六扣我们的工资。"

张四:"不会吧,马六是个老实人。"

郑大:"老实人,他腰间那条水布有暗袋,鼓鼓的,其中必定有财物。"

一天深夜,郑大等几人偷偷地解开马六的水布,其中有七个油布小包,分别写着黄大目骨灰、王阿猪骨灰……

风雪夜归人

四九寒天,大雪纷飞,北风刺骨。

晚上,他独自一人生火取暖。

门外有敲门声。

他打开门,一女子闪了进来,急步走向炉边烤火。

他大声地:"是你,你还有脸见我!出去。给我出去。"

"对不起,我不知你住在这里,外面太冷,我是来避风寒的。"

"别说了,你马上走。"

"不走,我出去会冻死的。"

"也好,今晚你就留下,天亮之前,必须走。"

他穿上棉衣,走出门来,坐在门前。

天刚亮,他妻子回来,见他冻在门口,大惊:"你,你,你为何坐在外面?"

他指着屋里:"你进去看看。"

她推门进去,炕上睡着一女人,是他的前妻。三年前卷走他的财物随人私奔的那个女人。

贼(系列)

(之一)

一个秋天的深夜,一声巨响,把他从梦乡惊醒。声音是从屋后的阳台传来的。他拿了手电筒走到阳台,阳台的一块铁栏杆断裂了,他把手电筒向地下照探,见一个大汉倒在地上。他和他的儿子打开后门,见到那个汉子在地上呻吟:"求求你,不要把我送交警察,我上有老母,下有幼儿,为了活命不得已才做贼的。"

他不说什么,父子两个人把大汉抱上车,到了医院,对医院的主管人说:"这个人跌伤了,他的医药费由我负责。"

三年后,曼谷发生特大水灾。一天早上水势猛涨,眼看就要把他的商店淹了。就在这时,一大汉开了一辆小货车来,载着一车沙包和几个汉子。在大汉指挥下,汉子们把沙包围在他商店门口,把水堵住了。

大汉走过来,对他恭敬地行了个沙越礼:"恩人,我是三年前的那个贼。你救了我,我痛改前非,在一家保安公司当保安,现在已任组长。公司就在你家附近,以后你有什么要我做的,我赴汤蹈火,在所不辞。"

(之二)

一个秋天的深夜,一声巨响把他从睡乡惊醒,声音是从屋后的阳台传来的。他拿了手电筒走到阳台,阳台的一块铁栏杆断裂了,他把手电筒向地下照探,见一大汉倒在地上。他和他的儿子打开后门,见到那个汉子在地上呻吟:"求求你,不要把我送交警察,我上有老母,下有幼儿,为了活命不得已才做贼的。"

他不说什么,父子两个人把大汉抱上车,到了医院,对医院的主管人说:"这个人跌伤了,他的医药费由我负责。"

三个月后的一个深夜,他家被盗,贵重的东西全部被偷走了,据警方说,窃贼不止一个。

在一间小屋子里,几个汉子喝得酩酊大醉,为首的汉子说:"这个中国阿叔真傻,前次我因门路不熟,失足跌落,他不报警还送我去医院! 真可爱。这一次我已摸清门道,就带你们去发财。哈、哈、哈! 痛快! 痛快!"

一汉子说:"以后再也没有这样的机会了。"

另一汉子说:"中国阿叔很多,应该还有机会的。"

(之三)

一个秋天的深夜,一声巨响把他从睡乡惊醒,声音是从屋后的阳台传来的。他拿了手电筒走到阳台,阳台的一块铁栏杆断裂了,他把手电筒向地下照探,见一个大汉倒在地上。他和他的儿子打开后门,见到那个汉子在地上呻吟:"求求你,不要把我送交警察,我上有老母,下有幼儿,为了活命不得已才做贼的。"

他不说什么,父子两个人把大汉抱上车,到了医院,对医院的主管人说:"这个人跌伤了,他的医药费由我负责。"

二十年后,他生意失败,和他的女儿相依为命。一天女儿伴他到朱拉医院看医生,在医院里遇到一老头,老头朝他打量了一会:"你认识我吗?我是二十年前的那个贼。你因何瘦成这个样了?"

他不肯开口,只是苦笑。

第三天老头来找他:"你的心脏动脉狭窄,必须赶快做搭桥手术。"

"你怎么知道我的病情?"

"我的儿子是朱拉医院心脏科主任,他将亲自为你做手术,其他费用都由他付。"

他摇头:"我不做。"

他女儿跪在地上:"爸,求求你,你必须马上做手术啊。"

他终于做了手术。

曼谷公园的每个早晨,有两个老头坐在石椅上,一个二十多年前做过贼,一个二十多年前救过贼。现在他们是很要好的亲家翁。

(之四)

一个秋天的深夜,一声巨响把他从梦乡惊醒,声音是从屋后的阳台传来的。他拿了手电筒走到阳台,阳台的一块铁栏杆断裂了,他把手电筒向地下照探,见一个大汉倒在地上。他和他的儿子打开后门,见到那个汉子在地上呻吟:"求求你,不要把我送交警察,我上有老母,下有幼儿,为了活命不得已才做贼的。"

他不说什么,父子两个人把大汉抱上车,到了医院,对医院的主管人说:"这个人跌伤了,他的医药费由我负责。"

十年后,他去参加一个盛大的宴会,一个在侨社身兼多个高职的富豪上台致辞。他吃了一惊,这个暴发户竟是十年前的那个贼。他想躲避,已来不及,这富豪已见到了他。

富豪脸色一变,但马上恢复正常。

他回到家想把这事告诉妻子、儿子,但一转念:"还是不说的好,知人隐私最为危险。"

三天后,他在回家的路上被暗杀了。

心有灵犀

他和她经过两年的热恋,终于结婚了。

她对他事事关心,使他心中甜蜜蜜的,十分好受。

一年后,她无微不至的关心,使他有些被管得太严了的感觉。

两年后,他和她因小事而口角。

三年后,他和她的争执越来越频繁。

她对他说:"我们分居吧!"

她拿了一个皮包,回到娘家去。那天晚上她辗转难眠。

他独自一人在家,整个晚上没合过眼。

第二天,下午五点,她到香香咖啡店,在咖啡店靠窗的位置坐了下来。他们婚前经常准时在这里见面。

五点零五分,他走进香香咖啡店,在她对面坐下。他向侍者招手:"来杯……"

"不必啦,照旧我已替你要了一杯奶茶,两块三明治。"

"雯,喝完咖啡,我们回家吧。"

她从桌子下面拉出一个皮包,向他微微一笑。

情深恨更深

明嘉靖年间,沿海一带倭寇肆虐,一些奸民也加入其组织。

一天,倭寇又来镇里劫掠。几个妇女逃进紫云庵。

十几个倭寇进得庵来。一尼姑手握念珠,闭眼诵经,倭寇大声叫骂:"臭尼姑,死到临头还在唱曲。快把财物献出来,还有几个女人都叫出来。"倭寇一边叫骂一边冲向后堂。

尼姑双手一扬,十几颗念珠飞出,倭寇纷纷倒地。只有一倭寇安然无恙。

这倭寇向尼姑一揖:"你我夫妻情深,你手下留情。我走了。""慢,有一人要见你。"尼姑向后堂唤："小莲，杀死你父母的奸贼在此。"倭寇拔腿便跑，尼姑掌中的一枚念珠一闪，倭寇右腿中珠倒了下来。

一少女走上前去，将倭寇头颅砍下。

靠窗那张床

他和他父亲到泰北一小镇收购土产。

小镇只有一间客栈。这天，客栈客满，只存一个房间。

他和他父亲走进房间。他说："爸，你睡靠窗的那张床。那边比较凉爽。"

他下楼去买点东西，听到客栈里的伙计在谈话……

他回到房间，对他父亲说："爸，换床吧，我要看风景。"

他父亲有些不愿意，但还是换了。

两天后，他们回家。

晚上，他母亲问他："那晚在客栈，你为什么要换床？你一向孝顺，一出门就变了，你爸不大高兴。"

他悄悄地说："我听到客栈的伙计说，我们住店前晚，靠窗那张床有一客人暴病死去。"

🌴 作品赏析

《心有灵犀》这篇闪小说主要讲述了这样一个故事：一对恋人经过两年的热恋后结婚了，随着时间的流逝，二人的争执越来越频繁，以致分居，女主人公回娘家了。第二天，两人在婚前经常约会的香香咖啡店又和好了，解决了两人的婚姻危机。这篇闪小说从题材上来看，应该属于婚恋题材。作者的目的在于警醒世人，好好地经营自己的婚姻。闪小说的微妙之处就在于短小精悍，这篇闪小说不足300字，却拥有完整的故事情节，而且它的主旨也格外鲜明。"心有灵犀"四个字极好地概括了这篇闪小说，文中的两位主人公的婚姻是有一定的感情基础的，女主人公经过冷静的思考后，就在他们以前常去的咖啡馆等她丈夫，结果5分钟之后，丈夫真的来了，并且女主人公早已按丈夫的口味点好了东西,这不就是心有灵犀吗?两人没有过多的交流,却彼此心意相通,心心相印。试问:天下的有情人,有几对爱人能真的做到心有灵犀呢?这篇闪小说并无复杂之处,字里行间流露出的是浓浓的情,更在告诫世人:婚姻不是儿戏,双方都应该珍视自己的感情,在生活中应该包容彼此,不要总为一些鸡毛蒜皮的小事争吵。感情不是吵出来的,想要长久地维持幸福的婚姻,需要一定的策略,适当地给彼此留一定的空间,才能更好地相处。

《情深恨更深》这篇闪小说主要讲述了这样一个故事:明嘉靖年间,沿海一带倭寇肆虐,到处抢掠。其中一位倭寇和紫云庵的尼姑是夫妻,倭寇求尼姑放他一马,但尼姑没有饶恕他,最后他被仇人杀死。这篇闪小说从题材上来看,仍归属于婚恋题材。司马攻先生借这篇闪小说来说明一个道理:善恶有别,在大是大非面前,不徇私情。该闪小说的独特之处就是借古喻今,把镜头拉到明朝嘉靖年间,距今约200多年的光景,讲述的故事并不过时,在今天仍有一定的借鉴意义。一个看破红尘的尼姑,在面对无恶不作、沦为倭寇的丈夫时,没有心慈手软,决然地让少女杀死了丈夫,最终少女如愿报了杀双亲之仇。倭寇和尼姑二人并非没有感情,在尼姑的内心深处会有一番挣扎和痛苦,但面对丈夫的丑恶行径,她还是选择了大义灭亲。都说世上没有无缘无故的爱,也没有无缘无故的恨,的确,爱和恨皆有缘由。换句话说,恨是因爱而生,爱之深,才会恨之切。"情深恨更深"这五个字很能概括尼姑的心情。笔者认为司马攻先生很擅长为自己虚构的故事取名字,总是一语道破故事的核心。如今已是21世纪,细细想来,现代年轻人的婚姻价值观已与以往大相径庭。可是,无论年轻人在婚姻方面的价值观如何变化,都应该坚持积极向上的婚姻价值观。

《靠窗那张床》这篇闪小说主要讲述了这样一个故事:一对父子来客栈住宿,客栈只剩下一间房间,儿子本来打算让父亲睡靠窗的那张床,因为靠窗睡的话比较凉爽,儿子下楼买东西时听到了伙计们的谈话,回来后就改变了主意,要和父亲换床,父亲不是很高兴,后来经过母亲的盘问才知道原来靠窗的那张床有一位客人暴病死去。司马攻先生借这篇闪小说来告诉人们一个道理:作为儿女,要坚持孝为先。这篇闪小说在篇末揭开谜底,儿子的一番孝心天地可鉴。细细读来,这篇闪小说并无独特之处,文中只设置了一个悬念,到最后又解开谜团。但小说讲述的故事背后却蕴含着深刻的道理,可谓以小见大,意味深长。闪小说的特点就是篇幅短小而寓意深刻,这篇闪小说就是很好的例证,由一对父子和一张床的故事上升到道德伦理。俗话说:百善孝为先。孝顺父母是儿女的义务和责任,无论飞得多高、多远,都不要忘了父母的养育之恩。要明白,孝顺父母不是挂在嘴上就行了,还是应该拿出实际行动,为父母做一些自己力所能及的事情。另外,孝顺父母要趁早,不要等到子欲养而亲不在的时候才想起尽孝心,为时晚矣。

司马攻先生文笔老练,他的闪小说简短精练,道理深刻,总是将哲理融入故事,更容易让读者接受。他是一位关注生活、关注现实和善于挖掘的作家,有自己独特的感受和体验。

(李笑寒)

马 凡

马凡,原名马清泉。1934年出生于泰国曼谷,祖籍广东潮阳。泰国皇家摄影学会会士、英国皇家摄影学会会士。1987年兼任《新中原日报》副总经理,并创刊《影艺》副刊任主编,同时为《工商企业专访》撰稿、主编。20世纪50年代初开始写作,60年代后搁笔,1994年又执笔创作。短篇小说《战地情》获1996年《亚洲日报》与泰国华文作家协会联合举办的"1996泰华短篇小说金牌奖征文"亚军。现任泰国华文作家协会理事、泰华艺术协会理事、泰华通讯记者协会名誉顾问。

拾 金

有一个妇女走到街头的拐角处站住,往地上看,她的脚边有一条金赤赤的项链,她很惊喜。

她身后也站着一个妇女,同时也看到人行道上有一条金灿灿的项链,她也很惊喜。

两人不约而同躬下腰去抓金项链,一人各抓住一头不放,坚持着。

"我先看到的! 这条金项链该是我的。"

"我走在你的背后,老远就看到了,该是我的。"

"那我们就平分吧? 这条金项链足有一百克重。"

"怎样分法? 一人一半?"

"我看这东西市价值一万多块钱,你有现钞吗?"

"我……只有一千块。"

"你身上不是还有条金项链吗! 看来只有十五克重量,加上一千块现钞,我就让给你……"

于是,一个人高兴地朝北走了。

于是,一个人窃喜地朝南走了。

摩登女人

她们俩是上流社会名女人,赶时髦,对男人欲擒故纵,手腕圆熟。

有一天,她们俩相约在咖啡馆见面,谈谈彼此之间猎获的对象。何影说:"找爱人,千万不要找抽香烟的男人。"

"为什么,是不是你品尝到了滋味?"刘丽莎笑着问。

"他是个烟鬼的话,接吻时你会以为是跟烟灰缸接吻呢!"何影看上去像吸了不少烟灰憋在肚子里似的,满腔怨气。刘丽莎听了咯咯笑起来,她说:

"你为什么不叫他含粒口香糖呢?"

"那无济于事的!"

"但我觉得烟鬼比酒鬼好。你跟他在一起,那满身酒臭不说,呼出来的气息,使你以为身处在酒厂中……"她们俩互相诉不尽的苦况;竟不知道哪个时候,她们俩被一簇男人围住。他们金刚怒目瞪视着,像要把她们俩吃进肚子去似的。

播　种

李涛跟罗珍结婚已十年了,妻子就没怀过孕,他们夫妻俩急得像走在热锅上的蚂蚁,难熬。父母终日唠唠叨叨,抱孙心切:"别赶时髦,吃避孕药,年纪轻轻生得好!"他们夫妻像哑巴吃黄连,苦在心里。其实,他们已尽力了,人工受孕也试过,就没成功。那天在公司里,老张忽心血来潮对他说:"播种要有诀窍……"

"什么诀窍?您说。""禁欲数月,集中火力开炮!""行吗?"

终于苦挨过禁欲的日子,这一天,李涛早盼望太阳快下去,老张看着他坐立不安,对他会心一笑:"别急,记着:一鼓作气!"

隔天李涛很迟才来上班,一见面老张就问:"任务完成了吧?""别提了,船还没入港,就沉没了……"

"再禁欲!""禁欲?!"李涛哭了。

乞 丐

他说他不是乞丐,他从娘胎生下来双脚就残疾,走路要靠拐杖支撑,他只不过身子疲惫不堪,过不了天桥,就靠在天桥边地上坐下来休息,就睡着了。

可是,每天在天桥下的乞丐帮派人儿,都指骂他:"不要脸!抢地盘。"

人来人往,把钱都施舍给他了。他们喝西北风去……

他睡了半天,忽被乞儿吵吵嚷嚷的声音惊醒,只见身前丢满了钞票,他发愣:"怎么一回事?"

"你装傻?不准你在这儿待着,这是我们的地盘!"

"我不是乞丐!"

"你不是乞丐?!你比我们这一带乞丐还乞丐!"

落在魔掌中的女人

她的一生似是在梦境中活着,虚虚幻幻,她一直觉得自己的身心似是被幽灵禁锢,在那深邃无底的黑洞中淌着血,淌着泪……

她一直待在那黑洞洞的天地中哭泣,哭了一百年、一千年!她依然哭着。她希望她淌流下的泪水聚成一条小河流,带着她漂流出这个苦境去。

但她的梦幻破灭了,竟被黑魔从千年的梦境中弄醒了,她错愕,自己的身体竟被缚牢在祭坛上,变成了魔鬼的祭品……

窃 贼

他在戏院前的人行道上惶惶恐恐来回地走着,似是在寻找什么东西的模样,急得满头大汗。夜场电影已放演了,他却没进场。一个交通警察在戏院前值勤,他走上前向交警致敬了一下:"您在戏院前是否看见一把摩托车的钥匙?就是那辆红色的车子。"交警摇摇头。他从上衣口袋掏出一张戏票给交警看看:"我把车子钥匙弄丢了,戏就不看了,我想叫辆三轮车运回家,您可帮个忙吗?"于是交警和他把那辆红色车子扛上三轮车去。

戏散场了。只有一个人找不到自己一辆红色的车子,他急得问交警,交警一听,吃惊地摇摇头。

小　偷

他刚从乡下到城市找工作,一进到京城,看到熙熙攘攘的车马人群,他就默默许下心愿:他决不回头了。可是,从家乡带来的钱都用光了。工作还没着落,又饿又渴,看着水果摊子上硕大的富士苹果,嘴馋了,就偷了一个。他竟撞上了巡警,被逮着了。抓到警所里问话,他怎么也不开口。审案警员气得暴跳起来:"看……看……我……怎么……整……你!"

"你怎么不答话?你只是偷了个苹果,说得好,他会放你的!"

"那……位……警……叔……叔,他……是……结……巴的……人,我……一开……口,他……准……会……揍……死……我……的!"

"你也是结巴的人?!"

东　南　飞

她与他相恋了三年,终于择吉结婚了。

婚前三天,男方的父亲外出家门,在斑马线间被一辆名牌轿车撞死了。

结婚嫁娶的婚事被搁置下来了。

一代情,一代诗,一代流言;男方的母亲死也不肯儿子娶她为媳妇。

美梦化为烟云,痴情被蝴蝶带走;从此,孔雀东南飞,婚姻嫁娶各奔走前程。

仿佛间走过半个世纪,他们各不知对方去向。无影无踪。

她的孙女在国外留学归来，还带了同窗伴侣拜访祖母。

一年后，她的孙女与男方结婚了。结婚那晚，她坐在酒店客厅中，新郎带他的祖父来相见，两人一碰面，双方都愕然了。

"怎么是你?"

"怎么会是你?!"想不到五十年后才重逢。两人注视对方，头发如银丝，男的比她还苍老，他们靠在沙发上，伤心泪尽……不久，各自长眠了。

卖花女

听说一个著名的男歌星将在文化院剧场隆重演出。

她是马路公主，才十五岁的姑娘，长得很俏丽。

傍晚，她在十字路口边挨着车子叫卖茉莉花串，风雨无阻。她是个歌迷，这次的演出，她希望能买到一张三等的门票，那是要付出五百块钱的。

每天，她开始储蓄着零用钱，她计算着演出的日子，她一定能凑够那张门票的钱。

演出那天，她带着一串茉莉花，到了剧院票房前，只见上面贴着一张告示：门票在一个月前已售光了。

剧院内的音乐歌声在沸腾着。她孤独地伫立在院墙边，把耳朵贴在墙壁上倾听着回音，她感觉到自己的心，像块冰块一样慢慢地融化了。

挨了一巴掌

他昨晚一夜虽然没有睡好觉，但今天早上起床时，他的心情特别开朗，喜上心头。亲友给他介绍一位女子，约好午前在城里酒楼相亲。但他还是忧心忡忡，每次相亲都没有成功，都被他搞砸了。可是，这一次亲友却给他吃了一颗定心丸，说马到成功。于是，吉时一到，那女子与亲人一同到来，入席双方互相介绍，他想不到那女子姿容清秀，她向各人微微一笑，更觉得风情万千。他忘我地站起来，欢喜若狂地说："小……姐……见……到……

你……感……到……十……分……荣……幸……"

他还没把话说完，女子一听，愤然而起，狠狠地掴打了男人一记耳光："你……你……侮……辱……我……我！"

"他们是一对结巴的人?!"

"真是天作之合啊……"

🌴 作品赏析

《东南飞》讲述了现代版焦仲卿和刘兰芝的故事：男女相爱却因家长阻挠而天各一方，五十年后适逢对方的孙子孙女结婚而再度重逢，泪眼对视，伤心泪尽，不久长眠。从题目"东南飞"就可以看出，作者写作此文是为了表明古代家长式的爱情悲剧到现在仍旧在上演。善用巧合可以说是这篇闪小说的最大亮点，利用生活中的偶然事件安排故事情节，深化故事的悲剧色彩，不落俗套，亦在情理之中。

《卖花女》讲的是一个卖花女为了买到她所心仪的男明星的音乐会门票每天积攒零用钱，当她终于凑够音乐会门票的钱，满心欢喜地去买票时才发现门票早已在一个月前售光，所以她只能把耳朵贴在墙壁上倾听剧院里歌声的回音，仅仅是这一点回音已经让她冰块似的心逐渐融化。卖花女卑微的身份和高雅的追求形成巨大的落差，命运并没有给予她怜悯而更多的是戏弄，但执着的灵魂哪怕得到一点回应就已心满意足。如果说艺术是属于贵族的，那么它的光辉则是属于每一个人的。

《挨了一巴掌》讲的是一对男女相亲的趣事，男女双方都不知道对方是结巴，当男方开口介绍自己的时候，女方认为是在戏弄她，于是给了他一巴掌，殊不知是同命中人。误会在信息阻隔和主观臆测的基础上演绎矛盾冲突，展示人物性格，使平淡的情节出现转折直至高潮，加强了喜剧效果，使读者回味无穷，产生巨大的艺术魅力。

"巧合"是喜剧里常用的手法，尤以莎士比亚早期的悲喜剧最为突出。而闪小说因其篇幅短小，更需要以"巧"著文。马凡的闪小说对具有巧合性质的生活现象进行艺术本质的概述，在有限的篇幅中勾勒出跌宕起伏的故事情节，使不经意的偶然成了生活真实的写照，耐人寻味。

（严　青）

曾 心

曾心,学名曾时新,1938 年生于泰国曼谷,祖籍广东普宁,毕业于厦门大学中文系,深造于广州中医学院。回泰国从商从医从文,现任泰华作家协会副会长、"小诗磨坊"召集人等职。出版著作《大自然的儿子》《蓝眼睛》《曾心自选集——小诗三百首》《给泰华文学把脉》等 19 部。作品多篇选入"教程""读本""大系"和中国一些省市中考、高考语文试题。

为了纪念

妈妈去世后,她交代邻近卖彩票大婶,每期买一张尾字 83 的彩票。她已连续买了三年,未曾中彩。大婶问她,还是换个尾字吧。她说:"不!"

"为什么?"

"为了纪念。"

她妈妈原是某间华人孤儿院的教师,孩子病了,她就坐在床头唱起《好人一生平安》。几十年来,这首歌如一帖灵丹妙药,病孩随着歌声都转危为安。后来她妈妈病了,孤儿们轮流给她唱《好人一生平安》,以为她能"平安"出院,结果唱了 83 天,她走完了"一生",享年 83 岁。

今年妈妈的祭日,她买的那尾字有 83 的彩票,终于中了头奖。她领了钱,如数捐献给孤儿院。

在捐献会上,孤儿们唱起"有过多少往事/仿佛就在昨天/有过多少朋友/仿佛还在身边/也曾心意沉沉/相逢是苦是甜/如今举杯祝愿/好人一生平安……"

歌声越来越低沉,最后,全场失声痛哭起来。

屋内屋外

王伯去世时,在银行账本里留下了9字头后带有6位数字,足够王嫂剩下岁月的衣食住行。但金钱驱不去王嫂的寂寞和孤独,大门经常关闭着,屋内静悄悄。

一天,不知从哪儿来了一只跛脚又怀孕的流浪狗,趴在门前不走,一连好几天。王嫂怜悯它,便收养了它。不久,母狗生育了8条小狗。屋里有了人声、大狗和小狗声,热闹得很。

也许前世有缘,黑狗竟成了王嫂的忠实"佣人"。

每天清晨,王嫂要去"哒啦"买菜,黑狗马上叼着菜篮走在前头;回来,又叼着满满的菜篮走在后头。但黑狗有个习惯,总要在隔壁邻居大门前拉一堆屎,才摇着尾巴回家。

隔壁的李叔,看在眼里,骂在嘴里,恨在心里。一天,李叔见到黑狗翘起尾巴,颤动着屁股要拉屎时,便用棍子猛打,狗痛得"汪汪"地惨叫。王嫂从屋子边喊"住手",边冲出来营救,不慎摔了一跤,左髋骨断裂了,眼睁睁看着心爱的狗被打死。

结果,死狗被丢进路旁的垃圾桶,王嫂进了医院。

一个过路的老太婆,看了这瞬间的惨景,直摇头,叹息道:"当今人的良知到哪里去了?!"

不到半小时,大门前一切恢复平静,只有屋内的小狗"汪汪"地叫着。第一天声音还很大,第二天次之,第三天再次之,至第7天,连一点声音也没有。

此时,王嫂的家,大门依然关着,屋内屋外静悄悄。

底　线

在李嫂眼里,她丈夫几乎样样都好,只有一样不好,就是喜欢带客户到红灯区寻花问柳。

为了维护家庭的和谐,李嫂总是睁一眼闭一眼。

据李嫂的密友透露,她给丈夫划了一条识时务的"底线":不允许把那些女人带回家。

一天,李嫂回泰南的娘家,路上遇到大风雨,桥梁被山洪冲断,只好连夜折回。到了门口,惊见有两双鞋子,一双是她丈夫的,另一双是女人鞋。

李嫂如五雷轰顶,全身酸软,一下子瘫坐在门口,哭泣起来。

屋内听到门外有哭声,走出一男一女。

男的问:"你怎么回来啦?"

女的问:"姐姐,您怎么哭了呢?"

李嫂抬头一看,女的是她小妹,双眼瞪得射出两条光束:"小妹,你怎么来这里?"

顿时,一连串问号,在三人头上相继迭起。

椰 树 下 的 咖 啡 店

两年前,娜莲在曼谷读高中,为牵一位残疾老人过马路,不幸被车撞伤了腿。由于自己也成了残疾人,走路不方便,就辍学了,回到乡下开一间咖啡店。

店前有三棵高高的椰子树,一块旧木板上写着"咖啡"(泰文)二字,钉在树干上,店里摆着几张长凳和方桌子。

一天,一辆轿车停在店前,走来的是乃立——当今饮誉全球 A 牌咖啡粉的代理商。

"请坐! 要喝什么?"娜莲问。乃立不禁愣住:"你不是娜莲吗!""是!"她应了一声。

原来两年前的车祸,娜莲是被乃立的车撞到的,虽已赔款,但乃立烙下的"内伤"久久不能痊愈。今天邂逅,在喜悦之后,他答应长期优惠出售 A 牌咖啡粉给娜莲。

获得此意外的商机,娜莲好不高兴,立即把咖啡粉的广告牌高高钉在椰树干上。

从此,咖啡店的生意越来越兴旺,心情舒畅的娜莲也越长越漂亮,好像一朵含苞欲放的莲花。村头村尾,甚至远村或过路的小伙子都喜欢来这里谈天、喝咖啡。

一个夏夜,娜莲独自坐在椰子树下乘凉,一个流氓突然把她击倒,动手准备强奸她,剥掉她上衣,脱下她长裤,吓了一大跳。

她的两条腿都是木制的假腿。

不 可 说

万磅某佛寺,寺内有四莱荒地。春来冬去,枯枯荣荣,随着自然轮回。

有一对来自穷村僻壤的双胞胎和尚,自小劳动成习惯。他兄弟俩很想把这块荒地开垦作为良田。

一天傍晚,他俩向坐在菩提树下的住持高僧请教此事。只见高僧如禅坐,不言不语。

弟弟说:"怎么住持不说话?"哥哥说:"有句佛家语:'不可说',是说无言的沉默。无言的沉默就是默认呀!"弟弟摸着自己剃光的圆头,粲然地笑了。

于是,佛事之余,兄弟俩身穿黄色袈裟,扛着农具,赤脚在荒地里劳动。开始是两人,渐渐增加到七八人,有的村民也主动牵着老牛来帮助耕田,从开荒到播种,从插秧到收割,充满着辛劳的喜悦,一时传为佳话。

路人见到和尚下地劳动,都觉得很奇怪。因为泰国的和尚,衣食都是靠化缘得来的。有个记者采访了住持。

住持"无言"片刻说:"虽然种田不是佛寺僧侣的事,但他们自愿靠自己的手,种出来的稻谷献给佛寺做善事,也是一种自力修行。"说后,双手合十,连念经咒:"菩陀! 菩陀!"

天公有眼,风调雨顺,四莱地获得大丰收,每莱打出稻谷千把公斤。兄弟俩喜形于色,去请示住持如何处理。又见住持坐在菩提树下如禅坐,不言不语。

兄弟俩丈二金刚摸不着头脑。

第二天一早,佛寺里来了一辆红十字会大卡车。兄弟俩见到全部的稻米都搬上卡车,急问:"要运到哪儿?"司机说:"尼泊尔发生 7.5 级地震,要运去赈济灾民。"

"谁的旨意?"

随车人员遥指在菩提树下禅坐的住持高僧。

鉴 别 家

一位老中医给刘高开了一张药方,都是道地的中药,如西藏红花、四川天麻等。刘高买药回来,请鉴别家阿明鉴别,发现六味药中没有一味是道地的,其中还有两味是假药。为了买到真药,刘高几乎跑遍整个曼谷。他不禁脱口骂道:"黑心!连治病的药也可以假,罪孽啊!"

一晚,刘高带几位大陆来的老朋友到耀华力路吃燕窝,也邀鉴别家阿明同去。刘高怕路边卖的燕窝是假的,便走进一间老牌的燕窝店。大陆朋友尝到泰国的正宗燕窝,个个赞不绝口。只有阿明啜一口,便呆坐着。刘高附耳细问:"怎样?"阿明皱着眉头不语。

"假的吗?"

"嗯!"

一时,大家吃燕窝的兴趣转移,七嘴八舌地谈起目前市场充满黑心假货,如假皮包、假手表、假衣服,假鸡蛋,假肉,假水果、假菜什么的。

有人说:"现在的假人(机器人),像真人一样,有感情,能说能笑能哭能闹。"一个说:"我家就是请机器人当保姆。"另一人说:"我进出口贸易公司,就用机器人鉴别真假。"

大家越谈越来劲,越谈越"升级"。

阿明听着听着,猝倒。大家以为他中风,七手八脚地急送医院。

经检查,所有的人都惊呆了:阿明是个假人(机器人),他不是中风,而是短路。

走 向 净 地

刚大专毕业的宋盛,进入一家无招牌的工厂当技术员,很敬业,上班总是第一个签到,下班最后一个离开。

有一天,他偶然发现厂内一条电线在隐蔽处接上公家电线,即告知组长,又写信向厂长汇报。事隔半年,偷电之事暴露,厂长把过错推到他身上。

"天理何在?"

宋盛冤枉地赔了三个月工资的罚款。

又一个黑夜,宋盛发现有人放火,他边大叫"救火!",边奋不顾身去灭火。负了重伤,他以为有所奖赏。不料,三位把他上了手铐:罪名"放火犯"。于是,蹲了三年的监狱,原来72公斤的他,瘦得只剩下一条鼻子。

出狱时,原来爱他的姑娘不愿见他,也没有一个工厂肯雇佣他。

他带着一颗破碎的心,流浪,流浪,再流浪……终于走进一间佛寺。

顿然,他了悟"人间净地"之所在,决定就此落发为僧。

卖　牛

几年前,乃仑买了一头小公牛,每天一早,就牵着到田头田尾吃青草。小牛一天天长大,强悍得像一头笨重的大象;乃仑却一天天消瘦,干瘪得如一根摇晃的芦苇。

一次,他牵着牛去吃草,突然晕倒。这头公牛比人还有感情,含着泪用舌头苦苦舔醒了主人。

有人劝他把牛卖了,拿钱来治病和养老。开始他总是拒绝,后来觉得身体实在不行了,只好躺在床上。他对来买牛的人,不仅要对方出价格,而且还要说明买牛的用意。有人出3万,有人出5万,他都摇摇头:"不卖!"

一天,乃宽来买牛,说明干农活的牛病死了,还把它埋了。乃仑只要价一万铢,就把牛卖了,引起村头村尾一片哗然。

乃仑病危时,乃宽去探望他,只见他颤抖的手掏出一张纸条,便撒手人间。乃宽看了纸条:"你那一万铢,我还没用,藏在枕头里,取回去好好养我的牛。牛老了,千万别牵去屠宰场。"

海　祭

李杰与爱侣到安达曼海边游泳,骤然一股黑色的巨浪,漫天盖地扑来,男的被刮到一个小山坡,女的被恶浪吞没了。那是 2004 年 12 月 26 日在普吉巴东发生的海啸世纪大劫难。

海啸之后,李杰天天蹲在白色的沙滩上,眺望着远处翻腾的波澜。他的妻子从小就跟父亲出海打鱼,水性很好,他相信爱妻定然会踏浪而来。

天天如此,月月如此,有人怀疑他精神失常了。

有一天,他岳父打鱼回来,偶然从一条鲨鱼肚子里挖出了一枚金戒指。李杰捧着这当年的订婚金戒,泣不成声,从此死了等待的心。

海啸 10 年祭,纪念墙上各国国旗飘扬,两只白色和平鸽模型在祭奠会场上空徘徊,寄托哀思的白玫瑰在海上漂浮。

李杰带着一颗伤痛的心,乘着汽艇,捧着那枚金戒指,面向大海,喊着他妻子的名字,然后跪在船头合十朝拜,把戒指轻轻地放入大海。

猫 犬 诗 人

也许是猫来投胎,或许是狗来投胎,他爱猫、爱狗甚于爱人。

他写诗不写人,专写猫,出版了一本《喵喵诗》。于是,粉丝叫他"猫诗人"。后来他又写狗,出版了一本《吠声》。于是,粉丝又叫他"狗诗人",但觉得不好听,便改叫"犬诗人"。他也默认了。

今年雨季,泰国到处洪灾,他和他的朋友组织了一支拯救猫狗志愿队,深入到被水淹没的村落里,收留被弃的受灾猫狗。他所救的猫狗,每只脖子都挂上牌子,好让灾后主人招领。

猫犬诗人以前所见所写的都是肥猫肥狗,美猫美狗,玩猫玩狗,如今见到的都是瘦猫瘦狗,病猫病狗,死猫死狗,心情一直很沉重。

一次他从水里捞到一只死猫,伤心地把它埋葬了,还写了一首《哀猫》诗,在网上发表,赢得许多粉丝的眼泪。

又有一次,他在一间三脚屋的屋顶上,发现一只干瘪的母狗,它的四个奶头被四只干瘪的小狗紧紧吸着,而一起活活饿死。他哭得比自己的父母死了还悲伤,还凄惨。他请和尚为五条生命念经超度,并写了一首长达百行的现代诗《哭犬》,在网上一经发表,不胫而走,叫成千上万的粉丝跟着哭肿了眼。

鉴于猫犬诗人声名鹊起,几位有钱有权的粉丝脑筋一动,捉住机遇,成立了一个全球猫犬诗人协会,特聘他当会长。

🌴 作品赏析

《卖牛》讲述了一段人与动物间的感人故事。乃仑在与小牛相处的过程中,与小牛建立起亲密无间的情谊。小牛仿佛也有了人的情感,在主人晕倒时用舌头苦苦舔醒主人。曾心通过《卖牛》的故事表明动物也是有灵性的,我们应善待动物、尊重生命,同时也隐含了对父母为子女无私奉献的赞美之意。曾心在有限的篇幅中,描摹了一幅饱含深情的人与动物的情谊之图。乃仑精心养育小牛,正如父母的哺育之恩,在无私付出中耗尽了自己的青春,却茁壮了稚嫩的子女。故事看似出乎人之常情,实则合乎情理。著名影片《忠犬八公》讲述了一只秋田犬在主人逝世后,仍坚持在站台遥望主人归来的催泪故事。甲午海战中邓世昌殉国之际,爱犬衔其臂以救,结果邓依然按犬首入水。《卖牛》所要表达的正和这些故事如出一辙,尤其在人情比纸薄的功利社会背景下,"比人还有感情"的公牛更能让人心生震颤。善待动物,与世间每种生灵都和谐相处,唯有这样才能更好地实现人与自然和谐共存、相依相护的理想。

《海祭》讲述了一个动人的爱情悲剧:李杰的爱侣在 2004 年普吉巴东大海啸中丧命,他不愿接受残酷现实,终日痴痴等待爱人从海洋踏浪归来。10年后,在祭奠日里,李杰终于解开心结,接受爱人罹难的事实。从此,他的等待转为朝拜,为天国的爱侣合十祷念。小说歌颂了爱情的永恒性,赞美了李杰对爱人的忠贞和深情,也从侧面展示了自然灾难的破坏性。正如《泰坦尼克号》隽永刻骨的爱情悲剧拥有经久不息的艺术感染力,《海祭》通过一对恋人的生死离别展现了爱情的撼人力量。世界上最残忍的事不是爱情的破裂或消散,而是恋人间的生离死别。苏轼有诗:"十年生死两茫茫,不思量,自难忘。千里孤坟,无处话凄凉。"苏轼悼念亡妻的凄苦心情和李杰对遇难爱侣的牵挂遥思是异曲同工的。虽然,不可能再见到妻子的容颜,但李杰的心里永远珍藏着他们共同的爱情回忆,斯人已逝,生者理应为了逝去的爱人更好地活着。正如鲁迅所言,人必须活着,爱才有所附丽。

《猫犬诗人》讲述了一位爱猫爱狗人士,奔走于拯救被遗弃的流浪猫狗之间，并用自己的文字创作大量关于猫狗的诗作，赢得一票粉丝，因此被唤作"猫犬诗人"的故事。主人公的爱心和动人故事带给他名誉和知名度，却被几位有钱有权的粉丝抓住机会，聘请其为"全球猫犬诗人协会会长"。小说看似赞扬了"猫犬诗人"的爱心和善行，实则讽刺披露了有权势之人凭借自己的手段，不惜做出伪善之举，甚至做出肮脏的丑陋行径以实现自己的商业目的。小说前部分渲染"猫犬诗人"的善人善行，歌颂了他的爱心与善良；结尾处突然文风一转，揭露了粉丝投机取巧的心理。之前营造的神圣、温暖、充满爱的"灵光"顿然消散，只剩下利益的获取和惺惺作态的"慈善"。前后文的反转虽造成了受众在阅读上的心理挑战，但深化了小说讽刺的意味。在一个名利的争斗场上，所谓的爱心和善良都只能是"斗士"们猎取更高名利的工具，《猫犬诗人》赤裸裸地撕扯开现实社会中伪善之辈的面具，还原了他们丑恶、利欲熏天的本貌，批判了被欲念所扭曲、所操纵的灵魂。曾心在《猫犬诗人》中，除了歌颂与批判，还对当下饱含一腔热血从事文学创作的志士抛出了一个问题：面对名利能否坚守住自己的初心？"猫犬诗人"声名鹊起是因为他的诗歌展示出他心存大善，所以感人悲泣。面对聘请的陷阱，他可能也不自知，无意中沦为他人名利场上的工具。曾心想告诫读者：当一个人有所成就的时候，要守住自己的初心，不为名利所引诱、困扰。

　　曾心曾坦言"爱在我的作品中，甚至在我的生命里是一个最美的方块字"。对动物的爱、对爱人的爱、对自然的爱等都广泛存在于曾心的小说创作中。爱是解读曾心创作的钥匙，也是贯穿他创作生涯的永恒泉源。曾心凭借心中之爱，孜孜不倦地在"田螺壳里做道场的灵光"。

（岳寒飞）

林太深

　　林太深,1939 生于潮州,1965 年来泰国与父亲团聚,成为第三代兼第一代华侨,在泰国落地生根,成立家庭,培育第二三代后人。经商多年,退休之后,才又想起李白和韩愈,才又重续文缘。共出版三本文集,《今夜,韩江入梦无》《佛塔影下》和《乡梦乡愁》。现为泰国留中总会写作学会会长、泰国华文作家协会理事、《泰华文学》编委。

护身符

　　一个月黑风高的夜晚,我们二十几条"人蛇"爬过黑沙湾滩头,鱼贯登上预备好的渔船。上船涉水时,前面印尼女生抱着个两岁娃,上下船艰难,求我道:"小兄弟,请帮个忙。"我说可以,那时我刚离开校门,满脸学生气,助人乐己是雷锋精神。

　　渔船在"孖仔岛"换船,我们都被赶往船底渔舱,装罐头似的成了真正人蛇。船慢慢驶入公海;公海风急浪高,颠簸得紧,大人小孩呕吐不停。我在海边长大,倒不觉得什么,自动照料小孩,方抱起,不想"哇"的一声吐我一身脏秽,她拖着恹恹病躯欠身道:"对不起。"

　　我们屈身在渔舱下,透过一缕阳光,看到人蛇的虚弱无力和孩子的奄奄一息。

　　上了岸,众人像打了兴奋剂。我把小孩交还她,她从孩子脖子上摘下黑木护身符说:"谢谢小兄弟,愿它保佑你。"说毕各奔前途。

　　一眨眼五十多年过去,那块护身符依然系在我身上。

灵堂呓语

灵前香烟袅袅，烛光忽暗忽明，和尚诵经方歇，女事主昏昏欲睡。忽闻棺中似有瑟索声："妻啊，奈何阎王索命太急，有些话还来不及吩咐，便已来到黄泉。"

一切恍似梦中，妻道："夫啊，你好狠心，丢下孤女寡母，教我如何生活？我后悔对你严加管辖，害你处处提防，了无生趣。"

"但我也有不是处，为防你出门搜身，我通过××留下小金库，拨4000万铢由他保管，除我和他无人能取。现今那钱，钱已落入他手中了。"

"夫啊，怨你未能给我留下蔡氏血脉，叫我后半生如何是好？我见灵堂后座有两小孩，举止眉眼太像你。要真是俺亲骨肉，该有多好。"

"妻啊，对不起，那两小孩正是我与二房所生，留在××处款项，原想作为他们赡养费。我一死，他俩钱无望，生活无着，归宗无期。"

妻一听气煞，猛然跃起，手击交椅，大喊："原来你……"骂声未毕，竟痛醒过来。

诵经声又起。

貔貅

深山藏名刹，一步一台阶，入山门，门旁闪出斋姑，引我入古庙。一路上，斋姑将寺中景观娓娓道来，如数家珍。参观毕，将我引入大殿，早有僧人桌椅侍候。斋姑将我交与僧人，轻声道："南洋来的。"侧身而退。

僧人道："施主来自佛邦，算与吾佛有缘，但不知施主有何疑难？看运程还是算财运？"

我说："都不是，既来贵地旅游，岂能放过宝刹？"

"依小僧看，施主面带晦暗，心中定有块垒，能否说来听听，小僧或能解惑。"

我笑答："胸中了无牵挂，何来块垒？"

"家事,身体,生意,怎能没有牵挂?看施主面相,定然冲撞太岁。本寺有最最上乘之观音莲座,可作镇宅之宝,价值是 3333 元。"见我面有难色,随道:"不使施主为难,本寺已开光之貔貅也能镇宅消灾。凡事心诚则灵。"我想:既入宝山岂能空手而归?入山是缘,邂逅是缘,遇僧是缘,貔貅是缘,便也只好随缘了。

我 怕 谁?

颂猜,胆小怕事。性嗜酒,每饮必醉,醉必闹事。

新近,认识一寮妹,倾力追求。一次,醉后又闹事,原形毕露。女友看在眼里,恨在心里,她父亲就因嗜酒才闹得家庭支离破碎,她才逃到京城讨生活,她又怎肯再卷入酒漩涡呢?于是不顾颂猜怎么哀求,捶胸顿足保证,毅然离他而去。

颂猜伤心欲绝,友人答应介绍另一寮妹认识。尝过苦果的他,生怕再一次失去,又显出胆怯。遂告诉朋友:"我怕,怕她不要我。"

"别没自信!"朋友说,"不然,喝口酒壮胆。"

接过酒,就像见到久别重逢的老友,咕噜隆咚一口吞下。

约会时间到了,寮妹也到了。只见他在那里撒野,大叫:"我怕谁?""我怕谁?"

乡 村 罗 生 门

乃林从城里回来,对老婆嚷嚷:"妈的,真倒霉,差两码我就得了头奖。那时候,欠乃陈乃李的债我都还清,再买林头那十莱地。其余的钱就留给儿子读大学……"说这话时,刚好乃哥乃可乃诃先后经过,就把听到的回家告诉老婆,末了都加上一句:"是我亲耳听到的。"

乃哥乃可的老婆先到乃林家,恭喜之外并表示求点帮忙,乃诃的老婆随后赶到,又是恭喜,又谈到过去也曾帮忙过,言下之意……

乃林说话了:"一场误会,一场误会。"

三人齐说:"怎么会呢?明明是我男人听到的。说中头奖,又还清乃陈乃李的债,再买了林头那十莱地,其余的钱给小儿子上大学。"

乃林急了,说:"我开头说的谁听见吗?我说差两号就中了头奖。你们看,我正为儿子入大学的事发愁呢。"

没人相信,只有三对狐疑的眼睛箭似的射向他。

是弹是赞?

某甲与太座出游,方步入花丛,太座曰:"快照!"甲忙"咔嚓"连连。

桃花浪漫,太座笑得见口不见眼,樱花方绽,太座攀高险些跌下也被摄进了镜头,石头后面红花黄花交错,太座伸头花中央,意在与花媲美斗艳。

石头边,妻抢过相机一看,大失所望。

高声道:"想不到我老公就这个水平,照出这等糟糕模样来。简直是有意抹黑本人。"

甲辩曰:"太座息怒,花丛中你美,花也美,这就是美学上的互相抵消。况且、况且……""况且什么?"

"况且,你就是这模样,我哪有本事杜撰出另一个你来。"

一封救灾信

魏伯手颤颤掏出一封信,心情凝重地对我说:"我无文墨,你是秀才,请给我修改,免给人笑话。"原文:"中国中央电视台第四频道:我是土生土长泰国华人,看电视知雅安芦山大地震,死伤惨重。同胞受难我心疼,竭尽全力表寸心。兹付上泰币 85750 铢,作赈灾用。明知杯水车薪,聊表华侨心意。并附带说明:

一、儿女们每天为我积蓄 150 铢,供我每年出国旅行一次(今年暂不出国旅行)。

二、女儿出国工作,特寄来 200 美元,庆老爸 75 岁生日(寿金移作善款)。

三、儿媳给我 5000 铢买运动鞋(旧鞋尚可将就)。

四、幺儿储蓄 12 万铢购电脑,我说事有急缓轻重先后之分。

上述款项部分先移作救灾,急人所急,儿女们也同意了。我非富有,但人有恻隐之心,更毋忘身上有炎黄血统。"

看着看着,我的鼻子不由酸溜溜的,刹那间魏伯那微弯曲背的形象突然高大起来。

送　别

夕阳下,两条人影拖得特长。没说话,仿佛只数着脚步。

"别送了,回去吧!"

"再送你一程,今后不知何时才能见面?"

前方汉子走快几步,回头道:"送君千里,终须一别,后会有期。"

"请多保重,别忘了故乡。"

"故乡的一切也和异乡差不多,咋就这般叫人牵肠挂肚呢?"

"不是说吗,美不美,乡中水,亲不亲,故乡人?"

"说到这人倒是真的,别处就找不到这么贴心这么知己的姐妹弟兄。好吧,你回去吧。"

在每个历史瞬间,在很多十字路口,或者雨亭,或是岭道上,我们总会看到这种场景,记不清是古是今,是真是幻。这场面,这场景天天发生时时改变,这就是送别。

离　家

她转过身去,一颗豆大的泪簌然坠下。

行囊里,又添了一件寒衣一条裤,仔细折叠,再用手烫平。但见手在微微发抖。

看似不经意地抹去额上的汗,实是偷偷拭去眼眶的泪。然后转过身来,强作欢颜,深情款款:"儿啊,路上小心,人在外,一切全靠自己了。记住:诚实、勤俭、正直,别忘祖训。"

儿子看见妈额上的皱纹,似乎这些天又添加了不少,白发也更多,他几乎动摇了:"妈,我还是不走了,留下来陪你。""傻孩子,说傻话哩,天底下哪有不散的筵席?为了前途你走吧。妈会天天等你的好消息。"笑着,从手上脱下一枚戒指:"拿着,急时许能救急。"

他的眼像开了闸,泪水滚滚而流,忍不住扑向妈妈怀抱。

作品赏析

《一封救灾信》这篇闪小说主要讲述了这样一个故事:一位年迈的老人魏伯掏出一封信让"我"给他修改,怕别人笑话。"我"读了这封简短而又详细的救灾信后,鼻子酸酸的,觉得魏伯的形象高大起来。该闪小说以一封救灾信为主要内容,对人物并无过多的渲染,但却把魏伯的高大形象树立起来,这就是林太深写这篇小说的高明之处。一封救灾信是小说的重点,信上详细的条目更加渲染了魏伯的恋乡情怀。魏伯作为一名华人,时刻想着自己的祖国,愿意在祖国危难之际伸出援手,他的精神可歌可泣,代表了泰国华人对祖国的深厚情谊,虽身处异国,但他们的根在祖国,心系祖国,怀念故土。林太深别出心裁,以一封救灾信表达了魏伯的怀乡之情,其实这也正是作者自己的想法,恋乡,怀乡。身处泰国,但身上有炎黄血统,无论走到哪里,都是中华民族的一分子。该闪小说极力张扬了华人怀恋故土的情怀,思乡之情溢于言表。可以说,林太深笔下的魏伯就是千千万万泰国华人的缩影,具有高度的概括性。

《送别》这篇闪小说读来就像一首诗,小说多以单行排列,且以对话为主。主要讲述了这样一个故事:夕阳西下,两个人依依不舍,送别的场景仿佛历历在目,故乡如此让人迷恋,牵肠挂肚,不忍离去。该闪小说简洁有力,字里行间流露出对故乡的眷恋之情。"不是说吗,美不美,乡中水,亲不亲,故乡人?"文中的这句话就是点睛之笔,借用歌词直接将思乡之情推向高潮,对故乡的爱表达得淋漓尽致,毫无保留。该闪小说并没有运用传统的留白技巧,而是直抒胸臆,将思乡之情直接在文中流露出来。诚如作者在篇末所说:"这场面,这场景天天发生时时改变,这就是送别。"的确,送别并不是一个陌生的场景,几乎每天都会有这样的场面。天下没有不散的筵席,有时候相聚就意味着分离。该闪小说所表达的思乡之情是人类共通的情感。无论身在何处,都会思念故乡以及故乡的人和事。

《离家》这篇闪小说主要讲述了这样一个故事:儿子要走了,母亲心中有万般不舍,却强忍泪水为儿子收拾行李。儿子看见母亲的皱纹和白发,开始动摇,不忍离去。最后儿子还是听了母亲的话,为了前途,忍痛离去。这篇闪小说情真意切,充满温情,让人感动。读完这篇闪小说,不禁想起唐代诗人孟郊的《游子吟》:"慈母手中线,游子身上衣。临行密密缝,意恐迟迟归。谁言寸草心,报得三春晖。"的确,深挚的母爱无时无刻不在照耀着儿女们。伟大的母爱是古往今来人们歌颂的主题之一,母爱是最无私的。该闪小说通过儿子离家的场景,歌颂了无私的母爱。作为儿女,无论走到哪里,都应该牢记母亲的爱和教诲。母亲并不求儿女回报,只是希望儿女在外平安,一切过得好,这是她最大的心愿。

林太深的闪小说题材广泛,不仅写思乡之情,也歌颂母爱。这些都是人类古往今来共通的情感,弥足珍贵。林太深小说的语言极尽简练,并无拖沓之处。他的小说做到了以小见大,将深刻的哲理寄寓于小小的故事中,吸引读者的注意力。可以说,他是一个情感充沛的华人作家。

（李笑寒）

博　夫

博夫,原名樊祥和,字正荣,号博夫,樊子第八十一世传人,1946 年 12 月出生,祖籍江苏省张家港市。担任世界文艺出版社社长兼总编审、泰国华文作家协会理事等职务。出版长篇小说《圆梦》《爱情原生态》,小说集《爱　不是占有》,诗集《路过》,散文集《父亲的老情书》等多部作品。泰华小诗磨坊成员,2007 年起与小诗磨坊同仁合作,每年出版一册《小诗磨坊》。并涉足影视、雕刻、油画等领域,对艺术颇有研究。

女　佣

阿明的家境越来越宽裕了。

太太学会了每天打扮得很时尚,同时还请来了一位缅佣小姑娘。

小女佣聪明伶俐,手脚勤快,深得主人的喜欢。

一年后的一天。

女佣气焰嚣张地和女主人叫起板来:"你做的饭菜不如我做的好吃!"

"谁说的?"太太生气地问。

"先生说的! 而且,你长得也不如我漂亮!"

"谁说的?"这下女主人生气了,大声地训斥起来。

"先生说的!"小女佣坦然地回答。

小女佣越说越神气:"你床上功夫……"

女主人听不下去了,暴跳如雷:"什么?!"

"也不如我啊!"小女佣见女主人这般生气,说话更牛了。

女主人恶狠狠地拍着桌子问:"这也是先生说的?!"

小女佣头一扬,自豪地说:"不,这是隔壁李哥哥说的!"

女主人马上静了下来……

忙 拉 票

准备参加竞选的党魁在外游说拉票。

一位支持者拿了一叠钱来献金。党魁收了钱,因还在游说走不开,就让他的司机把钱送回家,并嘱咐司机要保密。

司机将钱放在内裤贴身口袋里。

到了党魁家,他问党魁的夫人:"家里有外人吗?"

党魁夫人说:"没有!"

"那就好!"司机边说边脱裤子。

夫人看此情景惊讶地问:"你想干什么? 别乱来!"

司机说:"我给钱!"

夫人说:"给钱也不行啊!"

司机紧张地说:"是党魁叫我来的。"

夫人委屈地边脱裤子边骂道:"王八蛋,这种事情自己不干让司机来干!"

表 哥 来 了

阿明办了一家拖鞋厂,生意很火爆,每天都要加班,自己有时连饭都顾不上吃。

厂里会计是邻村的一位女孩小李。

小李因为每次例假来都会肚子痛,所以,每次来例假都要向厂长请几天假。

厂长问:"你怎么每个月这时候都要请假? 请假干吗?"

小李说:"家里来客了。"

厂长很好奇,问:"什么客人?"

小李犹豫了一会儿说:"娘家人。"

厂长继续追问:"叫什么? 怎么每月都来?"

小李红着脸说:"叫刘洪水(流红水)。"

厂长一拍大腿:"刘洪水是我表哥啊,不行,我得去陪陪他。"

群 发 短 信

董事长发短信给女秘书:"想死你了,在国际大酒店 1212 房,快来!"
情急之下,却按了群发键。
片刻间,回复的短信纷至沓来。
女秘书:"看你这副德行,干吗这么猴急!"
女友:"昨晚都在一起的,怎么现在又要啦?"
女上司:"不去那么远,到我办公室来!"
女科长:"董事长,今天不行,'大姨妈'来了。"
女副科长:"在外面办事,要两小时后才到。"
女主任:"你才想到我呀?"
女部下:"知道了,文件收好后马上就来。"
对门王姐:"今天老公在家,没理由出门,明天行吗?"
老婆:"花那冤枉钱干吗? 回来。"
……

习　惯

张老汉种了几亩地,大儿子陪父亲种了几年地外出打工去了,小儿子还
留在家里与父亲一起种地。
秋收结束后开始犁地。
张老汉先把犁地的方法给小儿子讲述了一遍,然后让小儿子负责把握
犁的方向,自己牵着驴走。
每次小儿子架好犁,准备工作完毕后跟前面牵驴的父亲说:"爹,走吧!"
父亲就拉着驴向前走。
日复一日,一季下来,都习惯了。
农闲季节。

一天,父亲进城买了点日用品和肥料,通知小儿子套上驴车进城去拉。

小儿子套好车后,无论怎么赶驴,驴都不走。气急之余,不知所措。

冷静思考,仍找不出原因。

忽然间,小儿子反应过来,高喊一声:"爹,走吧!"驴子拉着驴车出发了。

接 电 话

几位成功人士约了一起去打高尔夫球。

到了球场,卸下球包后各自去休闲一下。

更衣室里一部手机响了很久,一位男士走过来,按了免提键开始接听。

电话那头是一位温柔的女孩子声音:"亲爱的,你在高尔夫俱乐部吗?"

这位男士回答说:"是的,刚刚到。"

温柔的女孩百般柔情地说:"我看到一辆宝马车,才不到 800 万铢,我现在的丰田车开出来,多没面子。"

这位男士痛快地回答:"那就换一辆宝马车。"

女孩子的声音更柔了:"还有,曼谷房产公司又开盘了,50 万铢 1 平方米……"

男士没等女孩说完,干脆地回答:"买!"

女孩子深情地说:"好爱你噢!"

男士激动地说:"我也爱你。"

旁边几位成功人士敬佩得目瞪口呆。

男士挂断了电话问:"这是谁的手机?"

钓 鱼

入冬以来,久贵几乎天天喝到醉,所以,在久贵的身边天天发生故事。

这天,久贵突发奇想要去冰上钓鱼,他带上渔具和敲凿工具出发了。

他找到了一块很大的冰区,跨过围栏,走到冰区的中心位置坐了下来,开始凿洞。

突然,传来一个声音:"你所在的下面不会找到鱼的,请不要凿洞。"

久贵迷茫地四下里看了看,没看到人,又开始凿那个冰洞。

那个声音又响了:"我已经告诉你了,下面没有鱼。"

久贵环视了一圈,还是没看到人,他又埋头干了起来。

"我已经警告过你了!冰下面没有鱼!"那个声音又响起来了

这时,久贵生气了:"你怎么知道没有鱼?你以为你是上帝吗?躲在暗处吓唬我!"

"不,"那个声音从一只喇叭里发出来,"我是这家溜冰场的经理。"

换 口 味

阿明每天的早餐都不在家里吃。到路边小吃的地方,常换换口味。

星期日那天,他坐车出去远一点的地方想找找新口味的早餐。

看到一家"韩国牛肉拉面馆",阿明食欲大增,进去叫了一碗。

味道真不错,牛肉味很纯正。只是吃完了面都没吃到一块牛肉。

阿明把老板叫过来,指着碗问老板:"'韩国牛肉拉面'怎么没吃到一块牛肉?"

老板淡淡地说:"别太认真了,这是什么时代?进入提倡低碳生活的时候了,吃到纯正的牛肉味就够了。难道你还指望从'老婆饼'里吃出个老婆吗?从'情人梅'里吃出个情人吗?"

一番高论听得阿明一头雾水,付钱走人。

醉 酒

几位好朋友周末一起去喝酒。

一位哥们喝高了,硬拉朋友们去卡拉 OK,还说谁不去就跟谁急。

朋友们没办法,把他扶上车,直奔他家去了,并骗他说是去卡拉 OK。

到了他家,他老婆开的门,他一把抱住老婆,笑嘻嘻地对大家说:"这位小姐挺漂亮的,有点像我老婆!"

他老婆脸色顿时一变,脱身就回睡房去了。

那位老兄招呼朋友们到客厅坐着,要大家点歌,然后,自己去了厕所。

刚进厕所,他家的电话响起来了,他老婆听到老公上厕所了,于是急忙出来接电话,接听电话后"啪"的把电话重重地挂了……

喝高的哥们摇摇晃晃从厕所出来,对朋友们兴高采烈地叫道:"兄弟们,今晚好好玩吧,我已经打电话回家说我今晚加班不回去了。"

朋友们一看这架势,一个个都溜了。

心 理 感 染

阿明是个很开朗的人,每天下班回家总是嘻嘻哈哈地与老婆讲讲话。今天下班回到家,一声不吭,坐在屋檐下面生闷气。

老婆一看就知道肯定发生了什么事,于是关心地问阿明:"你有什么心事吗? 有什么不开心的事说来听听,不要一个人闷在肚子里!"

"今天我在巴士上捡到 1000 铢钱!"阿明慢慢地从头说起。

老婆听到这里很兴奋地说:"真的? 那应该很高兴啊!"

阿明停顿了一下,委屈地说:"但是另一位乘客也看见了,于是我和他把钱平分了!"

老婆还是挺高兴地笑着说:"那你不是还有 500 铢吗? 也值得开心啊!"

阿明悔恨并吞吞吐吐地说:"等我走到家门口时才发现,那 1000 铢钱其实是我自己丢的!"

老婆这才"啊"了一声,一起闷坐在屋檐下,分担着老公的心事……

作品赏析

《换口味》中阿明吃了一碗只有牛肉味没有一块牛肉的"韩国牛肉拉面",他试图与老板理论,老板却以老婆饼与情人梅为例,反问他还想从"老婆饼"中吃出老婆,"情人梅"中吃出情人吗? 原想换换口味的阿明,听到这番言论反倒哭笑不得。作者虽写商业的一面,但却体现了一种普遍的社会现象,折射人与人之间的信任危机。如今,不少人试图通过耍小聪明、利用小伙俩获取利益,虽然所得回报并不丰厚,但依旧爱贪小便宜,逐渐将别人对自己的信任消磨殆尽。文中老板与阿明的故事在生活中并不少见,金钱与利益诱惑下的人际关系使得诚信岌岌可危。言而无信,自然不会被他人信任,最终也只好自食其果。作者已然意识到这一社会现象,并表达了自己的担忧,从故事出发启示人们检视自身行为,有则改之,无则加勉。

《醉酒》讲述了一名男子酒后失态的故事。男子进了家门搂着妻子以为是小姐,打完家里的电话叫嚷着已向妻子报备加班,让大家不醉不归。朋友们一哄而散后,不知这位仁兄第二日酒醒后心中做何感想,又该如何向妻子交代自己的所作所为。"酒后易失态""酒后吐真言"两个矛盾的话语恰又能体现城市人压抑的心情。生活无非柴米油盐,或许简单得令人乏味,再加上繁忙工作带来的压力,人们需要一种渠道发泄心中的郁结。一个平时看似谈笑风生的人或许只是带着一副面具,内心实则隐忍得痛苦,在酒精的刺激下容易变得"放肆",表现出与平时截然相反的一面。如文中的男子,酒后的失态或许是他潜意识中放纵的想法,但并不意味着他本质上是一个登徒子,清醒与醉酒后的两个自我使得他的形象更加丰富。可以想见,这件小插曲将让这个家庭闹腾一阵。生活本平淡,也因人的复杂才使得生活有了酸甜苦辣各种滋味。

《心里感染》讲述了阿明与妻子因1000铢带来的心理落差的故事。阿明捡到了1000铢,与路人平分之后还剩下500铢,原本快乐的心情在他发现这1000铢实则是自己所遗失之后变得无比失落,而妻子在听他讲述事件经过时心情也经历了起起伏伏。作者讲述了生活中的一个小插曲,捡钱与丢钱是日常中经常发生的事件,然而捡钱人与丢钱人是截然相反的心情,作者将这两种角色赋予阿明一人,更体现了两者心情的差异,呈现了人的矛盾情绪。阿明夫妻俩的经历是许多家庭生活的一个缩影,生活不常有大喜大悲,细枝末节也能带来喜怒哀乐。简单的生活可以简单过,我们尚且不需要深度思考生活小事背后的意义,认真体会生活,也能发现生活的真谛。

博夫擅长写众生相,生活琐事在博夫笔下显得生动也令人哭笑不得,他似在写一个个搞怪的故事,实则于细节处告诫人们应脚踏实地地生活。并非人人可将生活过成一首诗,质朴的生活同样可以细水长流。

(孔舒仪)

若 萍

若萍,若萍本名翁惠香,泰籍华裔,祖籍广东省潮安县,原居泰北清迈府。长期服务于报界,20世纪80年代开始向各华文报副刊投稿,作品以散文为主,也写小说和新诗。曾翻译佛教经典《论藏之究竟法概要》,出版著作有《龙城河畔》《佛邦漫笔》《究竟法概论》等。《生日礼物》曾获2008年泰华作协举办的微型小说比赛亚军,《半个油饼》获2013年泰华作协举办的闪小说比赛季军。现任泰国华文作家协会理事、《泰华文学》编委。

庆 生 日

胜才回到他那在巷尾的居所。那四壁上钉得歪歪斜斜的木板,那破了孔的旧洋铁皮屋顶,既不能避风,也不能躲雨。窄小的屋子里,杂七杂八,放满了像垃圾一样的东西。在一边的角落上,一条发臭的毯子丢在肮脏的褥子上,这就是陪伴了胜才十多年的一切。

胜才把手里的纸袋放到屋内唯一像样的小桌上,脸上挂着微笑。今天他满五十岁,尽管过去的热闹以至今日的孤寂,半个世纪的岁月里,有欢乐、有痛苦,是泪水和笑声的结合,但生命的存在,就有其值得庆祝的理由。

"三脚、三脚,你在哪儿?"他一面拆开纸袋,一面朝着屋外喊。

"来!给你一块法国鹅肝,今天是我生日,咱们好好庆祝。"

谁说狗听不懂人话,至少这只被汽车撞伤后,由胜才捡回来养的野狗,就常常竖起耳朵来倾听胜才的倾诉。现在这只残废的花狗一面忙碌地吃着,一面愉快地摇动着尾巴。

"这是德国猪腿、俄罗斯鱼子酱、神户牛肉⋯⋯还有葡萄酒,都是名贵美味的好东西啊。"

蓦然的一阵狗吠。

胜才如梦初醒地望望眼前,黯淡的灯光下,桌上的塑胶盘里只有一小团糯米,几只干瘪瘪的炸鸡爪。

一 个 油 饼

一个枯瘦的老妇人,坐在人行道的一个角落上。她前面的一个小竹篮中,一团黄澄澄的东西装在一个小塑料袋里。

我匆匆地由她面前走过。可是那满头白皑皑的发丝,吸引了我走回到她跟前,凝眸看了看那小竹篮里的东西———一个炸油饼。

"只要十铢,卖完了我就回家。"老人喃喃地说。

我掏出一张二十铢钞票,放在她手里,拿了塑料袋便转身急急走开。

这么炎热的星期天下午,这么冷清的街道,我为了能遂了她早点回家的心愿而高兴。

"阿姨、阿姨!"一个七八岁的小男孩跑到我面前,手心里有一个十铢硬币,"婆婆说你刚才忘了拿回找钱。"

在弯进小巷之前,我转过头来对她最后一瞥。

老人还是坐在原来的地方,她正在把另一个小塑料袋,放进她的小竹篮里。

驱 邪

红竹村这两天在大做法事,除了请和尚来念经消灾外,又请了落神的伦良来施法驱魔。

伦良手里拿着一支短竹竿,摇头晃脑,蹦蹦跳跳地村前村后到处乱跑,手里的竹竿,一会儿指向草丛,一会儿指向树后,一会儿又指向石堆。

竹竿指向哪里,后面跟着来的一群人就会跑上去,把一个空的竹筒罩在竹竿所敲点的地方,然后伦良念念有词地用一块白布,把空空如也的竹筒口给封起来。

傍晚,大家把封了白布的二十多个竹筒,集中放到伦良家前的木桌上,神灵附身的伦良,一面敲打竹筒,一面哗啦哗啦地大声斥责,最后点起一把火,把所有的竹筒都烧了。

红竹村在近两个月来莫名其妙地死了六七个人。前天,村民发现平时摘空心菜的敦婆婆昏迷在小河旁,好在发现得快,抬回家休息几天后又可以出来卖菜了。一时间大家议论纷纷,说是可能犯了邪,终于在工厂主人颂杰的策动下,请了伦良来消灭那些尚未能去投胎出世的冤魂孽障。

伦良说,可惜还有一些魔法高强的阴魂逃开了,大家还是要小心些。

两天后的一个晚上,伦良到颂杰的工厂,拿了一笔钱。

工厂的废水,正源源地流到村民的农地里,流进小河……

民主万岁!

就要举行全国民代大选了,民主的声浪铺天盖地回荡在黄金国土上的每一个农村角落。

伦汶和伦添两个老村民离开村长的家往回走。

"民主真的是比私彩还好的东西,不用花钱下注,只要听村长的话,在一张选票上打个钩,就能按名额分到钱。最好是每年多几次这样的民主。"伦添摸了摸袋里的钞票。

"可惜我们的民主权利太少了。"伦汶点头同意。

"下一次遵从村长的号召,到城里参加民主聚会的时候,我们要提出每人多分几张选票,再增加多几个投票权的民主改革。"

有选举就是有民主,有谁敢说我们的国家不民主?

恨

这对几乎把我气疯的夫妻,现在还有脸来跪求我谅解。

"瑞兄,请原谅我,我是不得已出此下策,这两年来生意不顺,即使把整座工厂卖了,也凑不到一千五百万铢的数目来还你……"

真是余怒难消。先是用一些虚假的出口合同来蒙骗我,然后又花言巧语骗回作为贷款抵押的地契,真恨自己轻信他们的谎言!

"取回地契,为的是再向其他地方贷款,然后连本带利地偿还欠你的款额。唉,真是想不到……"

"很遗憾我没有机会报答你的恩情了,瑞兄,来世就委屈你来投生做我的儿子吧,我当会赔尽小心,把你当成小皇帝般地来伺候……"

我真想揭棺而起,但身体却不听使唤。

生 的 哀 歌

中午的阳光无情地投射在冒着气泡的沥青马路上,似乎要把已经热气腾腾的地面晒得燃烧起来。他无力的脚踏在火热的地面上,很想加快脚步,走到那边向人群乞讨,但是已经瘦得皮包骨的身体却不听使唤,竟只能这样慢腾腾、慢腾腾地挪动着。

从沥青路转进一旁的小路,两旁都是破旧的简陋屋子。他走到一棵大树的绿荫下,祈求的眼光望着不远处的小食摊,有时他可以从那个地方得到一点施舍,只要是可以充饥的残剩物,对他都是一个恩惠。

遗憾的是,人们都情愿糟蹋,把他所期待的残羹倒进垃圾桶,而当他稍微接近那食摊时,一阵追赶就使得他不得不垂头走开。

他凝望着接近路口的地方,偶尔会有一两位善心的人来此附近分发食物。

啊! 就像上天听到了他的祈祷,他见到那位多次来此施舍的中年妇女正要越过马路!

凝聚起全身的力量,他立即朝着妇人跑过去。

"嘭!"痛楚像炸开的火花般骤然扩散,随即又消失得无影无踪。

凄厉的惨叫声引来了人们的目光。

在他缓缓闭上眼睛之前,还来得及听见食摊边飘来一句:

"那只在垃圾堆旁的流浪狗被车撞死了。"

心　结

　　"我早就告诉你,没有人要你这些书的。整天登门送书真是何苦来哉,还是听我的话,卖给收破烂的倒还干脆!"看见老吴回来后,默默地把一袋书放到桌子上,吴嫂忍不住唠叨起来。

　　老吴又要搬家了,这回是举家搬回内地,因此一些非必要的杂物,都必须进行一番清理。

　　卖的卖,送的送,一屋子的东西,看来也所剩无几了。

　　最棘手的就是书架上的几百本书。

　　老吴爱书,上一次搬家,已经淘汰了一批旧书。可是,现在架子上又叠满了一些看过的和还没有看的书。

　　拿去秤公斤卖掉? 舍不得! 尤其那都是些老吴心目中的好书。

　　于是,老吴只好天天提了书袋到处串门子,为这些"好书"找一个肯收留的归宿。

　　今天,老吴又不知第几次地提了书袋出门。

　　还是白费心机,原袋子出去,又原袋子回来。

　　吴嫂随后又说:"明天你再也不用为这些旧书操心了,我已经替你一举解决了。"

　　——或许吴嫂是做对了,老吴无言地叹了一口气。

自　尊

　　那个老而不残的乞丐,每天都坐守在天桥边,靠着桥墩斜斜地垂着头,一身褴褛的破衣和一脸凄苦的神情,偶尔会抬起那张被烈日烤黑的粗脸,伸出干瘪粗糙的脏手,向经过他身边的人喃喃求乞。

　　这是一个市场前的巴士站,人潮熙攘,总会有善心的人往他的手或是在他脚前的塑胶杯中放下钞票或硬币。

　　一个路过的青年人匆匆把手中的硬币投进乞丐的塑胶杯,他是太鲁莽了,以致那镍币从塑胶杯内弹出杯外,青年人指指乞丐,又指指镍币,示意他捡起来。

乞丐把那一铢的镍币捡起来了,但没有把它放进口袋里,也没有放进塑胶杯里,而是——

往青年人走的方向用力摔过去:"狗种!我还没有低贱到这个地步!"

日军的宝藏

阿康回到家里,在口袋里掏来掏去,找不到刚才在马路边捡到的一块绘上金色的石头。

阿康的小儿子阿猪对朋友阿明说:"爸爸从山上回来,捡到一块金石头,可惜弄丢了。"

阿明对他的父亲说:"阿猪说他的父亲在那边山里捡到金石头。"

阿明的父亲对朋友说:"难怪阿康有钱买摩托车,原来是……"

有人在山里发现金块的消息,迅速地在这一带的小村庄中传开了。

据说日军在败退的时候,曾经把抢劫来的黄金埋藏在泰国的一个隐秘处,说不定就是在那边的一些山洞里。

开始有人往山上去寻宝,开始有新闻触角灵敏的记者前来采访,采访的对象是在山脚卖食品和挖掘工具的小贩。

小贩们异口同声地说:"有的,有的,有人已经找到金子,发财了。"

🌴 作品赏析

《生的哀歌》讲的是一只濒临饿死的流浪狗在求生过程中的所思所感,人们宁愿糟蹋食物也不愿意用来拯救一条生命,当流浪狗认出人群中所剩无几的一个善良妇人时,它以为找到了生存下去的机会,没想到却被车撞死,生命戛然而止。小说以流浪狗的视角看世情冷暖,以反讽的写作手法揭示和鞭挞了人性冷漠的社会现实。"生的哀歌"不仅仅是指流浪狗生命的哀歌,更是人性的哀歌。王朔曾经说过,思想是发现,是抗拒,是让多数人不舒服的对人性本质和生活真实的揭露。而这篇小说所蕴含的思想正是承担着这样的使命。

《心结》中，爱书如命的老吴即将举家搬到内地，他面临着如何处理书架上的几百本书的问题。吴嫂整天嚷嚷着把书卖给收破烂的，但老吴坚持天天提着书为它们寻找归宿，无奈每次都是徒劳，心灰意冷的老吴最后终于同意吴嫂把书等同于废纸卖掉。本文的主题是书，而实质上讲的是现代化的时代旋涡中，相对于追求优越的物质生活，人们对精神的追求逐渐淡化。所谓的"心结"，即是老吴或作者对这个"物质化"的时代的痛心和无奈。

《自尊》讲述了一个青年投币的时候弄翻了老乞丐的塑胶杯，他却示意老乞丐去捡起硬币，出乎意料的是，老乞丐愤而把青年给的镍币摔了回去，并怒气冲冲地说："狗种！我还没有低贱到这个地步！"中国自古以来就有"富贵不能淫，威武不能屈，贫贱不能移"的传统，而本文塑造的正是这么有气节、有自尊的老乞丐形象，即使是乞讨，也不容许别人践踏自己的自尊。

《日军的宝藏》讲的是阿康突然找不到他在马路边捡到的绘有金色的石头，阿康的小儿子阿猪却在和小明聊天的时候曲解和夸大了这一事实，而小明又把这一消息告诉了他爸爸，就这样一传十十传百，最后演变成"山上埋有日军的宝藏"这一奇闻。正如博恩所说，谣传就像河流，其起源处极狭窄，而下游越来越宽阔。在现实生活中，人们往往不去调查真相，而是靠自己的推测、猜疑和臆度去制造"真相"，所以才有"谣言重复多遍就成了事实"的怪状。

不得不说，若萍有一双善于发现的眼睛，她以女性细腻的心思，独到的观察力去捕捉日常生活的缩影，探索生活的真相，还原人性的本来面目。

（严　青）

今 石

今石,原名辛华,性别男,祖籍山东莘县,移居泰国后,业余时间在泰国和中国港台报纸杂志发表诗、散文、小说。现为泰国华文作家协会理事、小诗磨坊成员,并与泰华文友合著散文集《湄南散文八家》《小诗磨坊》(2007—2016)。其创作的散文诗曾收入《中外华文散文诗大辞典》。

玫瑰花手帕

汉子蓬猜,孤儿。五十岁还没成家。

蓬猜心眼好,常帮邻居八十岁的孤寡老奶奶干活。老奶奶常拿出一条绣着玫瑰花的手帕来端详,并告诉他:这是她女儿绣的,一共绣了两方。不幸的是女儿十八岁那年得病,耽误治疗去世了。手帕她留了一方,另一方随葬了女儿。

"如果她现在还在,多好啊!我一定让她嫁给您,您是天底下最好的人!"老奶奶时常感叹着对他说。

一天,蓬猜得了重感冒,半夜里发高烧人烧得迷迷糊糊的。忽然觉得有一条冰凉的毛巾捂在额上,顿时浑身清凉,舒服极了。

他伸手去抓,醒了,额头上哪有什么毛巾啊?他坐起来,桌上放着一条绣着玫瑰花的手帕,拿起来,顿时满室生香。

蛤 蚧

"多给,多给,多给……"刚下班回家的披耶蓬先生用心数着蛤蚧的叫声,数到"6",蛤蚧收声了。披耶蓬松了口气,开心啦!

泰国人认为蛤蚧进屋叫,超过三声,会有好运。

他进厨房。墙壁上贴着一条两指宽,尺余长,身体淡红色带黑点的蛤蚧。

蛤蚧瞪眼看他,眼睛似在问:你有何贵干?

披耶蓬向蛤蚧装鬼脸,眼睛也在问:你从何而来?

蛤蚧不屑再理他,一扭头,尾巴一摆,爬上房梁,走了。

第二天蛤蚧再来唱歌。以后又天天来。听蛤蚧唱歌成了披耶蓬在家的一件赏心乐事。工作劳累一扫而光。

有一天,没听到蛤蚧唱,披耶蓬急忙跑进厨房,蛤蚧已失踪。

这时,蛤蚧又唱起来了,在隔壁。披耶蓬松了口气,想:两家与它都有缘,就轮流开演唱会吧。

突然有一天蛤蚧断了声。第二天,第三天也没唱。他感到事态严重了。要到隔壁去打听。但不能贸然去打扰人家啊!

他还是去了。在隔壁的家门口,正好碰上屋主蓬猜先生。

蓬猜的右手食指缠着纱布。披耶蓬问:"你的手怎么受的伤?"

蓬猜却问他:"你知道蛤蚧吗?"

披耶蓬心里一激灵,瞪大了眼。

蓬猜说:"有外国人来收购,两指宽的一条,卖到一万铢呢。"

披耶蓬垂下眼睛,心里像有一把刀在剜割着。

还　债

颂猜,48 岁的汉子。泰国春武里府人。

他染上赌,让妻子当佣人养活他。妻子干了三年操劳过度死去,剩他孤身一人。他开始痛恨自己了。

20 世纪 80 年代,春武里建海港,建工业园区。地价一夜之间涨了几十倍。颂猜祖上留下的几十莱连兔子都不拉屎的薄地就在规划的工业园区内。

颂猜得了三千万。有人来叫他去赌、去吸、去嫖。他斥退来人。开了一间泰国古典式按摩店,专为女佣人服务,不取分文。

三年后按摩店亏空净尽关门。颂猜剃度为僧。

鼠　神

比差先生家靠树林。不胜鼠骚扰,便买来安有机关的鼠笼。

头天入夜,便听"啪"的一声:一只一公斤重的老鼠贪吃炸鱼被关进笼里。比差对鼠说:"囚你三天再做处置。"

头天鼠把炸鱼吃净,拉了一堆屎。第二第三天比差出差没回家。

第四天比差回家一看笼空了:"是谁替我放生了。"他摘下笼子进屋,突然觉得手里沉了,一看,鼠还在笼里啊。

"这就活见鬼了。"他赶紧把笼子放到院子,心想这厮成精了,有神力能自由进出笼子。

他左右为难了,一不敢拿去放生,这厮在这里好吃好喝惯了,放了再想我的家,会毁门再来。"枪毙"它?都成精成神了,根本毙不死。毙不死,这厮臭品性喜报复。他干脆每天买好吃的放进笼里,把这厮当爷爷奶奶孝敬起来。

过了数月比差又出公差,委托邻居帮忙饲鼠,邻居捂嘴笑了半天,总算答应了。比差安心出发。

半月后一进家,比差眼珠瞪得快掉下来了:大门给咬了个大豁口,衣橱里的衣服被拖得满地都是,铁皮米桶给啃了个大洞,粒米不剩。他一屁股坐在地上。原来邻居把这厮给放了。比差心想谢天谢地,邻居没判它死刑,这厮乃神身刀枪不入,弄它不死,气将起来,比差现在恐怕连个囹圄屋都没得进。

比差锁上屋,运来了木板,在树林一棵大树上搭了张床,吃睡在树上。安营扎寨的初夜,躺在空中的床铺上,他眼望树顶想心事,忽然与两目相遇:那双尖细的眼睛正冷冷地盯着他。

"妈呀!"比差翻身落地。

行

中国青年志行从中国来泰国工作,独身。一年后,认识了一位泰国姑娘。交往了三个月,感情益深。

一天,志行拥吻女友,激情起来,两只手便去剥她的衣服。

姑娘轻轻推开他,微笑说:"今天不行。"

志行问:"月事来了?"

姑娘摇摇头,指着墙上的日历,说:"今天这个日子不行。"

姑娘微笑着告诉志行:"泰国每七天一个佛日,到那天清早,准备好鲜花果品香烛敬拜佛祖,所以泰国的佛日是一个圣洁的日子。"

婚后,每到佛日,一大早,志行都跟妻子上佛庙礼佛做善事。

晚上沐浴拜佛后,两人分床睡。

狐　狸

多年前我在曼谷北郊民武里住。

十数户人家在一片树林里。我隔壁住着屋主———一位四十岁的"王老五"。他有祖上遗给他的大量房地产。

一天半夜他突然来敲我的门,气急败坏地说:"一条狼闯进我家,请求您去赶走它。"

我操起一把西瓜刀,扔给他一条木棍。

我打开门,打开所有的灯,寻遍屋角,连根狼毛也没有。门窗关得严严的,何来狼?恐怕他是发梦游症,我想。

我对他说:"安心睡觉吧,晚安!"

隔天半夜他又来拍我的门,上气不接下气地说:"不,不是狼,是狐狸。"

我赶过去,屋里啥也没有,只是空气里还残留着一种说不出道不明的异味。最令我惊讶的是,平日里关得严严的窗户竟洞开着,窗帘在夜风中神秘地摇曳。

半年过去，相安无事。有一天，屋主臂弯上突然勾着一只玉手。

我眼前一亮：一位亭亭玉立的漂亮少女，看眉眼，媚媚的，身上似有一股仙气。

空

四十五岁还独身的她，凌晨五点半就起来，手托装着食品的斋僧盘，立在门外。

六点，捧着化缘铜罐的僧人来了。旁边跟随一位俗家的侍者，五十岁的年纪，挎一只土黄色的僧包，满脸是宽厚的笑容。

她双手把斋品举高至前额，再放进僧人的化缘罐里，然后跪下来。僧人开始念经。

僧人走了，侍者像以往那样，深深地看了她一眼。

她满脸通红，低下头躲避对方眼里炽热的火光。

有一天侍者独自来了，立在门口等她，还是那副温暖的笑容。

她回来了，双手合十向他问好。

侍者盯着她，她羞涩地微笑移开眼，低头进屋去了。

侍者立在门口良久，慢慢地走了。

侍者再也没有随僧人来。

几年后她搬了家。

搬家第一天斋僧，她一眼便看出那位僧人正是当年的侍者。

她跪了下来。僧人肃穆地对着她念起祝福经。

僧人走时，脸上还是那副笑容，眼睛淡淡的。

纸飞机

自从他失恋，整个世界一下子全颠倒过来了，晴天看成雨天，鲜花看成枯花。他不跟谁说话，慢慢地谁也不跟他说话。他开始惩罚自己，用酒精猛浇痛苦的心灵。

心灵扭曲了，就惩罚别人。只要认为眼前的少女长得像以前的恋人，就死死地盯住她，跟住她，掏出刀片划人家的脸。

他进了监狱。谁也不认他不理他。在这个世界上他已没有了亲人。

这天狱警对他说："你妈妈来看你了。"

他瞪大眼：妈妈不是已经到很远很远的地方去了吗？

一位老太太进来，老泪纵横，紧紧地拉住他的手，然后拥抱他，亲吻他，嘴里轻轻地叫着："儿子，儿子，妈妈来看你来了！"

突然，老人把手里紧紧地攥住的一只纸飞机举到他的眼前，飞机上那颗用蜡笔涂上的红心依然没有褪色。

他的思绪倏地回到儿时，想起一位因工作摔断了腿的邻居阿姨。妈妈带他去探望她，他把自己亲手折叠的纸飞机送给了她，并亲吻了她。

愧疚的泪水汩汩地顺着他的脸颊淌了下来。

捐

一个浑身水淋淋的儿童捧着一个储蓄罐来到捐款处，他打开罐，"哗啦"一下把同样水淋淋的硬币倒在桌子上。

大家都笑了，继而又竖起大拇指。工作人员擦拭硬币又点数，共512铢。

来捐款的儿童叫阿努，12岁，上小学六年级，从小跟爸爸在湄南河打鱼，练得一身好水性。

洪水淹没了他的家，他和家人转移到安全的地方。

那里的人们都踊跃捐款救灾。阿努想起忘记带出来的储蓄罐，便游泳回家，潜进水里，捞出了储蓄罐。

象

一头母象带着一头一岁大的小象来到河边。

妈妈用鼻子吸水，洒在儿子身上。小象惬意地摇摇脑袋，甩甩耳。热辣的太阳当空射着。

临河的草丛里伸出一个黑洞洞的枪口。

突然，"砰"的一声枪响。母象暴怒了，迅速用身体护住小象，然后朝后飞快奔去。草丛中传来一声凄厉的惨叫。

四周很快又恢复了死寂。

母象从草丛里出来，鼻子上钩着一柄失去枪管的枪托。它把枪托扔进水里。小象的鼻子钩起妈妈的尾巴，涉水向对岸走去。

此时，离草丛不远处有一双眼睛，欣喜地眨了眨，目送象们远去。

🌴 作品赏析

《纸飞机》讲述了早已失去亲人的男主人公因失恋而颠倒是非、扭曲心灵、惩罚自己和他人，最终进了监狱，直到儿时的邻居阿姨拿着他小时候送她的纸飞机说来看他，给予他温暖，他才最终觉悟，感到悔恨不已。这个故事告诉了我们真爱可以感化失足的灵魂，使迷失了方向的心重燃对生活的希望。作者善于利用矛盾冲突设置悬念，比如"在这个世界上他已没有了亲人"与"你妈妈来看你"形成了张力，引人好奇，转而悬念揭开，感人肺腑。全文一共三次出现"纸飞机"。标题"纸飞机"是题眼。纸飞机这个意象一语双关，既是男主人公儿时折的纸飞机，亦是纯真美好的人性的象征。一开始主人公孩提时代送出的是对老太太的关爱，而最终纸飞机回到他手里，用蜡笔涂的红心并未褪色，代表的是孩子般单纯善良的赤子之心的回归。细细咀嚼这个故事，不禁潸然泪下。联系当下社会，有很多的孤儿或者留守儿童因为缺爱或者种种原因而走上不归路，倘若人们能利用自己的光和热给予他们急需的关心与帮助，那么世界上可能就会少很多悲剧。这故事也是今石对当今世界爱和人性的呼唤：起风了，纸飞机，回家吧，回到最初的美好。

《捐》这篇闪小说主要讲的是被洪水淹没了家的12岁的儿童阿努捐款救灾的故事。不到两百字的篇幅却为我们呈现了一个坚强乐观、活泼善良的擅于游泳的助人为乐的孩子形象。所谓"天有不测风云，人有旦夕祸福"，在洪水、地震等不可抗力的自然灾害面前，看似无所不能的人类在所难免却无能为力，并且很多人因此流离失所，无家可归。但是天灾无情，人有情。就像汶川大地震发生时，伤亡惨重，无数人家破人亡，正因为有来自四面八方无私的爱才凝聚成重建新生活的希望。该故事看似简单，并无特别之处，但是字里行间却洋溢着孩子般热心、纯真善良的美好。于是,冰冷的方块字好像也变得水淋淋的,但是却温暖地淌进了读者的心房。阿努只是社会的一个小小缩影,他折射出的是人性的光辉。世界上还有无数个这样的阿努,面对天灾人祸坚强不屈,并且还以一副热心肠献出自己的爱心。常言孩子是祖国未来的花朵,是民族的希望。拥有这样的孩子们的国家必定长盛不衰。作者通过倒叙手法先交代故事,如果只是普通的捐款事件可能没有那么让人动容,但是作者再介绍人物背景时,让我们了解他也是受害者,却依旧帮助他人。这是对其行为的赞扬以及对爱传播下去的希冀,使主题得到了升华。

《象》主要讲述了大象母子从枪口脱险的故事。作者文字驾驭能力极佳,语言生动形象,悬念重重,情节跌宕起伏,颇有一种画面感,妙趣横生,令人仿佛身临其境,给人留下无限想象空间。这两只象就在读者眼前闲适地游玩,共享天伦之乐。然而作者笔锋一转,"临河的草丛里伸出一个黑洞洞的枪口",使行文富有紧迫感,渲染了暴风雨来临之前的紧张气氛,揪住读者的心,引起读者的好奇,以及不免为象们的命运堪忧。随着"砰"的枪声响起,母象护住小象逃生,随后的惨叫以及失去枪管的枪托都令人困惑,直到最后草丛不远处欣喜的眨眼给了我们答案。言有尽而意无穷。我们不妨想象,可能是草丛不远处这个人赶走了捕猎者,救了象们。从中我推测作者通过写此文表达了对泰国存在的猎捕大象行为现象的憎恶,以及对保护动物的行为的赞扬、对母爱的伟大的歌颂,号召人与动物和谐相处,共建美好家园。

总而言之,今石的闪小说立足于现实常见的现象,虽如麻雀之小,但五脏俱全,题材多样,短小而精悍,字句间充斥着爱与人性的正能量,体现出一种人文关怀,富有时代意义,发人深省。

(黄玲红)

杨 玲

杨玲,生于1955年5月,祖籍广东潮汕。作品发表于泰国《世界日报》《新中原报》等报纸。现任世界微型小说学会理事、泰华作家协会副会长、《泰华文学》编委、小诗磨坊成员。与父亲老羊合著出版《淡如水》文集,微型小说集《迎春花》,诗集《红·黄·蓝》。2007—2015年和泰华诗坛诗人合作出版《小诗磨坊》。2012年出版泰文小说翻译集《画家》,2013年四川文艺出版社出版其微型小说集《曼谷奇遇》。

疯 药

旺猜三岁时父母离异,他被寄养在祖母家里。

七岁时祖父祖母病亡,他流浪街头求乞度日。

九岁时,旺猜被贩毒集团收留,头领给他吃饭,也给他吃疯药,不久旺猜就上瘾了,头领开始派他去送货。旺猜每次都能完成送疯药的任务,头领渐渐增加送货的数量。

十六岁,旺猜当了贩毒集团的小头目,这次头领派他到监狱送货,疯药就藏在他的身体里。他先服了疯药,再用利刀在右肋骨下划开小口子,用长螺丝把十包疯药,共220粒捅到肋骨后。

他跑到监狱前大喊大叫,守狱员赶他离开,他拿起一块砖头丢向对方,就给抓进监狱了,关在第三室。接货的大佬在第五室,他便对同室的狱友大打出手,被搬迁到第五室。

终于见到收货人了,在深夜里他用尖尖的竹签划破肌肤,取出疯药,到最后一包,竹签把塑料包截破了,疯药融化在肌肉里,毒素使旺猜立即昏死,他猛力抽搐几十下,最后身亡。

闪　嫁

　　李丝像一般华裔家庭的女儿一样,从小听话,安分守己,读完书就工作。媒人上门,介绍了几个男子,有的她不满意,有的父母不喜欢,媒人跑了几趟,无趣,再也不来了。

　　过了三十岁,再也没人说起相亲的事,李丝待嫁的心淡了。每天上班,自食其力,休假和朋友游山玩水,倒也乐不思嫁。

　　又过了几年,一天突然媒人上门说亲,有一中年头家,妻子过世近十年,最近想续弦。父母问李丝自己的想法,李丝说不妨见见。

　　相亲时李丝见到的是一名五十多岁的男子,个头伟岸,举止得体。他很喜欢李丝的斯文和礼貌,二人相互有好感,当场交换了电话。

　　两个星期后,李丝宣布婚讯。过门后,当了现成妈妈和奶奶。

手　机

　　一天中午,几名老友约定午餐,地点定于是隆路是隆大厦富士餐厅,到了十二时,老陈、老李、老王和老周都到了。

　　他们照旧叫了各自喜欢的午餐,反正是轮流请客,谁也不吃亏,谁也没有占谁的便宜。侍者把食物一盘盘端上了,老陈、老李和老王各自拿出手机,对着盘子猛拍照,接着又各自传给亲友看。

　　这时只有老周按兵不动,因为他没有换新式手机,也不懂上网。所以他对三名朋友的举动感到很烦,不觉地说出来:"吃饭吧,一个个都这般年纪了,还像小孩玩什么呢?"

　　老陈、老李和老王并不理他,除了拍食物照片,又玩自拍,拍后又上传,各人忙得不亦乐乎。老周再也忍无可忍,大声说:"你们到底是来聚会,还是来玩手机,要玩手机又何必来见面,回家去玩个够吧。"

　　接着老周就闷声不语了,一口气吃完盘中午餐,站起身来说:"以后再也不来了!"说完就走了。

剩下三人一时没有反应过来,手足无措,眼见老周走远而去了……

儿 子

星期天清晨,我到是乐园散步,走了一圈,没有遇到熟人,于是在湖边的椅子坐下,闭着眼睛,享受花香鸟语。

过了一阵子,有人来到我身边坐下,我不想离开,希望来人不要坐久,还我清静,于是继续闭着眼睛。

但是来人却说起话来了,是一个温柔的女声,一句接着一句飘进我耳里:"乖儿子,好好坐着,妈妈抱着你。乖,你看这里风景多美,绿树红花,天蓝水碧,微风吹拂。等一下我们去吃早餐,乖儿子要什么,面包牛奶还是烤鸡果汁?……"

只听到母亲的声音,没有孩子的回答,我觉得有点奇怪,睁开眼睛一看,原来少妇怀里是一只小小的哈巴狗。

一 万 铢

洗衣婶的儿子突然离家出走,弃下娇妻稚子老娘,和一泰妹私奔了。

儿子传话来,说对不起家人。妻如有新爱,就把儿子送过去。媳妇在事发后却很坚强,操起婆婆的旧业,负起了家庭重担。

一天,洗衣婶过路时被汽车撞倒,驾车人立即把老人送医。处置完手脚外伤,医生说要观察脑部是否受损,需住院三天。

洗衣婶不想住院,驾车人趁机说,他是生意人很忙,如接受一万铢的一次性赔偿,就签个字据,以后两不相干。洗衣婶急忙应承,因这笔钱可交三个月房租,孙子就要上学了,媳妇正为钱发愁。

老人回家,第一天没事,第二天大呕。媳妇忙带婆婆上医院,医生说是脑震荡。住院治疗,一个月才出院。虽然医疗免费,但媳妇侍候婆婆,不能洗衣,那一万铢早用完了。

🌴 作品赏析

《手机》讲述了这样一个故事：某个中午，几个老友约定了一起吃午餐。老陈、老李、老王都拿出来手机对盘子猛拍并各自传给亲友看。然而老周却没有这样，因为他没有智能手机也不懂上网，感到非常厌烦。另外三人却没有理他，老周终于忍无可忍，一口气吃完了午餐，丢下一句"以后再也不来了"便走，留下了手足无措的三人。《手机》这篇小说非常符合现在的社会环境，对当代人依赖手机的问题提出了自己的看法。人们出现了吃饭先拍照，拍完分享社交圈，却不和当面一起吃饭的人交流的怪象。而不懂得使用智能手机的人，在人群中又显得分外格格不入，似乎被时代遗忘了。作者敏锐抓住了当下的热点话题，进行了闪小说的创作，在文字中表达了自己的态度和批判。

《儿子》和《一万铢》这两篇本是相互独立的闪小说，放在一起看却有更加深刻震撼的意义。《儿子》讲述了"我"在清早的公园闭目享受鸟语花香时，听到旁边的妇女似乎在与儿子对话。"乖儿子，好好坐着，妈妈抱着你。乖，你看这里风景多美，绿树红花，天蓝水碧，微风吹拂。等一下我们去吃早餐，乖儿子要什么，面包牛奶还是烤鸡果汁？……"没有听到"儿子"回应的我睁眼一看，妇人的"儿子"只是怀抱中的一只小狗而已。《一万铢》则讲述了同个时代下令人心酸的故事。洗衣婶的儿子抛弃了自己的妻儿，然而坚强的妻子却没有改嫁，和婆婆相依为命。洗衣婶在一场意外中被车撞伤，肇事司机提出以一万铢私了，急于付房租的她答应了，第二天却查出被撞成了脑震荡，而因为媳妇要照顾婆婆，这一万铢早已花完了。两篇闪小说无疑都是泰国当下社会的一幕，在富人精神空虚，将宠物当儿子的时候，穷人却为了区区一万铢（仅仅两千人民币不到）而放走了肇事司机，"朱门酒肉臭，路有冻死骨"的惨剧依然在当下的时代上演着。作者对于富人的批判和嘲讽，对于穷苦下层群众的怜悯都隐藏在短短的文字中。细读本文，在狗都吃面包牛奶烤鸡果汁的时候，一万铢却能成为穷人的救命稻草。在《一万铢》的结尾，洗衣婶的儿媳妇在做的依然是洗衣的工作，本是困顿的生活只会更加雪上加霜。

杨玲的闪小说篇幅简短，却反映出了深刻乃至残酷的社会现实问题。

故事简短，但是结构却非常精巧，以平实的语言、简单的故事展现了广阔的社会生活图景，其精彩的创作能力也极好地展现了闪小说的风采。

（王成鹏）

晶　莹

晶莹,本名张晶宝,其他曾用笔名有宝子、光猷等,生于 1962 年 12 月,祖籍辽宁沈阳。现为泰华作协理事、《泰华文学》编委、泰国留中校友总会文艺写作学会理事、泰华小诗磨坊的成员之一。现为泰国法政大学、蓝甘杏大学教师,《世界日报》湄南河副刊主编。作品包括新诗、散文、散文诗、律绝、小说等文体。其中,作品《网友》荣获泰华 2013 闪小说征文比赛优秀奖,《欲念》获首届世界华文微型小说双年奖优秀奖,《续命春天》获泰华 2014 散文征文比赛冠军奖。

保　姆

他和她虽无子嗣,但几十年来一直共同为生意忙碌,倒也没觉有何不适。

年轻时,她曾口是心非地张罗给他纳小,却被他一口回绝了。她一直为此感激着他。同时,她也一直巧藏心机,一次次否决了他请保姆帮她料理家务的提议。

年老了,她身体渐弱。请保姆终被提到议程。

找来的不是小保姆,而是一位年约四十的中年妇女,这很合她心意。

保姆勤快干练,不仅烧饭洗衣,屋里屋外也弄得整洁干净,有时还帮忙生意上的事情,那份认真劲儿,俨然在操持自家事务。

保姆十岁的儿子,因外婆去省亲,不得不暂来投奔母亲。

他外出办事不在家,保姆把儿子介绍给她,她却有一种似曾相识的感觉。女主人正疑惑,小男孩突然问道:"我爸去哪儿了?"

榕 树 下

钱德兴正领着小孙子,在院外一棵百年老榕树下纳凉。一辆轿车缓缓开过来,并在老榕树下停下。

"请问这院子是钱熙丰老爷子的家吗?"车上下来一鹤发童颜的老者,一手提着手杖,一手拿着刚摘下的老花镜,目光焦灼地望着钱德兴。

怎么会有人问访作古多年的爷爷? 钱德兴疑惑道:"是啊。您是……"老人听闻,满脸惊喜与凝重,并深思不语。

待缓过神来,老人又无限期冀地急问钱德兴:"钱老爷子……?""三十年前就走了。"虽在料想之中,老人仍一脸失望神情。

"那他儿子呢?""唯一的儿子也于去年走了。""孙子呢?!"老人的声音愈加急切。钱德兴云里雾里地回答:"我就是他唯一的孙子。"老人上前便跪,并掏出怀中一块金表:"请代钱老爷子受此薄礼。""这……您,您是……""我是五十年前,钱老爷子掩埋阵亡烈士尸体时,背回家的唯一幸存者。"

孽 债

读大二时,家境贫寒的英,难耐金钱诱惑,做了豪门的代孕母亲。

未能看上一眼,甚至不知男女,孩子便被抱走了。那种初为人母的甜蜜,即时便为永诀的痛苦所吞噬。接过五十万酬金的瞬间,陡增了五十亿的罪恶感。

因不堪重负,女儿满月时,英将一切告知了丈夫。丈夫惊愕中不辞而别。

一天,读大二的女儿毫无预警地领回来一个高挑帅气的小伙子。他与聪颖靓丽的女儿倒也般配,但不知为何,英对小伙子总有一种莫名的特殊感觉,而且这种感觉随着女儿与小伙子交往的日益密切而日甚。每当女儿外出时,英便惶惶不可终日。

"你悄悄收集一根他的头发,妈去化验一下,他为什么那么瘦呢?"虽然女儿不大情愿,但耐不住母亲的执着,女儿屈从了。

英以朝觐及祈祷般的复杂心情,二进医院,颤抖着双手接过了 DNA 检测报告,闭目凝气,睁眼轻瞄,两腿一软,瘫坐在了地上。

🌴 作品赏析

《保姆》这篇闪小说主要讲述了这样一个故事:一对夫妇几十年来为生意忙碌,没有子嗣,年轻时,妻子打算给丈夫纳小,丈夫不同意,妻子从内心深处感激丈夫,而丈夫要给妻子找保姆,妻子也不同意。最后,妻子年老,身体渐弱,只能请保姆。妻子本来对这个四十多岁的保姆很满意,可无意中发现保姆 10 岁的儿子喊自己的丈夫"爸爸"。一切就变得不美好了。该闪小说从题材上看,应属于家庭婚姻题材。通过讲述一对夫妇看似恩爱,实则丈夫早已出轨的故事,告诫人们现代社会的婚姻危机频发,防不胜防,现代人应该好好经营自己的婚姻,认真对待婚姻,好好把握自己的幸福。这篇闪小说以"保姆"为题,其实保姆并不是主角。但却犀利地揭示了现代家庭生活中存在的一个现象:保姆有可能成为小三,插足别人的婚姻,尤其是那些年轻漂亮的保姆。可以说,晶莹是一个善于观察生活并有所发现的作家。晶莹的这篇闪小说就取材于现实生活,作者将现实社会中似曾相识的故事加以艺术的处理,从而给读者呈现一个熟悉的故事情节。这篇闪小说,写实性比较强,字里行间影射了现代人的婚姻生活。另外,这篇闪小说写得不是那么直白,而是借一个 10 岁孩子的口来阐明故事的真相,有点儿滑稽的味道。总之,晶莹的闪小说寓微言于大义,时刻提醒现代人面对婚姻还是应该慎重,认真对待婚姻,要意识到婚姻不是儿戏,要有责任意识。

《榕树下》这篇闪小说主要讲述了这样一个故事:钱德兴在一棵百年老榕树下乘凉,从小轿车上下来一位鹤发童颜的老者,问访一位故人,原来这位老人要问访的人恰是钱德兴的爷爷。五十年前爷爷在的战场上掩埋阵亡烈士尸体时,救下了唯一的幸存者,正是这位老人。现今,老人是来回报爷爷的恩情的。该闪小说以一棵百年榕树为线索,将五十年前在战场上发生的故事娓娓道来。这棵百年榕树是最好的时间的见证,它见证了一代又一代的人的生与死,更是一种精神的象征,暗含了几十年的恩情,象征了知恩必报的精神。俗话说:滴水之恩,当以涌泉相报。这位鹤发慈颜老者知恩必报的精神就像这棵老榕树一样，屹立不倒。有时候精神的传承比追求所谓的物质更重要，也更有意义。该闪小说讲述的故事并无什么特别之处，但它背后的意义与精神值得大家去重视和瞻仰。五十年前的战争对人的影响，不言而喻。战争是无情的，顷刻之间就能摧毁一个人，但人是有感情的高级动物，懂得知恩必报。

《孽债》这篇闪小说主要讲述了这样一个故事：一个名叫英的女子，因家境贫寒，在大二时做了豪门的代孕母亲，生下一个男孩，得到了五十万的酬金。她将以前的事告诉了丈夫，丈夫在惊愕中不辞而别。女儿渐渐长大，在读大二时，交了男朋友。英看着有点熟悉的男孩心里很害怕，最后拿男孩的头发做了鉴定，发现这个男孩正是自己当年做代孕所生下的小孩，品尝了当年亲自种下的恶果。该闪小说的故事并不离奇，字字读来，感情真挚，感受到了一个母亲的无奈、心酸和悔恨。可以说，整个故事笼罩了一层悲凉的氛围。这篇闪小说善用巧合，使整个故事变得很有戏剧性。正在读大二的女儿喜欢上了母亲大二时生下的男婴，一对年轻的恋人，就这样变成了同母异父的兄妹。如此虐心的情节，看似荒唐，实则充满悲凉和辛酸。一个母亲当年的无奈之举，种下的因，却在自己儿女的身上结了果，这一切对一个母亲来说，真是极大的讽刺。俗话说，善有善报，恶有恶报。世人都相信因果报应，该闪小说的故事就是最好的证明。晶莹将一个如此残忍的故事呈现在读者面前，就是为了提醒世人：无论面临什么样的艰难处境，都不能违背自己的良心，不能做违背伦理道德的事。对现在的年轻人来说，也是一个警示，应该树立正确的世界观、人生观和价值观。

晶莹的闪小说多倾向于家庭伦理题材，作者比较关注家庭生活，并将现实生活融入自己的小说中进行加工，让读者耳目一新。其小说具有时代气息，意味深长。

（李笑寒）

温晓云

温晓云,原名温小云,生于 1968 年 7 月,祖籍广东揭西。现为泰国华文作家协会秘书长、《泰华文学》编委、泰华小诗磨坊成员。1994 年获"春兰杯"首届世界华文微型小说大赛鼓励奖,2003 年获泰华短篇小说征文比赛冠军,2007 年获泰华作协主办的微型小说大赛优秀奖,2013 年获泰华闪小说征文比赛亚军,2014 年获首届世界华文微型小说双年度优秀奖、亚细安华文文学奖。2015 年出版情诗集《偷盖时光梦诗》,2016 年出版微型小说集《在海一方》。2012 至 2016 年与文友合作出版《小诗磨坊》系列共 5 本。

养　子

红婶得了肾萎缩,躺在医院危在旦夕。医生说,半月内再不换肾,就是华佗再世也难。

新是红婶的亲生儿子,峰是养子,红婶一视同仁。两个孩子也孝顺母亲。

红婶家境一般,值钱的就是临街的那间四层楼房了。如今眼看活不成了,该如何分配遗产,纠结呀!

老天总是眷顾好心人的,红婶终于得到肾源,顺利换肾捡回了老命。

红婶术后,峰没有出现,问了新等,大家支支吾吾,只让红婶安心养病。

红婶伤心极了,关键时刻还是亲生儿子好!红婶知道该如何支配自己的财产了!

出院那天,护士长高兴地说:"恭喜,给你捐献肾的亲人昏迷了那么久,今天终于醒过来了!"

红婶赶到重症室,见到了骨瘦如柴的峰,正微弱地叫着妈!

牛老爹

老爹一辈子爱牛,所以大家称他牛老爹!

自从老伴去世后,与牛老爹相依为命的就只有他两头三岁的牛。

老爹的牛健壮听话,老爹对它就像对待亲人一样。老爹老了,怕自己一撒手牛就惨了,所以老爹想给它们找个好人家。市价十万多铢的公母两头牛,老爹只要三万,但条件是买主只能用牛耕田,养牛至老死,不能卖去屠宰场或杀了。

消息传出,许多人来家里,记者也把老爹和牛的大彩照登在报纸上。

一日,来了个年近四十的老总,对墙上老爹挂了三十几年的相片端详许久,上面是老爹夫妇和一个五六岁的男孩的合照。

老总跪在老爹的面前,叫声:爸爸!

失散三十五年的儿子,因为报纸上牛老爹的新闻找到了他,父子团聚。

牛老爹和他的牛都过上了好日子!

善 举

大慈善家吕放在一次捐款给孤儿院的现场被警员带走,据说他在 12 年前伤人致残潜逃。

面对众多记者和民众,吕放笑说:

"我终于解脱了!十二年来,无论做了多少好事捐了多少善款,我心里依然惶惶不可终日!"并当众宣布,把他所有的产业都捐给残疾基金会。

不久,新闻说,因为善举,吕放得到事主的原谅,已经撤了诉讼。

后来,吕放一直为残疾者当义工,并把当年被他误伤的事主接回家里颐养天年。

再后来,事主如花似玉的女儿成了吕放的妻子,全家乐也融融!

缘　分

月儿大学毕业,在一大公司面试,没想到打败了十几个对手,深得顶头上司唐姐的喜欢,唐姐说这是缘分。

唐姐喜欢把月儿带到她家玩,一起用晚餐。频繁的接触,月儿竟不可救药地爱上了唐姐风度翩翩的老公顾南,而顾南对月儿也很有好感。

月儿觉得非常惭愧纠结,几乎无法面对唐姐,但唐姐似乎没有察觉,还是一如既往地对月儿好,这让月儿更觉无地自容。

就在月儿准备抽慧剑斩情丝时,唐姐却辞职远走澳洲,并留书祝愿月儿跟顾南有情人终成眷属。

其实,唐姐早已与顾南离婚并办妥移民澳洲的手续,只是不放心顾南,所以刻意留下,成全这段缘分。

死 而 复 生

阿荣接到疗养院电话,说父亲急病入院,待阿荣赶到医院,老人家已经去世。

阿荣看见白发苍苍的老父,鼻管尚未撤下,伤心得不忍多看。

阿荣是父亲的独子,他尽自己所能为父亲办了风风光光的丧礼。

就在出殡的那天,阿荣接到电话,竟是父亲打来的。

原来,养老院把父亲"张辉"当成另外一个老人"章辉",通知错了家属。父亲"死而复生"。

认错父哭错人的阿荣非常非常惭愧,把父亲接回家安度晚年。

爱 的 奇 迹

甘雅的丈夫得了尿毒症,需要换肾才能救命,然而,等了三年,也无法找到合适的肾源。

深爱丈夫的甘雅心急如焚，很想把自己的一个肾给老公，但是，两人不同血型，配对的希望渺茫呀。

甘雅决定把自己一个肾捐给别人，以便丈夫优先得到肾源。

丈夫极力反对，怎么能让心爱的女人为了自己去冒生命危险呢。

甘雅坚定地对老公说："为了爱，不怕痛，不怕死，如果你走了，我也不活了。"

不可思议的是，甘雅的肾跟老公竟配对成功，最终，甘雅如愿以偿，丈夫换肾手术非常成功，两人过上幸福日子。

爱，能创造奇迹！

善 有 善 报

那年，遭男朋友无情抛弃的苏菲，偷偷生下女儿，送给别人收养。毕竟，才十八岁，如何养活孩子呀！

三十年后，苏菲的一对儿女已经长大成人，跟老公也很恩爱。为弥补自己的过错和排遣对大女儿的思念，苏菲办了一家孤儿院，专门收养弃婴或流浪儿，苏菲把每个孤儿都当自己的孩子看待。

苏菲的善举得到很多人的赞赏，新闻上了报纸，电视台也来采访她。

有一天，孤儿院来了个三十出头的漂亮女人，苏菲一眼望去，简直就是年轻版的自己。她说是来认母的。

苏菲紧紧拥抱日思夜想的大女儿，泪流满面！

善有善报！

福 报

李老板终于答应亲自见我洽谈合作之事。

为了争取这单五百万的生意，我和我的团队已经努力了一个月。

约好是下午五点钟在东方酒店见面，我四点半就到了。

就在酒店的停车场，一老太太心脏病突发，司机惊慌失措，吓得连车子都发动不了。

我急忙把老太太送往医院抢救，幸好送医及时，老太太转危为安。

等我赶回东方酒店，已经快六点了。

不见李老板，看来是走了，生意人讲信用，对方怎么可能跟一个不守时的人签约呢。正在沮丧中，李老板来电，说有事耽搁了，半小时后抵达。

当晚，李老板心情特别好，和我谈得投机，并爽快地签了约。因为他说，今天母亲遇上了贵人，是个好日子。

就在送别的酒店门口，李老板的司机来接他，看到我，告诉了他我就是救他母亲的贵人。

李老板给了我真情的拥抱！

后来，我和李老板一直合作愉快，我的生意也蒸蒸日上，这就是福报吧！

闺 蜜

多年不孕的梅姐在外地休养一年后终于如愿以偿生了个胖小子！

孩子十岁的那一年，因为老公移情别恋爱上了梅姐的闺蜜，他们闹离婚。

为争孩子抚养权，他们闹上了法庭。

本以为稳操胜券的梅姐却输了官司，因为经过 DNA 鉴定，孩子的生身母亲不是梅姐，而是她的闺蜜！

原来，当年闺蜜怀孕被男朋友抛弃，寻死觅活的，梅姐可怜她，接受了她的请求领养了她的孩子，对外只说是自己亲生的。

梅姐的世界一片空白，家、老公、孩子、闺蜜全是浮云！

不 期 而 遇

据说，如果一个陌生人与你有三次不期而遇，说明你跟他有缘。

认识高树，还是因为一场小小的车祸，那天我骑着摩托车，刚刚拐入巷口,他不知道从哪里撞出来,我一慌神,撞上墙角。

为了表达他的歉意,他执意要帮我把摩托车送去修理,其实只是擦伤外表,我不介意。

过了几天,我们又在同学聚会时遇上,原来他是我的学长。

第三次,第四次,第五次……多次的不期而遇,终于让我同意他的说法,我们之间有缘。我们开始谈恋爱,最终走入结婚礼堂。

新婚之夜,高树拿出GPS,说是我们的大媒人。

原来那天的车祸是他制造的苦肉计,对我一见钟情的他为了让我留意他,在修理摩托车时,在置物箱里装上卫星定位,内置的行动电话SIM卡,会持续把我的行踪纪录传送到他手机,所以制造了不期而遇的浪漫。

看来,爱情需要缘分,也需要点小聪明!

🌴 作品赏析

《福报》这篇闪小说主要讲述了这样一个故事:"我"和李老板约好五点在酒店洽谈合作的事情,"我"提前半个小时就到了,恰遇一位老太太心脏病突发,就急忙把她送往医院。赶到酒店本以为自己失信了,没想到李老板半个小时后到达。后来得知"我"救的老太太就是李老板的母亲,李老板很感谢"我"。后来"我们"的合作很愉快,生意也很好。该闪小说与作者的微型小说《爱心》有相似之处,都是帮助了别人,得到了福报,回应了"善有善报"这四个字。该闪小说以一个故事来告诉世人:做人应该心存善念,乐于助人,好人终会有好报。该闪小说通篇读来,并无特别之处,写得很平实,将道理融于故事中,更容易让读者接受。读完温晓云的这篇闪小说,觉得作者很善于讲故事,将写实与虚构二者结合起来。的确,文学源于生活,又高于生活。小说中的故事仿佛就是现实生活中已经发生的事,给人似曾相识的感觉。该闪小说宣扬了因果报应,具有一定的教育意义。

《闺蜜》这篇闪小说主要讲述了这样一个故事:梅姐看自己的闺蜜被男友抛弃,很可怜,就领养了她的小孩。等孩子10岁的时候,老公爱上了闺蜜,要与梅姐离婚。梅姐争夺孩子的抚养权也失败了。至此,梅姐的世界一片空白。作为60后作家,温晓云的这篇闪小说迎合时代潮流,证实了一句网络流行语"防火、防盗、防闺蜜"。从题材上看,该闪小说应该属于婚恋题材。

该闪小说在一定程度上抨击了社会上的不良风气，揭露了现代社会伦理道德的丧失。小说背后的故事，发人深省，在现代社会，伦理道德逐渐成为一张废纸，婚姻危机也越来越严重。作者笔下的梅姐就是一个受害者的形象，失去了老公，失去了孩子，最终失去了美满的家庭。闺蜜的幸福是以牺牲别人的幸福为代价的，这样的幸福不值得祝福。随着社会的发展，人们的价值观念逐渐发生变化，原来的伦理道德逐渐被颠覆。这种现象愈演愈烈，最后会摧毁原来的社会伦理道德观。作者以写实的笔法抨击不良的社会现象，从而唤醒丧失伦理道德的民众。温晓云在小说结尾写道："家、老公、孩子、闺蜜全是浮云！"这句话运用了一个现代人熟知的网络语"浮云"，可见，温晓云是一个紧跟时代潮流的作家，她不落窠臼。

《不期而遇》这篇闪小说主要讲述了这样一个故事："我"与高树多次不期而遇，最后"我"同意了他的说法，相信我们之间有缘，开始谈恋爱，并走入婚姻的殿堂。就在新婚之夜高树拿出 GPS，说它是我们的媒人，原来那次车祸也是苦肉计，高树通过手机定位制造了一次又一次的浪漫。该闪小说从题材上看，应该是爱情题材。爱情是古往今来永恒的话题，文中高树与"我"的爱情就很浪漫，高树是一个细心的男子，为了爱的人要点小聪明也是理所当然的。《不期而遇》这篇闪小说歌颂了美好的爱情，并提出"爱情需要缘分，也需要点小聪明！"的确，爱情需要新鲜的血液，需要耍点儿小聪明，不时制造浪漫，给对方惊喜，是一件好事，会增进彼此的感情。该闪小说读后，给人一种幸福的感觉，爱情也有了味道，是甜的。它的风格不同于《闺蜜》这篇闪小说，因为《闺蜜》这篇小说过于悲凉，让人心痛。作者心思细腻，善于观察生活，并从现实生活中挖掘素材，加以艺术化的处理，这样一来，小说给人的感觉就会不一样。

温晓云作为一名女性作家，她的细腻在小说的构思中体现得淋漓尽致。她擅长运用巧合，给小说的情节增添几分色彩，从而吸引读者的眼球。此外，她的小说也充满了时代气息，让读者在浓郁的时代氛围中感悟人生。

（李笑寒）

莫 凡

莫凡,本名陈少东,曾用笔名蓝焰,生于1970年2月,祖籍广东潮南。现任泰华作家协会副秘书、《泰华文学》编委及小诗磨坊成员。1999年获泰国商联总会主办的"庆祝中华人民共和国成立五十周年国庆暨泰中建交廿四周年国庆杯征文比赛"诗歌奖,2004年获"泰华作协"与《新中原报》联合举办的短篇小说征文比赛优秀奖,2007年获"泰华作协"主办的微型小说比赛优秀奖,2013年获首届世界华文微型小说双年度三等奖,2014获"泰华作协"主办的有奖征文比赛散文优秀奖。作品《偷窥》被收录于《中外华文散文诗作家大辞典》。

奢 求

科技的进步一日千里,给人类的发展带来了许多变革与方便,就如生儿育女,现在都可以"量身定做"了。

巴颂刚结婚,准备生一个孩子,于是他与妻子商量后,到康民医院找"人体改造工程"的医生。他说:

"医生,我想'做'一个儿子,要有'刘德华'的脸和'史泰龙'的身材。""好的,没问题。"医生笑着说。

花了二十几万,巴颂如愿以偿。可过了十年后,他又带着妻子到康民医院找那个医生,说:

"医生,我儿子是'设计'出来了,可他的脾气怎会那么坏?好逸恶劳也就算了,还对父母不敬,这是不是哪里出了问题?"

"嗯……这个,问题应是没有,要是有的话,那就是教育出了问题。"

"怎么说呢?"

"哎,真的很抱歉!巴颂先生,先天部分我们是帮你实现了,可后天部分是要你自己负责的呀!"

巴颂与妻子偷偷互瞄了一下,内心充满愧疚。

鬼

星期天的曼谷世贸中心里面,泰华著名画家董必胜正在举办个人画展。无论是花鸟鱼虫,抑或是人物山水,董先生都能笔墨如神,挥洒自如,人称"湄南第一怪"。

由于声名显赫,众多慕名而至的人络绎不绝,整个展览厅被挤得水泄不通。其中有一幅画围观的人特别多,可就是没人能看得懂。前面一位侨领忍不住问了:

"董先生,你画的这幅画真的很'毕加索',请问你那画的是啥呀?"

"鬼,我那画的是鬼。"

"鬼?! 鬼是这样的呀? 董先生,你可曾见过鬼?"

"没有,你呢?"

"没有,我也没有。"

"那就对了,正因为大家都没见过,所以我才能利用想象的方法画出'鬼'来。我是相信鬼的,在我们的生活当中,鬼无处不在,它以各种样式寄生在社会的许多角落。"

"太恐怖了!"侨领一脸惊讶。

"其实,见得到的鬼不恐怖,恐怖的是那些见不到的鬼!"画家董必胜笑着说。

求 卜

雨季刚过,蝎子山的灵通寺便来了一位高僧,据说他修炼到家,法术通灵,有求必应。不管什么事情,只要经他指教点化,都会逢凶化吉。因而慕名而至问卜求卦的善男信女,络绎不绝。

一天,寺里来了一位红衣少女,请高僧点化,希望赐给她一位白马王子。

"施主,你喜欢什么样的男孩啊?"高僧紧闭着双眼问。

"这个呀? 嗯——"红衣少女略想了一下说:

"师傅,小女只求师傅恩赐一个有唐三藏的帅、孙悟空的本领、猪八戒的浪漫多情,还有沙悟净的老实忠厚的男孩就好了。"

"师傅,小女除了这个,别无他求。"红衣少女静静地跪在那儿,她紧盯着高僧,一脸希望。

"哦! 这个……"高僧紧闭着双眼。

"施主,你到旁边去吧,这样的男人,你去跟如来佛祖要吧! 阿弥陀佛……"

高僧依然紧闭着双眼,法貌岸然。

危 机

花季到了,两只蜜蜂要去采花粉。它们边飞边聊,其中一只大的对一只小的说:

"你最近看报纸吗?"

"没有,怎么啦?"

"哎! 最近欧美爆发我们的同伴离奇失踪的怪事。"

"哦,怎会呢?"

"我也不清楚,这在我们的蜜蜂世界可从没发生过啊!"

"是的呀! 这就奇怪了,如果再这样下去,那我们不就完蛋了?"

"看来,我们的同伴是碰上'魔鬼三角区'了。"

"魔鬼三角区?"小的瞪大双眼,困惑不解。

"你有所不知,在人类的世界,有一处叫'百慕大魔鬼三角区'地带,所有的飞机和船只只要从那里经过,都会消失得无影无踪,像是从地球上蒸发了似的。"

"这么恐怖啊! 那我们该怎么办?"

"天佑我们,天佑我们啊……!"

正当它们沉浸在愁云惨雾之中时,一只蜂鸟刚好从它们的身边飞过,听

到它们的对话后,长长地叹了一口气说:

"哎! 此世道何谓? 害者不悟,受者无智啊!"

昔 非 今 比

榕树下,老张跟长孙正在喝茶、闲聊。

"爷爷,你们那个时代是怎样追女孩的? 为何现在的女孩那么难追啊?"

"呵,小鬼,我们那个时代的女孩多纯情啊!"老张摸着胡子说:

"爷爷有个朋友,为了追一个女孩,竟然跑到她的窗口拿砖块劈头,那个本不喜欢他的女孩居然被他感动,嫁给她了。"

"哦……"

第二天下午,老张祖孙俩又来到榕树下喝茶、闲聊。

"喂,小鬼,你的头今天怎么长一个包了?"

"爷爷,我学您朋友的方法去我女友的窗口拿砖块劈头了。"

"结果呢?"

"结果她不但不动心,反而鼓掌叫我敲大力点。"

"你这小鬼,怎会这么傻? 现在的女孩啊! 你开一辆'宝马'去吧!"

老张一脸气,胡子都翘了起来。

呼 唤

老吴的孩子死了,老吴的孩子死于非命。

那是一个星期天的下午,老吴的孩子去百货公司,在回家的路上不幸发生车祸,被撞成重伤,因没及时抢救,失血过多导致死亡。

据说,当时围观的人很多,但就是没人上去帮忙,也没人报警求救,原因是"事不关己",别"自讨苦吃"。这种世风日下、道德沦落的社会风气,的确让老吴伤心、慨叹! 这也没法,谁叫这个现实的社会与看不见的世道,充斥着阴谋与陷阱? 邻居刘不就是因一次"多管闲事"而抱憾终生? 为了改变这种歪风,唤醒社会良知,老吴把自己打扮成超人,骑着一辆破自行车,穿插在

人来人往的大街小巷,不停地呼唤着:

"雷锋哪里去了? 雷锋哪里去了? ……"

他声嘶力竭,风雨无阻。市井巷弄的人们,都说老吴疯了!

渡

"师傅,又要去化缘了呀?"

"是的。"

"这次要到哪里去呢?"

"哪里有需要,俺就去哪里。"

天刚亮,湄南河黎明寺的码头再次热闹起来。阿披实与尼空和尚又同渡,重逢相见欢,聊开了。

"师傅,你一表人才,干吗要削发为僧呢?"

"缘啊! 你呢? 一大早又要去哪呀?"

"哎! 还不是为了赚钱糊口? 为了生活,早出晚归,天天在这里渡来渡去的。烦啊!"

"你烦?"

"我命苦啊,所以要这么劳累。师傅,难道你天天在这里渡来渡去不烦吗?"

"哈哈……"尼空和尚忍不住笑了起来,说:

"小伙呀,你是为生而'渡',故觉烦苦。俺是为'渡'而生,烦苦何有? 无念一身轻啊!"

正说间,船已靠岸。

"不为自己求安乐,但愿众生得离苦!"

尼空和尚说罢跳上岸去,不久便消失在熙来攘往的人群中。此时,远方黎明寺的钟声响了,"当——当——当",一直在湄南河边回荡着、回荡着……

外星人

"妈妈,他们是什么?"

"嘘! 孩子,小声点。他们是外星人,来自地球。"

火星上,两个长得像蛤蟆的怪物躲在大岩石的背后议论着。

"哦! 他们来我们火星干吗?"

"孩子呀,他们所在的地球已经老化了,没法养活他们了。"

"哦!"

"所以他们就移民到火星来,想掠夺我们的矿产资源。"

"矿产资源? 不会吧! 妈妈,那不是我们丢弃的'垃圾'吗?"

"是的,在我们这里是垃圾,但在他们那边是能源啊!"

"哎! 随他们便吧,以后他们会像在地球一样,为这些垃圾而互相残杀的。"

"哦!"

"孩子呀,只要我们拥有的火星'灵魂药'不落入他们手里就行了,那才是唯一的财富啊! 用他们的话叫'人性',叫'道德'!"

妈妈没有回答,边看边静静地想着。

公元二〇五〇年之后,宁静的火星已不再宁静。

下辈子

一大早,披集便带着孩子来到湄南河的塔珍码头,准备搭船到对面的黎明寺拜一拜。

湄南河悠然地流淌着,码头的四周躺着许多蓬头垢面的乞丐。披集看后深深地吸了一口气,若有所思地问:

"孩子,假如真有下辈子,你要选择做什么好?"

"做人,选择做爸爸的孩子。"

"不,孩子,你还是不要选做人比较好。"

"为什么呢?"

"做人苦哇!"

"那做什么呢?"孩子不解地问。

"做熊猫吧,孩子,你选择做熊猫好了。"

"做熊猫?"

"傻孩子,你不是去过清迈的动物园了吗? 那边两只从中国来的熊猫,住的是豪宅,吃的是好料,职业是供人欣赏,还有很多人服侍,这样还不好吗? 哎! 人不如动物啊!"

披集的孩子没有回答,那些乞丐还在睡着,悠悠的湄南河,悠悠地流着。

死不得

她决定再次了结生命,前两次因被发现而无法如愿,这次她暗下决心。

自从丈夫染毒,两岁的女儿死于"三聚氰胺"奶粉之后,她便看到了生命的尽头。

物欲横流的社会,到处充斥着缺德的假冒商品,如假药、假鸡蛋、黑心面包、黑心奶粉……这怎能叫她对社会及生活充满期待和信任呢? 丈夫吸毒已经认命了,天真可爱的女儿却死于非命,令她无法再生存。于是,她买了两瓶老鼠药吃下,准备黄泉赴约。

不知过了多久,她醒了过来,发现自己躺在医院的病床上。

"我怎会在这里?"她睁大双眼,神情凄楚。

"这是医院,幸好你吃的是假老鼠药,获救了。"医生回答。

"什么? 我吃的是假老鼠药? 苍天啊! 既然我命不该绝,那你何苦要折磨我?"

说罢放声大哭。苍天没有回应,只有她声嘶力竭的哭声在病房里回荡。

🌴 作品赏析

《外星人》这篇闪小说主要讲述了这样一个故事:火星上来了两个地球人,因为地球已经老化,人类无法生存。火星上的一对母子认为地球人移民到火星,会掠夺他们的资源,以后也会因为这些资源而互相残杀,因为他们丧失了道德和人性。2050年之后火星不再宁静。该闪小说从表面上看是一篇生态小说,实际上是一篇哲理小说。该闪小说旨在告诉人类要保护赖以生存的地球,不要互相残杀,更不要丢失"唯一的财富":道德和人性。该闪小说发人深省,借一对母子的对话来对人类的现实生存状况进行深刻的分析和挖掘。在现实中,人类一味追求发展,追求进步,甚至不择手段,互相残杀,让地球超负荷工作,伤痕累累,最终只能迁移到别的星球。作者具有一定的危机意识和前瞻意识,以一对母子的简短对话来警醒世人,企图唤醒愚昧无知的人类。可以说,作者用心良苦,关注现实,关注人类的生存和发展。该闪小说采用了儿童视角,以天真无邪的儿童的言语来启发人类,意义更加深刻。可以说,作者的忧患意识给人类敲响了警钟。

《下辈子》这篇闪小说主要讲述了这样一个故事:披集领着孩子到黎明寺拜拜,看到码头上有许多乞丐,不由得感慨,向孩子发问"下辈子做什么?"披集不赞成孩子的回答,他不希望孩子做人,而是希望孩子做熊猫。因为从中国来的熊猫在泰国受到不一般的待遇。该闪小说以"下辈子"为题,披集宁愿孩子下辈子做熊猫,而不愿意孩子做人,这样的回答发人深省。宁愿做动物,而不愿意做人,让人不解。细细品来,文中的爸爸的一番话颇有道理——"哎!人不如动物啊!"这句话真是对人类的生存状况的极大的讽刺,充满了无奈和心酸。作者旨在替人民鸣不平,不满政府的行为。这篇闪小说具有很强的现实主义色彩,在泰国有如此多的乞丐,政府不加以援手,人们的温饱问题还没解决,可是熊猫却受到贵宾级待遇,可以说,二者形成极大的反差。字里行间,流露出作者的不满和愤怒。作者敢于直言,敢于抨击现实,这种大无畏的精神难能可贵。该闪小说以一对父子的对话为契机,阐明了作者的观点:对政府的行为感到痛心。的确,人活着还不如动物,真是极大的悲哀,下辈子谁还愿意做人!作者不仅善于观察,而且关注现实,关心民生。作者用文学的力量感染更多的人,为更多的人和事鸣不平。

《死不得》这篇闪小说主要讲述了这样一个故事:她自从丈夫染毒,两岁的女儿死于"三聚氰胺"奶粉之后,便对生活丧失了信心,死了两次都被发现,第三次企图以吃老鼠药来结束自己的生命,却被医生告知吃的是假老鼠药,虽捡回了一条命,但她要活在丧夫失女的折磨中,比活着更痛苦。该闪小说的女主人公死了三次都没死成,切合题目"死不得"。同样,该闪小说和

《下辈子》一样，都充满现实主义色彩，猛烈地抨击了现实社会中的假冒伪劣现象。假药、假鸡蛋、黑心面包、黑心奶粉等，这些都充斥在物欲横流的社会。可以说，在黑心商家眼里，金钱远远凌驾于道德与良知，他们被欲望冲昏了头脑。从某种程度上说，该闪小说充满了控诉的力量，极力反对假冒伪劣这种不良现象。作者以这篇闪小说为契机，旨在警醒那些黑心商家：不要被利益冲昏了头脑，要坚守自己的道德与良知。作者以社会上的假冒伪劣现象为切入点，以小见大，呼唤道德与良知，企图唤醒麻木无情的人类，真是用心良苦。该闪小说是一篇具有代表性的写实小说，以社会现象为题材，容易引起读者的关注与共鸣。

莫凡不仅擅长写科幻题材的小说，也擅长写现实生活题材的小说，可以说，他在未来与现实两个国度里自由徜徉。他笔下的小说故事具有一定的教育意义，发人深省。

(李笑寒)

梦 凌

梦凌,本名徐育玲,为泰籍华裔作家,祖籍广东梅州。其创作包括散文、散文诗、儿童文学、现代诗、摄影作品、短篇小说、微型小说及闪小说等 12 本。曾荣获泰皇赏赐的优秀教师徽章和国际诗歌翻译研究中心的"2006 年度国际最佳诗人奖"。

陪你一起看流星

坐在山顶上,任晚风吹拂。

她陪着他一起看流星,这是他最后的心愿,肺癌化疗后不见起色,医生最终放弃了医治。

"记得我们的相遇吗?"她问。

"嗯,多年前在这里,当流星划过,我看到了你,美丽的大眼睛。"

"你是上苍赐给我的天使。"

"你,一定要好好爱我的小天使。他是我的再生。"

他吃力地把手贴在她圆鼓鼓的肚子上。去年那场车祸又浮现在眼前,她失去了明亮的大眼睛。他侥幸平安,却被查出是癌症晚期……

他的手指动了一下,含着泪笑了。

她也笑了,肚里的孩子刚才踢了她一下。

上空,一颗流星划过,像火花,瞬间又消失在天际。

他,慢慢地合上双眼。

紧握的手下垂。她,无声地饮泣着。

"奶奶,爸爸走了。"不远处,一位老人牵着一个小男孩的手。

"不,你爸爸会永远和我们在一起的。"

上个礼拜,老人唯一的儿子在遗嘱上签写着:本人死后把双眼移植给盲妻!

月光,家乡的最美

一条长长的壕沟依稀可以看到百多士兵,躺的,蹲的,擦拭枪支的,朦胧的月色,壕沟显得有些阴沉。

火枪烟味和血腥味还没有消失,不难看出之前的战争惨烈。

死守战壕,让大军安全撤离! 这是团长留下的命令。

"这该死的日本鬼子,占我家乡,掳杀我同胞,我们誓死保卫国土!"这是两天前六百多名战士浴血奋战之前的铿锵誓言。

两天一夜的奋战,我方伤亡惨重,歼灭日寇一千多名,但最后却被日寇的支援部队所包围。

一面陈旧的旗帜写满了战士们的名字,排长的眼角有些湿润了,他一手带出来的勇士跟随自己出生入死,恍惚中他看到了襁褓中的儿子的笑脸,还有老母亲的叮咛,泪汪汪的妻子。

他在国旗的最下边画了一弯月亮,记得上前线告别家人的当晚,妻子指着天上的那弯月亮并把头靠在他的胸口。

凌晨三点四十五分,日寇发起了进攻,百多名战士浴血奋战。硝烟弥漫,空手搏斗坚持到底。

将近黄昏时,夕阳如血,染红了战壕和整个小山头,一场激烈的战斗终于结束,百多名战士英勇牺牲,用生命牵住了日寇部队。

三天过后,大军神速迂回全歼日寇军队,在战壕里拾到了被鲜血染红的旗帜。

二十年后,国家军事博物馆,馆长正向参观的学生们介绍八路军击溃日寇的英勇事迹。

"看,那旗帜下方有一弯月亮。太神气了。"一个学生的声音忽然响起。

馆长看着那面褪色的旗帜,盯着那弯月亮,还有旗帜上的名字,他感觉到父亲就在身旁……

纽 扣 的 故 事

我从北京赶回来为了见四奶奶最后一眼。

八十三岁的四奶奶,躺在床上脸色苍白。

"奶奶,你一定要好起来哦。"我的眼角有些湿润,从小到大我就知道四奶奶最疼我。

"孩子,谢谢你来看奶奶。"她干瘪的手摸着我的下巴、鼻子,还有我的眼眉。

"像,真像!"她嘀咕着。

四奶奶终于走了,我莫名地大哭一场。

火葬那天,按照风俗习惯,亲人要开棺送她最后一程。四奶奶穿着一件洁白的和服,化妆过的脸让人觉得她只是睡着而已。

盖棺时,我看到了一粒黑色的中国结,扣系在和服的最底下。

震惊中爸爸告诉我四奶奶是日本女人,再追问下去,父母亲只是瞪眼叹气。

我有一粒一模一样的纽扣,去年四奶奶送给我的 20 岁生日礼物。

四奶奶送我的纽扣一直是个谜。

大学毕业后我被录取留学日本。

两年后的一天,大学校长召见了我,等候的律师递给我一个礼盒,里面的纽扣和我的纽扣一模一样。

往事被揭开,当年四奶奶是日本名门之后,也是一名女军医,日军侵占中国时随部队来中国,却成了俘虏,死心塌地地跟随爷爷。后来爷爷因四奶奶的关系含冤而死。

"你是藤井上原的后人,这纽扣就是家族的标志,留在日本继承家产。"律师受家族的委托转告我。

我选择了回国。

如今,已经拥有十几家旗袍连锁店的我,每次打开礼盒中的中国结纽扣时特别的难受。

"奶奶是四姨太吗?"看望母亲时我忍不住问。

妈妈说:"奶奶是藤井上原家族的四小姐……"

影 子

天空一片漆黑,没星没月,不远处的佛寺里微弱的灯光一闪一闪地跳动着。

他猫在墙角边已有几个小时,没办法,失业后一家老小还等着他找钱过生活,他铤而走险,在佛寺里干着偷摸的事儿。

昨晚听火化的工头说这家死人很富,棺材里陪葬的东西很值钱,死者的孩子们再三交代好好守看。

凌晨四时多,火化的工人已经撬开了棺材的铁钉,等待天明死者亲属看最后一眼,然后火化。

他只能等待,等待时机。

终于,火化工人的脚步声在黑暗中消失了。

他慢慢地移动脚步,左看右瞧,然后迅速跑到棺材的旁边。

停下脚步,聆听。周围静悄悄的,连猫的叫声都没有。

他用力,再用力,然后把棺材打开。

"呼!呼!呼!"的声音在耳边响起。

他相信这世上没有鬼,只有胆怯的人心中有鬼。

那可能是风的声音。

打火机亮起。

雪白的脸,那是死人的脸。

他呼了一口气。

不敢再看死人的脸,他的心怦怦地跳着。

一只手在死人的身边游动着。

什么都没有。

他摸到一张相片,就放在死人的身边。

壮着胆子,匆匆一瞄。

一个面容娇美的女子,后面写着:

亲爱的妻子。

他的脸一下子变了,他认识相片中的女人。

一张熟悉的面孔很久以前曾经亲切地对他说:

"孩子,妈妈是永远爱你的。"

他清楚地记得父母离异时母亲最后跟他说的那句话。

打火机悄然地灭了,棺材旁边的死者遗像忽然对他笑了。

豆 腐 花

凌晨,窗外的风猛烈地作响,冬天终于来了。

我轻轻地打开窗户,看见门外的小巷挑着担子卖豆腐花的身影。

我一愣,住区的小巷什么时候多了这家豆腐花?

大清早起来运动时我闻到了豆腐花的味道。

小巷口,卖豆腐花的女人正忙碌而熟练地打豆腐花,或加糖,或加姜水,或装杯,或小碗端给顾客,旁边几张可以折叠的小凳,几乎坐满了客人。

我决定去尝尝豆腐花。

来碗豆腐花,不加糖不加姜水。我说。

只见那厚厚的寒衣像粽子般把她包裹,头上蓝白双色的头巾裹着她的脸庞,只露出一双大眼睛。

热腾腾的豆腐花,原汁原味,熟悉的味道,我一时呆怔着。

女人弯腰端碗的九个手指,是那么的耀眼,我不由心中一颤,倏地揭开了她的头巾。

——她,果真是我的前妻!

那年,沉迷股票的我把房屋地契作为最后抵押。

她操着沙哑的声音:"再不改正,你我一刀两断,从此视为陌路人。"

话说完,她手中的菜刀,狠狠地砍向自己的手指,她夺门而去。

母亲呼喊着她的名字随后而去。

改邪归正的我再也找不到她和轻微痴呆症的母亲。

"你还好吗?"我哽咽地问她。

后来,我默默地帮她收拾好担子,跟着她来到了她居住的小区。

"孩子,你回来啦?"一个苍老的声音在耳边响起。

心头一颤,我赶上去扶住老人瘦弱的身躯,说:"妈,我回来了!"

老人眨眼,诧异地望着我:"你谁呀?"

旗　袍

"慢着,我再看一眼。"我对着护灵柩者说。

一身带花点,颜色浅浅的旗袍包裹着九姨太,凹凸有致的身材依稀可见,白皙的脸,高耸的鼻子,美人胚子。

旗袍,我印象极深。

父亲续弦时,九姨太身上的旗袍令我心醉神迷,成了我美丽的偶像。

我做新娘子的前晚,九姨太给了我一条粉红的旗袍,花点和尺寸跟她相近。

"幸福,要用明亮的眼睛去发现。"祝福填满了我的心窝。

多年后,我的两个宝宝出生,粉红的旗袍搁在我衣柜的一角。

再过几年,接到父亲电话,有关九姨太去世的消息。

泪水滚在我的眼角。

"死亡,或许是一种解脱。"我的耳边依稀传来她曾经对我说的话。

此时,她就在我的眼前,不,她沉睡着。

九姨太的死亡很离奇,版本纷纭。

晚上,看着柜子里的旗袍,我再次伤心掉泪,老公在一旁安慰地说:

"她,是你父亲从一个青楼带出来的女人。"

我说:"我早就知道。"

孤　独　剑

她孤身上峰,为了向他挑战。

美人如玉剑如虹,江湖上多少英雄豪杰跪倒裙下,唯独他! 在对面而居的峰岭上却冷漠如霜。

她提剑而立,明眸横怒。

他兀自低着头，悠悠地吹着洞箫。

箫声鬼魅般哀怨，如诉如泣。

她倏地袭来。他似乎感觉到了面前好重的杀气！

箫声一转，从缓慢到急骤，似千军万马，十面埋伏。

她手中的剑在颤抖，周围杀机重重。

整座山林似乎都在动摇，野兽猛虎的啸声此起彼伏。

她萎倒于地，盘足，用内力抵抗他的箫声。

许久，一切都恢复平静。

他冷冷地看着脸色苍白的她，心底一颤。长啸一声，向山下疾奔。

这时，她看见了他刚才所坐之地后面，立着一块灰白的墓碑：爱妻潇潇女侠。碑边，插着一柄银光闪闪的剑，与自己手中的一模一样。

她呆怔着，失散多年的双胞妹妹，原来……

她望着手中的剑，在灰色的天空下，剑是如此孤独。

窗外，露更重

他猫在屋檐前的那棵大树上，从黄昏到现在。

怀中的匕首，跟他的体温一样有些凉。

透过微弱的灯光，看看手表，将近午夜。

从黄昏到现在，她一直进进出出。

明天就要结婚了，还有什么好忙？

杀了她，这个变心的女人！多年深厚的感情，说散就散吗？

扭了扭酸痛的头，他狠下心，手再次摸向匕首。

"睡了吗，惠儿？"窗内一个苍凉的声音响起。他知道是她母亲的声音。

"快了，妈，您先睡吧。"她说。此时她就在树底下，手上一堆书信，发生窸窣的声音。

"惠儿，明天的婚礼千万不能出错啊！后天，你爸爸就能出狱。"窗内的声音颤抖了。

"我知道的，为了爸爸，我愿意做任何事儿。"

树上的他心头一颤。

树的旁边,火苗正在往上蹿,他睁大了眼睛。

她在烧书信,火光中只见她消瘦的背影。

"对不起,如果有来世我们再续缘分吧。"声音有些哽咽。

树上的他再次惊颤,脚底一松,怀中的匕首差点儿掉下去。

"你,下来吧。"她忽然转身说。

犹豫两秒钟,他从树上溜了下来。

他拍拍衣服,还有几乎无法站立的腿。

"怎么知道是我?"

"我们认识几年了? 你的呼吸,你身上的味道我都熟悉。"她说。

他心头一热。

"我们逃走吧。"他说。

"没用的。"她哽咽着。

彼此相互凝视,许久。

"明天,你将会是最漂亮的新娘。"他轻轻地把她拥抱,然后再把她推开,转身,快步地离开。

眺望着他的背影,声声哀叹。

夜,更浓。露,更重。

秋天,叶子红了

"老伴,快来! 看看是不是儿子来信了?"谢妈妈在庭院里大呼小叫。

"是吗?"谢爸爸手里拿着一份报纸,从里屋走出来。

"一定是儿子小军来信啦!"谢妈妈说。

"老伴,你咋知道这是儿子的来信?"谢爸爸看着老伴手中的信。

"我刚才摸了摸,好像是邮票,这么大的信封啊,一定是从法国寄来的。"

谢爸爸低头看老伴,不再说话。

去年,到英国出公差的儿子在车祸中去世。不久,谢妈妈的眼睛也看不见了,精神时好时坏,听到邮差经过的声音,总以为是儿子的来信。

谢爸爸决定,每隔一段时间给家里寄一封信。

撕信封的声音很清脆。

"儿子在信里说什么来着?"

"儿子说,秋天,叶子红的时候就回来。"

"秋天到了吗?"

谢爸爸看着手上空白的信纸,悄悄地拭去泪水:"快了,秋天马上要到了。"

谢妈妈别过脸。泪水,悄悄滑下。

第 三 只 眼

"小梦啊,进了编辑部就把墨镜摘了吧。"我来不及躲开报馆的老总詹姆大叔,只能停下来跟他打招呼。

"红眼呢,雨季天气不好!"我把肩膀缩紧了一些,詹姆是报馆有名的好色大叔。

"躲着我吗,小梦?"他企图拽住我的手臂。

我盯着他的眼睛:"呵呵呵,昨晚和小妹妹的耕耘太繁啦,老总!"

詹姆大叔一脸的惊愕。

该死的我,怎么又溜嘴了呢?

前两个月东北之行我亲遇一场车祸,看着一具具血淋淋的残骸,还有满山的孤魂,我晕倒了。

在医院醒来后,我做了全身检查,一切正常,唯独我的眼睛疼痛了几天,按照医生的吩咐只能用纱布包裹着。

眼睛拆线后,我被自己吓坏了,每次注视他人的眼睛,我就会看到:

柜台接线生,偷拿了抽屉里的现金;社长秘书竟然在社长面前脱掉了衣裙,送报纸的青年在回家的路上捡到了一叠钱币,还有邻居大叔和二街的张寡妇有了奸情。

……

好几个晚上,我在惊叫中醒来。

母亲为我擦汗,明亮的眼睛,我悄悄地注视,守寡多年的妈妈没有秘密。

不敢告诉妈妈我多了一只眼睛。

清晨,在柚柑树下喝咖啡编稿,抬头那一会儿,我咯咯地笑了。

两只麻雀在树上做爱呢。

作品赏析

《窗外，露更重》主要讲述了一个凄美的爱情故事：他猫在树上等候了一天，想杀掉与他有多年深厚感情的变心的女人，结果通过她和她母亲的谈话，发现了真相，自己所爱的女人是为了救父亲出狱不得不牺牲掉自己的幸福，嫁给另一个男人。故事的最后，他选择成全她的选择，毅然落寞离去。这则故事阐释了情侣相爱不能相守，不得不为了亲情向权势低头，告诉读者爱的最高境界就是成全你的碧海蓝天：我爱你，所以我成全你，所以我祝福你。一个是为了亲情牺牲自己的爱情，一个是为了两个人的爱情牺牲自己的爱情，这种大无畏牺牲自我的精神以及有情人不能终成眷属的现实令人不禁潸然泪下。另外作品也流露出了对这种利用权势要挟威逼有情人离散的黑白不分的社会黑暗面的批评和鄙夷。父母恩情大于天，面对亲情和爱情只能择其一的两难选择，又有多少人能不断肠？细细读来，令人心酸不已。笔者忍不住感叹梦凌对故事框架的把握能力，以片面展现全局，以小见大。整篇文字给人留有无限想象的空间，通过细腻的细节描写将主人公的神态、动作、心理刻画得活灵活现、淋漓尽致，故事性特强，容易引人入境，代入角色身份，更加彻底地理解文中所传达的思想感情。笔者的心情随着跌宕起伏的故事发展而一波三折。开篇提及男主人公埋伏一天并且还带有匕首，不禁引人好奇，不禁问道，到底是什么仇什么怨？这个男的为何如此狠心？后来说是女子变心，便觉得是女子不是。结果情节再来一个反转，女子之所以嫁给他人是因为要救狱中之父，于是不禁恍然大悟，同情之心油然而起，开始痛恨这拆散情侣的幕后黑手，最后，主人公们的拥抱、转身、快步走开等动作使故事达到了高潮。细致入微的动作描写，比如"烧书信""你的味道我都熟悉""几乎无法站立""哽咽""相互凝视""哀叹""拥抱""推开"等词语生动传神地传达了两人爱之入骨，更反衬出了离别的愁绪与不舍，无奈之情溢于言表。还有恰到好处的结尾，结合了夜和露两个意象，使离别之情融于凄凉之景，情景交融，更加让人为他们没有明天的未来而惆怅、心酸不已。这就是梦凌驾驭好平淡朴实、富有画面感的语言的魅力。还有题目使笔者联想到琼瑶的《一帘幽梦》："我有一帘幽梦，不知与谁能共。多少秘密在其中，欲诉无人能懂。窗外更深露重，今夜落花成冢。春来春去俱无踪，徒留一帘幽梦。"男女主人公就此别离,恐怕再难共度一帘幽梦,从此纵有千言万语,更与谁人说?

《秋天,叶子红了》是写亲情之作。小说以一封来信贯穿全文,通过谢爸爸与谢妈妈对寄此信的主人的猜测以及信的内容交代了他们儿子因公去世,谢妈妈眼睛看不见,精神也时好时坏,误以为这是儿子的来信,其实是谢爸爸假冒儿子往家里寄安慰信以谢妈妈,不过谢妈妈是不知道的。故事的结尾说秋天叶子红的时候儿子就回来令人心塞不已。全文将这种父母明知儿子回不来却依旧念念不忘的爱展露无遗。真是可怜天下父母心。此小说获2013年泰华闪小说征文比赛优秀奖,可谓实至名归。梦凌利用闪小说"超微、新颖、巧思、精粹"的特点,在寥寥几百字内为我们构思了一个感人至深的亲情故事,还夹杂了信是谢爸爸写的突转,文字运用精短而纯粹,极其巧妙,故事引人入胜,主题鲜明。就题目而言,也比较新颖独特。秋天、红叶本身就是伤感之物,发人愁思。作者意在写情,却用了秋天、红叶的意象,将儿子归家时间定在秋天叶红之际,情景相融,更加为故事抹上了一层悲伤凄凉之色。空白的信纸上写满了密密麻麻的父母的殷切希望和自慰,并随着两老的泪水漾开一圈圈思念,融成了一行字:"秋天,叶子红的时候就回来。"嗯,红叶纷飞的秋天就快到了,只不过隔了一个永远的距离而已。

《第三只眼》讲述了小梦因车祸而多了一项奇异功能,能够通过别人的眼睛看透人的丑恶本性。她发现了老总詹姆大叔的好色、柜台接线生的偷窃行为、社长秘书勾搭社长、送报青年捡到纸币、邻居大叔与张寡妇的奸情等被社会世俗所鄙夷的道德败坏的耻辱行为。但唯独她守寡的母亲没有秘密。该小说揭露了社会上一些人们光鲜亮丽、规矩背后的肮脏行为,对丧失的道德现象进行批评,也对依旧洁身自好的人予以了褒扬,告诉我们淤泥之中还有一股清流,这就是重构高尚道德的希望。此小说采用了荒诞派的现代主义写法。叙事反常诡异,违背常理,但语言质朴而凝练,笔锋犀利,幽默风趣,主题鲜明,蕴含哲理,将人性丑陋之处刻画得入木三分,特别是进行了母亲和他人的比较烘托,讽刺意味实足,当今社会道德岌岌可危,令人担忧。小梦多次叫着醒来是因为被丑陋行为吓到,更是对崇高人性和道德回归的呼吁,期盼有个和谐社会可以安然入梦。

总之,梦凌的闪小说虽短小但精悍,妙不可言、发人深省,值得一读。

(黄玲红)

澹 澹

澹澹,曾用笔名蛋蛋,原名周丹凤,1972 年出生于广东省汕头市。1997 年移居泰国,同年开始写作,主要以诗、散文为主,偶有短篇小说,近年开始有闪小说创作。作品刊登在泰国各华文副刊、《泰华文学》和一些海外文学刊物。现为泰华作家协会理事、泰国留中总会写作学会理事、泰华小诗磨坊成员。曾获泰国华文作家协会主办的 2013 年闪小说征文有奖比赛季军、2014 年获泰华散文比赛季军。2012 至 2016 年与泰华文友合作出版《小诗磨坊》系列。

割 不 断 的 亲 情

"病人要求见您。"护士说。我摇头拒绝,我不想他用更歉疚的眼神看我。

那年离家出走后,后妈找到我劝我回家,我没回。我很同情后妈,同样生了女儿的她也一样受到父亲的冷落。但愿她不会像母亲一样抑郁而终。

后来,同父异母的妹妹开始和我联系。"姐,爸爸病了,他很想你!""姐,爸开始洗肾了。"

一天,我鼓起勇气带着一双儿女去见父亲,见到病床上瘦小干瘪的父亲,我哇的一下子大哭起来。丈夫推醒我说那是一场梦,叫我还是回去看看!

我没有回去,只是打了个电话给后妈,告诉她我要捐肾给父亲,条件是不让父亲知道。

情　结

玲和我是邻居,从小是玩伴,也上同一所小学和中学。再次见玲的时候是她回来参加她奶奶的丧礼。

奶奶去世,听说男友也移情别恋,双重悲痛让玲看起来非常憔悴,让我对她除了已久的爱慕之情外,多了一份怜惜。那阵子我一直在她身边,陪她流泪,陪她聊天,但只敢告诉她:"我一直是你的好哥们!"

看着玲慢慢从悲伤中走出来,我既开心又失落。

终于,玲要回去工作了,临走前她对我说:"谢谢你,我不再需要哥们了!"我的心情跌进了谷底。

刚才突然收到玲的短信:"杰,我不要你做我哥们,当我男朋友好吗?"

试　探

跟他相恋两年,没争吵也没鲜花和情人节礼物。他在外府工作,很久才见一面,平时靠电话和邮件联系。朋友都说那不是爱,得找个机会试试他,说得我有些心慌。

机会来了,上月见面时我跟他说:"下月我要做手术,宫颈癌早期,医生建议拿掉子宫。"他没说话,握我的手收紧了。

他来电话,说忙,没时间回来,然后消失了。偶尔来个电话也没精打采的,我也随声敷衍。

明天要手术了,多想他在我身边啊!泪水忍不住掉下来。

突然门铃响,然后是妈的声音:"咋瘦成这样?""没事,最近加班,老板批了我一个月假,这回有时间来照顾小晴了。"

顾不得眼泪鼻涕,我奔出房门扑进他的怀里。

良　知

选举之后的第二天,阿差被雇去帮助拆除某处的选举拉票牌子。

到了指定地点,阿差看了看后,就跟同事说他要独自去另一边拆。

只见阿差走到一块牌子前站定,看了看左右没人,阿差放心了,对着牌子上的人讲起话来:

"我今天是特地来告诉你,你执意要给我们的钱,没办法,我们收了,但是我家收到的四千铢,我们已经全部捐给了孤儿院,也算给你积点儿德吧。不过我还得告诉你,昨天我家四口人都没有选你。告诉你,我家虽穷,但我们不会为了钱而卖掉自己的尊严和国家的利益的!"

讲完话,阿差心里像放下了一块大石头一般,开心地工作起来。

转　变

热爱华文的老刘听说今天有个华文作家的新书发表会,便高高兴兴地打扮好要去参加会议。妻子笑眯眯地递过来一把雨伞,还拉好了他的衣领叫他赶快赴会。他真开心这几年妻子的转变,因为以前她总是骂他没出息,只会写几个破中文。

临走前老刘进厕所小解,忽闻妻子和儿子的对话。

"妈,以前你不是反对爸爸去参加这些华文的活动吗?"

"对啊。可是现在情况不一样,现在他出去参加活动有吃有喝,我们就可以省了他两餐。还有啊,他带回来的赠书很多,我拿去卖,一公斤卖六铢,每次都可以卖好几十铢呢!"

老刘在厕所差点晕倒。

爱……别离

阿龙一直看到"全国小提琴大赛"的决赛结束,冠军叶思龙正在接受采访,那眼睛鼻子嘴巴看起来那么像肖兰兰。一想到肖兰兰阿龙就气难消,当年如果她能把孩子生下来,现在也有叶思龙这么大了吧?

两人共读高三时偷尝禁果,肖兰兰提前辍学,她说如果你能考上清华我们就结婚,可是当他接到清华大学的通知书不久,她就消失了,还托朋友捎来消息说,孩子她已经处理了,以后不用再找她,阿龙既痛又恨。

阿龙忍不住转过去看电视中的叶思龙。

记者说:"你的名字很中性。"

"那是妈妈起的,因为妈妈一直思念爸爸。"

"听说你是单亲妈妈养大的,有什么感想?"

"我很幸福,虽然妈妈独自把我养大,但是妈妈当年是因为怕影响爸爸才离开他的,她的爱很伟大,我能理解她,我很爱我妈妈。"

"能告诉我你妈妈的名字吗?"

"她叫肖兰兰!"

小伎俩

一天接到学校老师投诉,正读小学四年级的儿子欺负一学妹。我很惊讶,平时很乖巧的儿子怎么会欺负小女生?但是事实胜于雄辩,我只好向老师要了电话,打去跟人家道歉。对方家长很友好,一直说没关系。

隔了一星期事件又重演,我教训完儿子后又打电话去,女孩的父亲接的电话,笑着说:"大概你家儿子是喜欢我女儿吧!我读小学的时候也偷偷喜欢一女同学,因为不懂怎么表达,为了引起她的注意,只好用其他方法去招惹她!后来也被老师惩罚了。"

过了一个月,又有投诉,这下我觉得事态严重,只好带了儿子到女孩家登门谢罪。

开门的时候,我们都错愕了,对面站着的人正是当年老是欺负我的小学同学。

自　由

她把女佣都打发回她们的房间,环顾偌大客厅,豪华家私和精致摆设在她眼中显得那么空洞和冷清。丈夫说:"外面的世界很乱,等我有时间就陪你出去;现在人心险恶,交朋友没益处。"

门口,丈夫用几万铢买来陪她的鸟儿叽叽喳喳地叫着,她走出去看着那个华丽的鸟笼,一种念头越来越强烈。突然她飞也似的跑过去,打开了鸟笼,"飞吧,寻找你的自由去!"鸟儿飞走的瞬间,她似乎看见了鸟儿眼睛里的希望和同情。

"再见了鸟儿,明天我也会像今天这么勇敢,为自己打开那扇自由的门。"多年不见的笑容又出现在她脸上。

🌴 作品赏析

《爱……别离》这篇闪小说讲述了这样一个故事:阿龙因看到电视中的"全国小提琴大赛"冠军叶思龙而想起了昔日恋人肖兰兰,女友当年的不告而别以及处理了两人的孩子,令阿龙又恨又痛多年。而戏剧性的是,叶思龙的母亲正是肖兰兰,当年她担心影响阿龙于是选择了离开,如今种种误会水落石出,故事至此却戛然而止。倘若以现今的眼光看待《爱……别离》或许会哑然失笑,而细细体会却又感动于肖兰兰真挚、细腻、纯粹的感情。澹澹未直接诉说肖兰兰的用心良苦,而是通过她对阿龙及儿子的付出,赋予其大爱形象。在如今浮躁的社会里,很多人都在追求"快餐式"感情,视物质为感情的前提,从而失去了爱的本质。澹澹笔下的肖兰兰,如一缕清风重新唤起人们失落的真挚感情,提醒人们重拾被遗忘在角落的真情实感。故事戛然而止但余味无穷,结局如何我们不得而知,但这似乎也并不重要,如此大爱,韵味无穷,值得久久回味。

《小伎俩》这篇闪小说讲述了这样一个故事:"我"接到老师的投诉,平时乖巧的儿子竟然欺负一学妹,"我"无奈打电话向女孩家长致歉,女孩家长笑言"我"的儿子如他当年一般会欺负自己喜欢的女同学,直至第三次发生这样的事情,"我"只好带着儿子登门道歉,却惊讶地发现女孩的父亲竟是当年经常欺负自己的男同学,两位老同学因这件事重新见面想必也很惊愕。澹澹以生活中的戏剧性事件折射孩童单纯的模样,读来不禁令人莞尔一笑。对于大多数人而言,《小伎俩》中这两个小孩子的故事恐怕既熟悉又陌生,似乎曾出现在自己的生活中,却因年代久远早已忘却。孩童般纯净的心虽不复存在,再细细读来同样有所感触,原来年幼时自己也曾天真无邪,只是在长大的过程中逐渐淡忘了当年稚嫩的模样。澹澹的感情描写细腻、独到,这两个孩子虽然没有直接出场,但通过大人间的联系已将孩子的天真模样描摹出来,孩子的心清净纯澈,从孩子的视角出发看待其本身的行为,那么解决问题也就不在话下了。

《自由》这篇闪小说讲述了这样一个故事:妻子在丈夫的劝导下待在华丽的家中,陪伴她的只有丈夫花高价买来的鸟。深思之后,她最终打开鸟笼放飞了鸟,自己也决定重新找回自由。澹澹简短的行文叙述了一个女人冲出"牢笼"的过程,家中那只高价买来的鸟好似妻子的命运,虽然衣食无忧却终日待在家中无所事事,她打开鸟笼的举动亦是自己追求自由的决心。简短的行文可见,澹澹鼓励文中妻子放逐小鸟、解放自己的行为。感情世界里不存在所谓的弱者,双方相互依靠、相互扶持才能走得长久。同样的,即使心有所依也要保持独立的人格,内心的安全感应是自身拥有,而非向别人索取,相较于行动的"囚禁",心灵的桎梏更加消磨灵魂。妻子决定重寻自由的生活,这也同样是新时代女性的明智选择。

心性也许只在一念间,澹澹敏感地捕捉人心的美好以及转瞬的矛盾心态,并用涓涓文字加以表达,在倾诉中抒发塑造美好心灵的追求。澹澹笔下人物的心路历程也许人们似曾相识,这也是成长中心灵的蜕变。

(孔舒仪)

周 沫

周沫,原名周震铭,1974 年 8 月出生,泰籍华人,祖籍广东
潮南。20 世纪 90 年代于广州华南理工学院毕业后移民泰国,
后从商,闲暇偶动笔写作,曾用笔名有金雨。现在是泰国华文
作家协会会员,他的作品《诀别》于 2013 年获泰华作协举办的
泰华闪小说有奖征文比赛优秀奖。2014 年,作品《故乡的小
溪》获泰华作协举办的散文征文比赛优秀奖。

爱国(外四篇)

颂猜穿了一件黄色衬衫,绑上一条头巾就要出门,父亲叫住了他:

"你今天不用上班吗?"

"国难当头,还上什么班呀?爸你没看新闻吗?这个政府太胡来了,我
得去参加示威抗议!"

"那先帮我把这箱货搬上三轮车,最近我手臂有点酸疼。"

"爸,我不是说过吗?你以后不要去摆地摊了,我上班赚钱能养活你。"

一个多月后,颂猜低着头来到父亲跟前:"爸,能不能先借我两万付这个
月供车款?公司这两个月没生意,要裁员……"父亲没说什么,从抽屉里拿
出用布包着的存折。

"孩子,最近生意非常萧条,爸也老了,你以后要踏踏实实做人。不是我
们不爱国,但我们平民百姓要先管好自己的温饱,我们做好自己,不干坏事,
不给国家添乱就是爱国!"

"我知道了。爸,今天周末,我跟您摆摊去,下个星期我开始去找新
工作。"

求　佛

　　泰国政局不稳,旅游业首当其冲,导游灿最近处在失业状态,没了收入,跟了他两年的女朋友也跑了,情绪低落的灿决定来拜四面佛。无意间灿留意到有个拜佛的女孩有点眼熟,那不是公司同事琳吗?琳是个好女孩,长相也不错,要不是之前有女朋友,灿早想追她了。

　　琳一抬头也发现了灿:"哎,灿哥,你也来拜佛啊?""是啊,你在这一面拜那么久,求姻缘吧?哈哈……"琳脸一红:"灿哥来求什么呢?""我呀,来求心灵解脱!对了,你还没男朋友吧?佛祖很灵的,说不定马上就遇到了!""我也这样希望……"琳看着灿:"灿哥,后天我有俩朋友来曼谷,你有空吗?能否带我们去玩?导游费我会付你的。"

　　"行啊!最近我闲得慌,大家是同事,一起去玩几天,还付什么导游费?!"

　　"啊!那太好了!"琳明显难掩兴奋。

　　临走,琳又特意朝四面佛某一面拜了拜,脸上泛着笑意。

示　威　老　人

　　小林发现示威群众里竟有一位头发花白的老者:"老伯,您今年贵庚?怎么也来参加示威啊?"

　　"我八十了,我也爱国呀!"老人回答。

　　"呵呵……"

　　"孩子,我确实年纪大了,也没读过书,不懂政治,但是我在这片土地上生活了八十年,在这八十年里,每当国家有难,皇上陛下都在危难关头出来解困,作为一国之君,他几十年如一日用他的行动让我们看到他爱民如子之心。我不明白为啥还有人不尊重皇上的相片!我更不明白为啥有人为了私利,把国家搞得一团糟,甚至还向自己的同胞扔炸弹……我出来不为别的,只为告诉我身边每一位像你这样的孩子,我们应该敬爱我们的皇上,我们应该团结,应该爱这片生我们养我们的土地!"

人群嘈杂,老人声音也不大,可声音是如此铿锵!

不做亏本买卖

乃猜很精明,做生意总能高瞻远瞩。从泰国反政府示威活动开始,乃猜卖出去的国旗和口哨不计其数,也着实赚了一把。最近他又陆续屯进了大量的口罩和方便面,朋友不解,他解释说政局不稳,情势越来越严重,预计接下来很可能会发生像几年前一样的政变,到时候硝烟弥漫,干粮紧缺,他的口罩和方便面肯定又能让他大赚!

可惜人算不如天算,在反对派领袖宣布解散其他示威地点,只保留在某一区域集会后,乃猜计划落空,朋友们嘲笑他想发战争财肯定有报应!乃猜不温不火:"你们不懂!我这个生意不亏!"喝了一口酒后,他继续说,"如果国家能太平,我这些东西全扔掉也值!再说了,我已经把口罩捐给红十字会,方便面捐去了边远山区,我做了善事后很有满足感,你们说我亏了吗?!"

家庭聚餐

"好好的日子不过,搞什么封城!害我塞了两个小时的车!"老二一进门就埋怨。

"二哥,别生气,"老三说,"也不能怪示威者,这届政府确实胡作非为!"

"你懂啥?政府哪里不好?有证据你告他去呀!或在国会上弹劾,走法律程序呀,干吗走流氓路线?"老二不同意。

"这是维护社会正义,怎么说成流氓了?就你那样都自扫门前雪,不管国家死活,还配当国民不?!"

"就你配!参加示威就爱国了?我跟你说,说不定下个上台的政府更糟糕!"

眼看兄弟俩争得不可开交,老大赶紧把他们拉开,这时父亲讲话了:"孩子们,有国才有家,家圆国才圆。一个国家的国民能团结,就好比家庭里的成员能团结,家才能兴旺,国才能昌盛!今天是你们侄女珍珍生日,一家人是来开心聚餐的,你们要么和和气气坐下来吃饭,要么去外面吵!"

"爸,我们错了!"老二老三几乎同时说。

🌴 作品赏析

《示威老人》讲述了这样一个故事:小林在示威群众里偶遇一位老人,他疑惑老人为何一把年纪还参加示威。老人则回答他,他敬爱皇帝、热爱国家,他只是想告诫参加示威的青年们理性爱国。作者以老人与青年的对话,构建了对国家看法的代际关系。细细想来,代际观念的差异并不难理解。国家随时代的发展日新月异,老一辈人跟随国家亦步亦趋的进步,见证了泰国由贫穷至繁荣的艰难蜕变,他们体会了国家发展的不易,并深知国王为国家的付出。青年一代生长于和平年代,成长于"温床"中,他们对于生于斯长于斯的土地或许更为"苛刻",期待国家愈加强盛,寄予国王更大的责任,并无法容忍政府工作的疏漏。两者经历的不同,带来思想与观点的碰撞。年轻人关心国事的热血与冲劲是国家前行的"发动机",老人的理性思考是国家发展的"润滑剂"。作者并不认同年轻人冲动的示威行为,且以老人振聋发聩的言论告诫青年人应当理性爱国。思想有代沟,爱国观念没有代际,无论是老人还是青年皆是为国家的前途着想,而如何采用正确的方式爱国,如何不人云亦云以爱国旗帜扰乱社会秩序?这是当下青年应冷静思考的问题。青年是国家的希望,亦是国家前行的生力军,作者依旧对青年们寄予厚望。

《不做亏本买卖》讲述了商人乃猜有着一本好的"生意经",不仅赚了钱还赢得了好口碑。乃猜做生意时眼光长远,泰国反示威游行时卖国旗和口哨大赚了一笔,而随局势改变他囤积的口罩和方便面没了用武之地,但是乃猜也并不灰心。原因在于,囤积的货物卖不出去意味着国家太平,这是喜闻乐见的事情,况且将物资捐给红十字会和边远地区还可以带来做善事的满足感。乃猜的经商理念将自己的生意与国家形势联系在一起,无论形势好坏他都能从中受益,达到利益与口碑的双丰收。在商言商,商人为求利益最大化在商界屡见不鲜,但能不忘国本,既得利益又干实事则实属难得。当今社会,简单的财富积累已不再是社会发展的唯一目标,利用财富支持公共事业，继而不断创造新的财富，才能使财富发挥最大功效，是以取之有道，用之有理。

《家庭聚餐》讲述了一个由示威行动引发的家庭争论。老二反对游行示威式的流氓行动，老三则表达对政府的不满，双方各执一词吵得不可开交。最终父亲发话："一个国家的国民能团结，就好比家庭里的成员能团结，家才能兴旺，国才能昌盛！"俗话说，"家和万事兴"。作者通过一次家庭聚餐中的争论阐明自己对家国关系的理解，国是家的集合，亦是家的整体，两者紧密相连，并非两者取其一的存在。家作为国的集合是促进国家发展的基石，内部个体的团结是维护家庭团结与稳固的基础，其中最关键的因素便在于人。人和则家和，进而促进国家兴盛。人与人之间有理有据的思想交锋更令人信服，继而达成共识，维护人际关系的和谐，寻求家与国最大化的稳定。

周沫的作品多以结合泰国国内形势为亮点，可见他是一位关心国事的作家。无论是批判社会现象，或是期许国家发展，周沫以文学性的表达寄予自己的家国情怀，使得严肃的政治多了些人情味。

（孔舒仪）

印度尼西亚卷

松　华

松华,原名黄兆铭,1946 年出生于东加里曼丹巴厘巴板,祖籍广东台山。泗水服务中学高中毕业。自初中起开始学习写作,高中投入校院黑板报工作,此后就喜爱上了多文体创作。2006 年与夫人雯飞合著《晨间一瞬雨》,并主编了钟广仁的《傲霜文集》、叶影的《千言万语》双语文集和马汉的《乡情》双语文集,现任印华作协秘书长。

绿卡梦

他拿到了绿卡。十年前凭借与菲律宾艳妇科妮的假婚姻蒙骗了澳大利亚当局,他暗地里笑,这一笑整整笑了 10×365 个日子。那刻他到 Hunter Valley Gardens(猎人谷公园)安心地干了多年摘葡萄的活儿。

一头银发,驼背的他,马年初一首次来到悉尼 The Rock 古城。天空少有的阴暗。他持着拐杖缓慢地沿着石阶步行而下,回头遥望,不远处海港大铁桥隐约可见,他深深地叹了口气。

走进 Kangaroo Burger 小食铺,他要了个袋鼠肉汉堡包,在角落处独自吃着。

"哎,此刻如有阿福、小梁和老黄相伴,分享这奇特的汉堡包,该有多好!"想着,他眼角湿了。

🌴 **作品赏析**

《绿卡梦》讲述了已是满头银发的"我",大年初一独自一人在悉尼一小食铺吃着汉堡,回忆起十年前凭借假结婚拿到了绿卡,工作并定居在澳大利亚。然而，自己苦苦追求的一张绿卡，却没有带给自己幸福温暖的生活，因为在国外无人分享他的喜怒哀乐。在年迈之际，"我"想念着自己的故友，不禁泪湿眼角。小说的色调是灰暗的，叙述中透露出一种孤独寂寞的情感。松华通过这个故事想要追问的是，获得绿卡的意义何在？是优渥的生活，是安逸的工作，还是内心的自我满足？显然，《绿卡梦》给出的答案让人愕然，一张绿卡到手，并不代表人生变得优越，虽然国籍改变了，但想要继续生活就必须勤恳工作，不仅如此，漂泊海外的浪子还必须忍受精神的放逐和心灵的孤寂。

松华的小说平易近人，平铺直叙中饱含充沛的情感，在讲述故事的同时将故事中蕴藏的道理娓娓道来。对现实社会和人的生存状态的关注，丰富了松华小说的内涵；对于人性和人的精神追求的反思，则使得松华的小说闪烁着人道主义的光辉。

（岳寒飞）

晓 星

晓星,原名石志民,福建同安人,1952年出生于印尼苏北省民礼市。印尼《国际日报》副刊主编。1999年获得中国国际广播电台举办的征文比赛一等奖,2002年获得印尼第一届"金鹰杯"游记征文比赛亚军,2004年获得印尼第二届"金鹰杯"微型小说征文比赛冠军,2010年获得印尼第四届"金鹰杯"短篇小说征文比赛冠军。出版著作《星光灿烂》《花儿可会再醒来》《晓星极短篇》《多巴湖恋歌》(华印双语译作)等十余部。

自作自受

金盛在苏勇肩头上一拍说:"采购工作交给你一手办理,我信得过你!"

他再转向五金商行龙经理说:"工厂耗电量大,安装电线全部选用质量最好的。我信得过你!"

隔天,苏勇带着10捆电线向龙经理退货:"替我换次等电线。"

龙经理一愣,苏勇悄悄地往龙经理手中塞了一个红包,说:"保密!"

再过一天,陈督工带着8捆电线向龙经理退货:"替我换再低一档的次电线。"

说着,他悄悄地往龙经理手中塞了一个红包,说:"保密!"

工厂建成开工。三个月后电线短路失火,厂长、苏勇葬身火窟。

作品赏析

《自作自受》讲述了一个新建工厂在采购和安装电线过程中,层级间出现了因利益而降低采购标准和要求,放弃长远利益,忽视生命安全,最终造成了工厂建成开工三个月后,因电线短路失火,厂长丧生的惨剧。厂长金盛因为信任,将采购工作全权交由苏勇和五金商行经理负责。然而,苏勇用红包收买五金商行经理,两人串通一气偷换电线;紧接着督工也向商行经理塞红包,再次降低了电线的品质。不同层级间,人人都为眼前利益所驱使,丧失了诚信和道德,将良心和责任抛在一边。这种被金钱和利益所异化的人在现实社会中比比皆是,贪污腐化之风正是这样吹起来的。小说通过写实的手法,无疑敲响了人们良心和道德的警世钟。因为,害人终究害己,我们要警惕不正之风,严格打击贪污受贿、违法乱纪的不正行为。

晓星密切关注社会现实,用笔记下社会中广泛存在的不和谐现象,在平实的叙事中将矛头直指为利所驱失掉道德和良知的人。在批判现实的同时,警醒着人们要守住自己的道德防线,在诱惑面前保持清醒的头脑,牢记勿以善小而不为,勿以恶小而为之。

(岳寒飞　评)

袁 霓

袁霓,原名叶丽珍,祖籍广东梅县松口,1958 年生于印尼
雅加达。厦门大学海外教育学院中文系本科毕业,获学士学
位。著有短篇小说集《花梦》,微型小说集《失落的锁匙圈》,散
文集《袁霓文集》,诗合集《三人行》等,作品一并收录在《印华
短篇小说集》《世界华文女作家微型小说选》等合集中。现任
印华写作者协会总会长,世界华文微型小说研究会副会长,世
界华文作家交流协会副秘书长,雅加达华文教育协调机构副
执行主席。

不必再来了

雅加达连天下雨,如天破了洞,下得震天价响,夹着大风,吹打着窗户,
她哆嗦着……

"涨水了……"有人呼喊,她出来时,水到小腿上了,邻居七嘴八舌:"河
堤决口,豪宅都被水淹了。"

天蒙蒙亮,她卷起裤管,涉水走去。唯一的女儿刚嫁了一个有钱人,她
牵肠挂肚。

水已淹到膝盖。踉踉跄跄走到女儿家,女儿家高,没淹到,看到她落魄
的一身,女儿又羞又急,把她拉到一边:"妈,你来干吗? 以后不必再来了!"

老伴早逝,辛苦养大的女儿啊!……她踉踉跄跄再走回去,路上的水与
河面一样高,她不小心踏空,沉下又随波而漂……

🌴 作品赏析

《不必再来了》讲述了一个不孝女和一个苦命母亲的故事。因连天大雨，雅加达一处河堤决口，暴发了洪灾，因为担心女儿的安危，年迈的母亲孤身一人蹚水去找嫁入豪门的女儿，可令人寒心的是女儿看见落魄的母亲不仅没有收留照顾，反而因为母亲感到羞愧丢人，告诉母亲："以后不必再来了！"母亲在归家途中，不幸踏空葬身洪水中。简短的故事，清晰的脉络，简洁的语言，却给读者留下了久久不能平复的心情。俗话说百善孝为先，但在这篇闪小说中，中华传统美德孝义在女儿身上已经消失殆尽。孤苦无依的老母，独自一人将女儿抚养成人，好不容易盼到女儿嫁入一户好人家，可是却被无情抛弃，原因竟是自己的贫苦和落魄让女儿觉得丢人。面对贫苦困境、突发洪灾、被不孝女儿拒之门外的无情对待，老母亲的结局只能是孤独地走上绝路。即使这次洪灾没有夺取她的生命，她也会在不久的将来死在孤寂之中。袁霓通过这篇小说批判了不知报恩、不懂孝顺、冷酷无情的那一类不孝儿女；同时对那些含辛茹苦、倾尽一切付出、坚忍顽强，未曾被珍惜被孝顺的父母一代表示深切的同情。

袁霓用小说记录下现实社会中的事件，用一颗善良正义的心去对社会中不良风气加以批判，尽管她用冷峻客观的笔调对当下社会中不和谐现象做出披露，但她的目标却是想透过揭露来唤醒人们的良知，可以说袁霓的现实批判类小说是从"破"出发，最终指向"立"的理想。

（岳寒飞）

符慧平

符慧平,1974 年 8 月 9 日出生于印尼廖内群岛省老港,祖籍海南文昌。21 岁开始写微型小说,2016 年 5 月出版个人微型小说集《小小世界》。

夭 殇

睁开小小眼睛后,他总是笑脸迎人,很少哭闹。

看见父亲回来,就伸出小小双手,要父亲抱抱他,疲惫的父亲总被他逗得笑逐颜开。父亲的怀抱无比温暖,父亲的笑容让他相信自己存在的价值。

父亲是计程车司机,收入有限。母亲是家庭主妇,全心照顾五个孩子。

父母的重担,像一块大石头,压着虚弱的小小心灵。

这几天隔壁的钟太太总听到他低微的啼哭声,便怜惜地问:"嫂子,孩子不舒服吗? 怎么哭个不停?"

"没有啊,也不知道为什么这两天他总是哭个不停。"母亲疼惜地把怀中的孩子抱得更紧。

三天后的下午,他从椅子上跌下,隔天凌晨,未满周岁的他悄然离世。

作品赏析

《夭殇》讲述了出生在一个贫苦家庭因而在未满周岁就夭折的悲惨故事。故事中夭折的婴孩是这个贫困家庭的第五个孩子,开计程车的父亲和全职家庭主妇的母亲虽然尽心尽力,勉强维持全家生计,但是仍不堪重负。小婴儿仿佛天生通情达理,不像其他同龄婴孩哭闹不止,而是十分乖巧,懂得讨父母欢心。但是他明白自己的诞生无疑加重了家庭的负担,他的啼哭他的早逝正源自他的早熟，一个生命从降生到陨落，夹杂了太多的心酸和无奈，但这是现实人生。

符慧平钟爱反复书写家庭生活，在讲述亲情中表现人性，在篆刻现实无情的同时给予那些贫弱劳众以深切的同情，人道主义始终是符慧平小说的重要主题。

（岳寒飞）

菲律宾卷

许露麟

许露麟,福建晋江人,1938 年 10 月出生于菲律宾。1956
年就读于台湾大学,毕业于菲马波亚机工系。1961 年开始写
作,曾受教于台湾著名诗人覃子豪、余光中。曾主编菲华耕园
文艺社的《拓荒》《芳草》诗集,作品曾入选《菲华诗文选集》《台
湾年度诗选》与《创世纪诗选》;1999 年移居福建厦门,现为菲
律宾千岛诗社同仁,也参与诗友王勇发起的菲华诗歌创作交
流群。

慧　眼

你静躺在床上,遥望天花板一隅,一只蜘蛛正在忙碌着吐丝结网,而她
坐在床沿,轻巧的纤手正为你按摩麻痹又逐渐萎缩的躯体。

透过慧眼,袒裼裸裎的她脸带笑容向着你。又是助手又是情妇的她,你
深知她只是窥探你的财产。她并没真正关心与爱你,但你已无所谓,反正行
将就木,不必再去斤斤计较。只要她整天陪伴照顾,孤独的你就心满意
足了。

妻儿早已离弃你,还有什么好追悔,要怪只能怪你发明的慧眼,并自私
地拥有它。它使你所有的亲友都远远离弃你,谁愿意毫无隐私一丝不挂地
暴露在你的慧眼前,除了一些不知情的人。

"亲爱的,我随时都会死去,所有的财产都遗留给你,包括慧眼和制作秘
密。"你从眼中取下一对似隐形眼镜的晶片,小心放进盒里。

"戴上它,你就可把周围的人透视得一清二楚,没有人能躲过你的慧眼。
现在全部交付给你。但有一个条件,你必须生产它,并以一盒牙签的价格销
售,让全世界的人都能拥有它。"

你又在遥望着天花板,思忖,你离去后,不知整个寝室是否会结满丝网?但有一点你很肯定,是它必定会留出许多空间,让猎物能穿梭飞翔其间。

你真想为自己疯哭,抑或狂笑?

🌴 作品赏析

《慧眼》讲述了一位行将就木的老人,在贪图其钱财的助手兼情妇的陪伴下,孤独死去,只因他发明了一种能够看穿别人所有秘密和隐私的隐形眼镜——"慧眼",而被所有亲朋离弃的故事。我们总说,爱人之间要坦诚相见,但凡事"过犹不及","水至清则无鱼,人至察则无徒",每个人都有隐私,都有自己不愿被揭开的伤疤,一旦真的"赤身裸体"相对,我们也将看到无穷无尽的烦恼与痛苦。就像自由是相对的,对于信任而言同样如此。发明者临终,希望"慧眼"被大规模生产并廉价贩售,希望看到全世界的人都拥有它,其实是想大家都"品尝"一下他曾经遭受到的孤独之痛吧。小说通过"蜘蛛结网"这个意象,让全文笼罩着一份阴郁的气息,同时类比告诫我们,人与人之间,应该为对方留下足够的空间和尊重。

许露麟的小说内容可能显得离奇,但这些"不可能"的故事背后折射出的是对现实问题的哲理性思考,给我们的思维拓宽了想象的空间;许露麟的小说,想象丰富、意象独特,蕴含深层次的现实思考和现实意义,发人深省。

(吴　悦)

温陵氏

温陵氏,本名傅成权,生于 1947 年 10 月 23 日,祖籍福建泉州,菲律宾华文作家协会会员、中外散文诗学会会员。著有诗文集《雾岛涛韵》《过去未来共斟酌》。作品散见于《散文诗世界》《上海歌词》《福建歌声》《福建乡土》《闪小说》等杂志。作品入选《中国散文诗年选》、《中国年度优秀散文诗》、《世界华文诗歌荟萃》(中国香港)、《新世纪文艺》(新加坡)、《秋水诗刊》(中国台湾)等选本。

南洋梦

夜,深深地沉到黎明前的黑暗里。

大粒懋阿胜躺在木板床上,翻来覆去就是睡不着。蚊帐外群魔翩跹,虎视眈眈地盯着一堆人肉。"该死的蚊子!"阿胜一巴掌打过去,恨恨地咒骂。

阿胜确实大粒,一米八的个头,四肢发达。春节前,听说细粒籽阿雄从南洋回乡,他决定去会会小时候总是跟在身后的玩伴。

几年不见,细粒籽仍然没长高,只是肚皮凸得圆滚滚,西装都扣不牢。不看不知道,一看吓一跳——精美的名片上赫赫印着东升连锁超市有限公司董事长和九个社团的副理事长职衔。大粒懋不由想起老人会会所墙壁上贴满庆贺当选的报纸,想起细粒籽他爸拿着市领导接见的集体照,逢人便说:"就是这个,我的后生仔!"南洋真的是掘金地?才几年光景,细粒籽就成了刮目相看的明星。听说这次回乡是要集资筹备开发房地产,大粒懋思量再也不能错失机会,毅然决然地将辛苦多年的积蓄入股。

大粒懋下南洋了,梦想着衣锦返乡。

似睡非睡中,鸡又啼狗又吠了。大粒懋最讨厌没时没辰的鸡乱啼狗乱吠。迷你超市？充其量不过是一间百多平方米的杂货铺。分店经理？说穿了就是起早摸黑的"里里外外一把手"。细粒籽专拣偏远社镇，开了两三家"迷你超市"，说是"农村包围城市"，一旦时机成熟，就挥军都市，兴建商业大楼。

天破晓，半睡半醒的大粒戆恍惚身在家乡。

<h2 style="text-align:center">进退两难</h2>

——《南洋梦》之二

细粒籽阿雄终于众望所归，荣登理事长宝座，想起不久前刚捐得名誉洋博士，走起路来也飘飘然。

为了筹办一场风光的就职典礼，阿雄费尽心思：恭请有关领导题词，自掏腰包登报庆贺；组家乡庆贺团，邀请乡、镇、县、市各级有关父老乡亲，浩浩荡荡漂洋过海，落地招待……

阿雄坐在主席台上，自我感觉良好。某领导即席发表热情洋溢的讲话："新任理事长年轻有为、学贯中西、事业有成、爱国爱乡，在家乡大手笔投资开发，惠泽乡邻，我们表示崇高的敬意！"并带头鼓掌，全场随之雷动。阿雄满脸春风，高举双手，起立，鞠躬行礼。

可谁也没想到，庆贺团满载荣归，一下飞机某领导就被守候在机场的纪委便衣带走。

接到消息时，阿雄的座驾正被堵死在公路上，进退两难。

🌴 **作品赏析**

《南洋梦》讲述了乡下小伙阿胜看到儿时的玩伴阿雄衣锦还乡，于是毅然决然带着辛苦多年的积蓄入股，随阿雄下南洋打拼的故事。殊不知风光回乡的背后是不为人知的辛酸苦楚，耀眼的皇冠之下只不过虚名一个，一切不过是打肿脸充胖子、自欺欺人罢了。阿胜在蚊虫叮咬、鸡叫狗吠中似睡非睡，既表现了偏远乡村的艰苦条件，又表现出主人公烦闷的心情；睡梦中，仿佛发财扬名、荣归故里，不过就是一场如梦幻泡影的黄粱美梦而已。

《进退两难》又名《南洋梦》之二,沿用的是《南洋梦》的人物阿雄和相关故事:当上董事长的阿雄既为自己买假学位,又自掏腰包筹办就职典礼,在邀请来的某领导的表扬下,阿雄自我感觉良好;可恰在这时,某领导被纪委带走了,得知此事时阿雄正被堵死在公路上,进退两难。小说用"进退两难"一语双关地写出了阿雄当时正在堵车的现状和因某领导落马而"仕途"未卜、进退两难的情况。小说不惜笔墨地描写了就职典礼场面的宏大、某领导完全不实的评价,其盛大的场面与最后被纪委黯然带走的情景形成鲜明的对比,讽刺了如今社会买官卖官、官官相护的不良风气。

温陵氏的小说,以独特的时代背景、社会现象、具有反差式的结尾,展现了属于那个时代的社会问题和风气,以及小人物的可悲命运,通过看似轻描淡写的讲述揭露出社会最底层、最黑暗的一面。

(吴　悦)

林素玲

林素玲,1966 年 6 月生,系土生土长的菲律宾华裔女作家,祖籍福建厦门。圣大数学系学士,拉刹大学研究院商业管理硕士,现任菲律宾华文作家协会理事兼《菲华文学》季刊编委,出版小品文集七部,微型小说、诗文集八部,译著六部。

内 错 角 证 明 题

高寒站在 101 摩天大楼的最高层往下看,蚂蚁似的人们成了无数模糊的小点,一会儿成了直线或曲线,更有圆、椭圆、三角形、多角形,移动的点如魔术般变化无穷。其实他们更像水墨画,因每个点的位置都不够清晰。

他把视线锁定于一点,对,就是那个角落,那个"点"。当时旁边还有很多朋友,点点都实在。

曾经他就是那个点。在那个点,努力地想测量出从那个点所做的仰角;努力地想要证明几何老师说的,两条平行线,中间穿过两线的截线所形成的内错角相等。

为了实际证明,高寒画了梦想图,他把另一个平行线定在摩天大楼的最高层,于是他朝着目标努力往上爬。经过好几年,"点"跌了好几次跤,那条平行线仍遥不可及。

一年,两年,三年,五年,八年……十年,花了整整十年,他终于租了一个小空间,混入 VIP CLUB,来到另一边的平行线。从新的点做个俯角到地上那一点,想测量与十年前的那个仰角数度是不是相等。怎奈距离太大,风太大,时间太久,那个点又如此模糊,实在量不出来。

高寒着急了,两角度数相等又怎样? 角度不同,怎么感觉还是不一样? 他想请旁边的朋友帮忙,但是身边的他们,依稀只有斑斑点点。

一阵凉风,"阿嚏!"他用力地打了个喷嚏。躺在病床上,高寒仍思考着那道证明题。想着,想着,"Eureka! 两条线根本不曾平行过。"

注:Eureka,希腊文意思为"有了,我发现了",是物理学家阿基米德发现皇冠所含纯金量时的欢呼。

典　当

周太的家,离工厂只需几分钟的路程,可她每天总要提前半个小时出门,因为她总要绕过后街小巷。小巷有一间当铺,当铺对面有座古庙。当铺其实是一间古厝,里面暗暗的,高高的柜台,根本看不清里面伙计的脸孔,可以很自然、不怕被嘲笑地洽谈。

她喜欢小巷神秘的感觉,还有观音古庙飘来的淡雅、清心、宁神的檀香。小巷是她出去工作前的秘密基地,几乎每天都来,对小巷倾吐心中的秘密。

"家乡刚收成的大哈密瓜,又大又甜,我都舍不得吃,请收下。……我,我……希望能有点钱让儿子参加毕业典礼……"周太红着脸,支支吾吾。

"我向您叩头感谢,我儿子终于毕业了。这是我千求万求,朋友才愿意割爱送我的昂贵兰花,听说是外国来的种子,现在开花了,非常值钱,请您慈悲接受……我,我想如果能有个小本钱让小儿做个生意该有多好……拜托您了。"

"不好意思,我又来了,多年来,看在我每天勤奋地来向您请安,我求求您了,我……实在太穷困了,家里没有其他宝物,可我儿子生病了,医生说若不动手术,可能就没救了。……我,就用我十年的寿命吧,换取我儿子的健康,请您大慈大悲,再次保佑他……"

老陈隔着暗灰的柜台玻璃,看着周太跪着不时颤抖的背影叹息:"唉,天下父母心,儿孙自有儿孙福。"

南洋梦

阿翎与玟姐回到厦门曾厝垵,开了一间小小的精品店,卖的是吕宋的精致艺术品、土特产、芒果干、甜食……这里面,有先祖辈曾经织过的"南洋梦"。

为了梦,他们离乡背井,披星戴月,在生命的旅途中选择当"番客"。

阿翎和玟姐理所当然地成为番客的后代。她们在南洋的吕宋岛出生、成长、受教育、工作、组建小家庭。

如今,番客的后代,阿翎与玟姐似乎回到原点,在一个红砖古厝边租了一座两层的、有南洋风格的"番仔楼",重续"南洋梦"。当然,这只是她们"度假"和想念父母时,偶尔想回到他们故事里的"寻梦园"。

故事里,有偷取邻家番薯的趣事,有炸弹飞过头顶的恐怖梦魇,还有许许多多沉重的命运包袱。纵然这些都已成了历史,也随着城区改造渐渐消失,被人遗忘。

但是,阿翎与玟姐仍坚持带着新生代"回家"看店,每年几天也好,让他们体验先辈们的"南洋梦"。生怕经过几代的更替,这条寻梦的"线"不小心从他们手中滑脱,成了名副其实的"番客"!

"妈咪,刚才我拿饼干请邻居的小孩吃,他们都说番客饼真好吃,'番客饼'是啥呀?"

"我们以后是不是多带几盒'番客饼'来卖?"

阿翎摸摸孩子的头,这番客小子还真不笨!

月亮,请跟我走

"来来来,大手牵小手,月亮跟我走,月亮跟我跑。"月光下,这是他和父亲晚饭后常做的游戏。虽然没有什么创意,但是到现在记忆犹新。

听父亲说,这是曾祖父、祖父,传给他的"游戏",不知传了几代,几千年。只到父亲与他们这一代移民到美国纽约,他们不再于月光下,与父、月亮、影子"玩"了。取而代之的是网路 MSN、facebook,电视节目、麻将、派对,这里的消遣真多,科技发达……而且那么多的高楼大厦,月亮一直都跟他们捉迷藏,now you see,now you don't(一会儿看得到,一会儿又不见了)。于是,月亮跟祖父走了,月亮跟父亲跑了,月亮在故乡沉睡了。

如今,他也当了父亲,儿子的第一和唯一的语言变成了 ABC。"Moon,

Moon cake."有天儿子突然跑来,拿出华人同学送的月饼,要父亲也尝一口。啊,那味道,摇醒了在故乡沉睡的月亮!

"moon 月亮,moon cake 月饼……"他心血来潮地拿起纸笔,教儿子写"月"字,以中国象形形式画个弯弯的月亮,然后大手牵着小手颤抖地写下一个又一个歪歪斜斜的"月"字,父子俩边写边唱着"大手牵小手,月亮,月亮,请跟我走……"

五百万存折

"先生,算命吗?"

"嘿嘿,我不信这一套。"

"很准的。夫人现怀孕,对吧?"

李先生犹豫一下,还是把凳子移到面前坐下。

"这孩子好不好? 我太太自怀这孩子开始,凡事好像都不顺。"

"手掌伸出来。"算命先生看了看,又瞪大眼睛注视着他。

接下来又半眯着眼睛,捏着右手指,一边摇头,一边口中念念有词。

李先生屏息以待,心跳加速,不敢哼声,怕打扰了算命先生。

突然,算命先生睁开眼睛,叹着气说:"这孩子注定是冤家,你前世欠了他五百万。"

"荒唐! 钱给你,不算了。"

李先生半信半疑地离开:"小孩是无辜的,他是我与小莉爱的结晶,怎么会是债主?"

那天下午,李先生把手头上一幢楼房卖了五百万,与小莉合开了一个新银行账户。"小莉,以后宝宝要用的钱,都从这个账户取。"

小莉觉得莫名其妙:"我们又不缺大笔钱,你卖楼另开一账户做啥?"

时间过得真快,小女聪明乖巧,还真是讨人喜欢,只是生病、奶粉、上学等都要钱,难道真是讨债货?

这次宝贝女儿生了一场大病,住院开刀,又花了一大笔钱。李先生心慌了,赶紧从小莉的抽屉里取出那本银行账本。"怎么只剩下这么少? 不行!"他马上冲下楼,跑到银行重新存入五百万。

关闭通告

"哔——哔——哔"

手机响了，手指像自动机械一样总把她从睡梦叫醒，第一键马上进入自己的脸书版面，看看几个人点赞。

这张照片，有 15 个人点赞。

另外一张，有 50 个人点赞。

点击点赞名单，搜寻他的名字。

有了，她满意地微笑，退出系统。

十五分钟后，再次打开版面，上传一张自拍照。

再次把手机放一边。

"哔——哔——哔"，有人点赞了。每五分钟，她会打开看看。点赞的人不少，只是她在名单上来来回回找寻，有点失落感，她狠狠地按下退出键。

难道他没上线？几秒钟后，她再次登入，找他的版面，看看他是否有在线上。

看到他连续上传好多动态，就是没有给她这张照片点赞，她很纳闷。

"哔——哔——哔"，在自己的照片上为自己点赞，让照片活跃起来，引起他的注意。

看到他为别人点赞，唯独没有发现这一张。

"偏心！为什么无论我怎么努力，还是得不到他的关注、赏识？好累哦。"

点赞、取消点赞、点赞、取消点赞……手指反复上下滑动。

此时手指滑落刚好触击一个功能，"关闭通告"。

她再次摆个姿势自拍，对自己的镜头开怀一笑。

古炮观前世今生

夕阳西下，一对情人相偎坐在古炮旁边，卿卿我我。

圣地亚哥堡,是菲律宾马尼拉大都会的一个古迹景点。菲律宾人用木栅栏圈起防御外侵,后来西班牙人来了,改为石城,它成了囚禁和处决政治犯的地方。后来,日本人来了,美国人也来了,大家都争相占领它。

当时的古炮威风凛凛,无论是哪一个朝代,它都获得大家的青睐。因为它决定了生命的前世与来生。

如今大炮只有对着城市,观赏每一轮日出日落的更替,守住这个地下没有石油,只有数不清的灵魂的古堡。在晚霞余晖温暖的大衣下,偷听一对对情人的秘密,以及每一个旅人的心情故事。

"太阳下山了,你怕鬼吗?"

女孩紧缩着身体钻进男孩怀抱里。

"有你在,我什么都不怕。"

"你相信轮回吗?"

"不懂,我们喜欢在这里约会,会不会是前世的夙愿?"

"别想那么多,我们现在最幸福!"

情人谈情说爱,古炮谈古说今。

大炮对旁边较小的古炮偷笑:"不得了,日本兵与西班牙军相拥着。"

"瞧,菲律宾人、中国人、美国人也都来了。"

"生命只有一次,来,再拍一张我们交往一周年的纪念照。"男孩搭着女孩的肩膀,"后面的大炮也要拍进去哈!"两人笑得很灿烂。

他们没听到古炮的鼓掌声!

有一种花叫宽容

对面公寓的中年少妇,一厅一房一人住。不知从什么时候开始,经常看到她手牵着一男孩进出公寓。对这不知来历的男孩,邻居开始在背后闲言闲语,她却不当一回事地过着自己的日子。

有天,少妇在窗口放置了一个空铁罐,顺手撒一把泥土进去,浇一点水。然后,喃喃自语,好像与铁罐里的泥土讲话,接着才满意地离开。几乎每晚都看到她重复这些工作,撒泥土、浇水,呵护着。不知道铁罐有多宽,能容纳多少泥土?终于,从我的视窗,可以看到对面视窗的铁罐,似乎长出了幼苗。

我为少妇欢喜。

　　视线突然间被一男孩打扰,男孩很快地将刚刚长出的幼苗拔出来,少妇急得要抢回来,已经来不及了。我想这下男孩可完了。

　　隔天,少妇若无其事地重复那从不厌倦的工作,撒泥土、浇水,呵护着。

　　这天太阳未升起,晨曦透过窗帘射进来一丝光芒,隐隐约约可看到对面视窗铁罐里长出一朵小红花,挺可爱的,风吹时飘来阵阵香气。

　　一大早,少妇突然有客人来造访,是一对年轻夫妇。听说几年前男孩多病又不喜欢读书,常在学校惹麻烦。夫妇很讨厌这孩子,便将沉睡中的儿子遗弃在孤儿院门外的垃圾堆旁。

　　少妇有次访孤儿院时因怜惜这孩子的遭遇,经孤儿院同意,把男孩带回家领养。空铁罐也是在垃圾堆里捡来的。

　　夫妇领回男孩时,少妇将铁罐送给他们。男孩仰起头问少妇花的名字,少妇轻轻在他耳边说:"这种花的名字叫'宽容'。要记得每天抓把泥土轻轻放进去,要灌溉、要呵护……好好珍惜!"

　　小小年纪的他,不明白到底这铁罐有多宽,能容纳多少泥土和水分。

面 线 糊

　　厦门,阿翎与丈夫常来。曾厝垵,对他们来说也不陌生。只是来厦门时并不常与她打招呼。

　　这次他们来,发现——啊,曾厝垵,不认得了! 怎么找都找不到父母亲的家。沙滩上几十年前暑假回家时留下的小脚印早被浪花冲走了。

　　每一位遇见的年轻人,就像是不认识的孙侄,又好像不是。他们没有笑问"客从何处来",却亲切地邀请入住他们的家庭旅馆,告诉客人:"住的就是家。"

　　阿翎选了一家靠海边的小吃摊,叫了一碗面线糊。小虾子从碗里跳出来:"阿翎,你记得我吗? 你母亲的兄弟,也就是你大舅小舅,是你母亲小时候的玩伴,他们常提起你和你母亲呢! 他们每次都千叮嘱万叮嘱,要我们游到更远更远的堤岸,好把故乡的一滴水寄给你们。你们收到否?"

　　"我是你外祖父最喜欢的小蚵,阿翎。""你外祖父是一位很厉害的渔民,他每次出海外,都是满载而归哦!""只是最后一次看见他,只剩下他的背影了……"

阿翎记得未出嫁前,同父亲回曾厝垵看望祖母时,老人家说:"没吃过面线糊的,肯定不是咱厝人。"只不过今天这一碗面线糊,是不是老板娘多放了几把番薯粉,糊了一点?

过 期 的 花 生 酱

"亲爱的,开饭了。"

"等等,我最爱的足球赛刚登场。你先吃吧。"

"菜都凉了,再温一下要不?"

他"嗯"一声,只是绿油油的菠菜不知进出厨房几次,被微波炉染成了黑色,他吃了一口,整盘倒进垃圾桶里。

"猜!这是什么?"她撒娇地贴在他耳边调笑,感觉有个影子在脑边左右摇晃。他没反应,也没弄清楚是啥玩意。

"看一下啦,是你亲家送来的进口花生酱,我们最喜欢的牌子哦。"

"等等,我在办事。"他扯起嗓子很不耐烦地大声吼叫。接着又不屑一顾地埋头发微信。

"热烘烘的面包,新烤的,我已帮你涂上花生酱,快点来吃。"

"我不吃了,我正跟踪一家公司股票,就上市了。"

"趁热吃才好。"

"知道了,真啰唆。"

不知什么时候开始,近几年来耳边好像少了一样东西。

肚子有点饿,翻一翻零乱、满满灰尘的餐桌。哈,终于找到了,昨天刚让儿子去超市买来的花生酱,还有今天早上新买的面包。

他把花生酱涂在面包上,亲切地喊:"亲爱的,热烘烘的面包,新烤的,我已帮你涂上花生酱,快点来吃。"

没有回应。他抬起头,眼睛正触到佛龛旁,爱撒娇的妻子那双很有灵气的眼睛,那是两年前拍的。他忙低下头回避,大口地咬着面包。

"不对,怎么是咸的?难道花生酱已过期?"

🌴 作品赏析

《有一种花叫宽容》这篇闪小说主要讲述了这样一个故事：对面公寓的一位少妇领回了一个在孤儿院的小男孩，不顾邻居的闲言闲语，每天对他细心呵护，直到小男孩的父母领回了小男孩。这篇闪小说并没有用过多的笔墨描述少妇如何关怀小男孩，而是通过少妇在一个空铁罐里重复着撒土、浇水，呵护着，最终开出了一朵小红花的过程，来暗示少妇对小男孩的宽容与关怀。此时的空铁罐不是少妇在垃圾堆里捡来的一个废品，而是象征着被少妇从孤儿院里领回来的小男孩。少妇用自己无私的爱来包容这个缺少母爱的调皮的小男孩。尤其是在文章最后，少妇给花取名"宽容"并送给了小男孩的父母，既是希望小男孩的父母也能用自己的宽容之心去包容自己的孩子，也是希望小男孩用自己的宽容之心去包容、原谅自己的父母。

《面线糊》这篇闪小说主要讲述了这样一个故事：远嫁他乡的阿翎与丈夫一起回到故乡曾厝垵，却发现曾厝垵早已没有了故乡的影子；点了一份儿时常吃的面线糊，却也没有了儿时的味道。这篇闪小说，通篇充满了对于故乡的深深思念之情。颇有点"少小离家老大回，乡音无改鬓毛衰"的哀愁，更有一种"物非人也非"的感伤之情。故乡的记忆犹存，可故乡的人、故乡的景甚至故乡的味道都已不再是原来的样子。乡愁就像那碗糊了的面线糊一样变了味道。林素玲善于将主人公一腔乡愁实物化，让人感到可以品其滋味。这是这篇闪小说的独到之处。

《过期的花生酱》这篇闪小说主要讲述了这样一个故事：妻子在世时总爱在丈夫耳旁念叨着生活琐事，而丈夫却总是嫌她唠叨，可是当妻子永远地离开，丈夫却想起了妻子在世时的种种温馨、甜蜜的关怀，可是为时已晚，爱不等人。这篇闪小说围绕一瓶花生酱展开，妻子对于丈夫的爱已经融化在这瓶花生酱里，可是丈夫却不懂得珍惜这份难能可贵的爱。最后当自己耳畔少了那份唠叨后，却想起了妻子的爱，打开花生酱却也已经过期了。这就像妻子的爱，等到丈夫想起去珍惜时，爱，早已不在。林素玲的这篇闪小说让人读来感触颇深，她所建构的主题更是彰显了作者创作功底的深厚。

林素玲的闪小说篇幅短小，意境优美，主题触及人类心灵深处。从简单生活中发掘出深刻内涵，启人反思。贴近生活的小说创作得到了众多读者的青睐。她的闪小说简短易懂、短而有味、简而不浅，值得更多的读者关注。

（刘世琴）

心　受

心受本名洪美琴，1973 年出生于菲律宾马尼拉，后移居菲律宾南部，现从商，祖籍福建南安。大学毕业于怡朗市 University of San Agustin，获商科会记学士衔。作品多为小诗、散文与小说，散见于华文报刊；作品收录于《新潮选集 1—2》《东南亚诗刊》等，主要著作有电子书《我的青春房客》等。

横着吃香蕉

放学回家，桌上只剩三根香蕉了，其中两根已坏掉一点点，我把一根完好的递给儿子，自己拿了另外两根有一点点坏的来吃。

儿子与我一起站在花园里，在一堆我平时收集的树叶与其他能燃烧成肥料的地方，吃着各自的香蕉。我已吃完一根，把香蕉皮与香蕉坏的部分丢到地上，再吃另一根，儿子突然问我："妈，原来正确吃香蕉的方法是这样？"儿子把香蕉打横着来吃。我这才发现，原来他在学我。

我把香蕉坏的部分翻过来给他看："看，我是因为香蕉坏了才这样吃，把好的吃掉，坏的部分丢掉。""哈哈！我还以为香蕉要这样吃，好玩。"儿子笑嘻嘻地说。

妈，你看，流星

雨下得挺大的，这下子好了，麻烦来了：上街，买菜，接送儿子上下学。尤其是接送儿子，最麻烦，书包又大，人又小，书包还是两个。我得背一个书包，提一个书包，另一只手撑伞，再没有第三只手能牵儿子了，又不愿来回多跑几趟,只好边走边唤:"儿子,跟好,别弄湿了。"其实,他哪里会怕湿,他巴不得可以脱光光,在雨中漫步、玩乐呢!

　　好不容易把大包小包,大人小人都送进了车里,我发动了车往补习老师的方向去,眉头仍是紧皱着,心里咒骂着天气:"为什么雨不在晚上下,非要在白天下?"坐在我旁边的儿子,却一直开开心心的,一会唱歌,一会大笑,一会又对我说:"妈,下雨真好。"我还没来得及问他:"下雨有什么好啊?"他就把整个人反转过来,头在座椅上,脚在靠背上,大声地说:"妈,你看,流星。"哪来的流星啊?心里纳闷着,还是朝着儿子观望的地方望去,车窗上,雨滴一点一点地流下来,与路灯相映,发出一点一点的光,的确,有点像流星。"一颗,一颗,又一颗。"儿子开心地数着。我的心情一下子便好了起来,下雨,也没有什么不好的。

惊　喜

　　他一直忙于工作,今天,是他们结婚十周年,他想给她一个惊喜。
　　他拿起电话,给她拨过去:"喂,老婆,今晚我就不回家吃饭了。"
　　挂上电话,他就着手去准备,买花,买礼物,订酒店。
　　另一头,挂上电话的她,心冷到了极点,伤心,绝望。
　　她拿起了电话,拨给另一个他:"晚上有空吗?我请你吃饭。"
　　他拿着鲜花礼物,比往常早了半小时到家:"老婆,我们一起出去吃饭。"
　　饭桌的对面,那本是他的位置,已坐了另一个人。

作品赏析

　　《妈,你看,流星》属于生活感悟类的闪小说。作品通过母子间对雨的不同感受——"我"抱怨雨下得挺大,因雨对出行做事等造成影响而心生苦闷,但"儿子"却说下雨真好,还从灯光下的玻璃窗上看到雨滴滑落而映射出的"流星"——揭示出两种截然不同的生活态度。现代社会生活的奔忙繁杂使人们渐渐丧失了乐观的态度和欣赏的闲暇,以致凡事都一味抱怨,而如果我们能像孩子一样抱着乐观、欣赏的心态,运用另一种视角看世界,就会发现其中的乐趣与美好。一开始"我"觉得下雨不好，最后却觉得"下雨，也没有什么不好"，这种转变来自儿子的"点拨"。儿子虽小，但心态积极，想象力丰富，能倒躺在车座里从窗玻璃上看到雨滴滑落有如流星，还大声地告诉"我"，足见其天真可爱，而生活在繁忙中的我们或许正应该像孩子一样保留一份童心，卸下一些焦躁，去发现生活中那些不顺之事里所潜藏着的美丽与美好。

　　《惊喜》这篇闪小说讲述了这样一个故事：一直忙于工作的丈夫打算在结婚十周年这天给妻子一份惊喜，电话里故意跟妻子说自己不回家吃饭了，然后买花买礼物定酒店，而妻子信以为真，伤心绝望地请了另一个"他"来家里吃饭，当他比往常早半个小时到家，说"老婆，我们一起出去吃饭"时，却发现饭桌的对面，那本是他的位置，已坐了另外一个人。这篇生活情感类的闪小说通过戏剧性的、出人意料的构思揭示了现代人、现代生活的矛盾深重。一直忙于工作的丈夫本来希望给妻子一个惊喜，暗自瞒骗了妻子，而被瞒骗了的妻子已然伤心绝望，便请了另一个男人。这种强烈的矛盾冲突折射了现代人、现代生活的无奈与无助，也告诫我们：婚姻生活中倘缺少了关爱与信任，就注定无法幸福美满。

　　心受以其敏锐而细腻的观察与感受力，挖掘和展现了现代人日常生活中出现的诸多困惑与矛盾，在对这种种理想与现实间的矛盾、碰撞的书写中，她启迪我们应该反思当下行色匆匆的脚步，尝试着去重新体味、感悟生活，重新回归到心灵与情感的生活之道上。

（而　已）

越南卷

余问耕

余问耕,本名周智勤,越籍华人,1963 年生于西贡,祖籍广东东莞。是越华文学分会原副主任,《越华文学艺术》主编及《亚细安华文文学作品选·越南卷》主编。2012 年获颁第 13 届亚细安华文文学奖。作品入选《越华现代诗钞》,越华文学分会编选《诗的盛宴》,中国《2002 年诗选集》《2003 年诗选集》《世界华文散文诗年选》等;著有《汉诗越译——越诗汉译》等。现为寻声诗社秘书。

温 柔 的 报 复

她到达之后,听他说才知道另外几个旧同学都临时有事不来了。

那是一家蛮有情调的餐厅,桌上有鲜花、红酒,当然还有浪漫的烛光。她感到有些不对,但一时又不知该怎么办才好。他说后天就要回美国,这以后也不知什么时候再回故乡了。

他们边吃边聊。他并没有提到过去,话题只围绕着你的先生孩子怎样,我的太太子女怎样……谈得轻松又愉快,她刚到达时的戒心渐渐消散了。临别时他要送她回家,她婉拒了,他也没有勉强。

回家以后,打开计算机,看着朋友寄过来今晚拍的照片,他得意地笑起来。登录 Facebook,他把这些照片上传,并把这相簿命名为"难忘初恋情人"。

明天的世界会变得怎么样呢?

可　怕

常胜将军竟然被打倒了！

想当年在枪林弹雨中，从不知道怕是什么的他英勇地冲锋杀敌，所向披靡，他的英雄豪气令人赞赏叹绝！

战功彪炳的他在官场上自然是扶摇直上，位高权重！他绝对想不到自己会一步一步地走进牢狱。

如果当年他战死沙场，起码他不会没脸见泉下的爹娘和列祖列宗，也不会对不起……他想，现在才明白"怕"已经太迟了。唉！

枪弹、手榴弹、炸弹、炮弹、飞弹、导弹等可以不怕，但天理国法不能不怕！

枪弹、手榴弹、炸弹、炮弹、飞弹、导弹等并不可怕，最可怕的原来是银弹和肉弹！

被打倒的并不只是他高大的身躯。

好　梦

看着镜中的自己，长得虽不算很美，幸好肌肤白滑。看着发型师特别为她梳理的发型，时装设计师特别为她缝制的长裙，她想今晚的第一次见面，一定会给他留下一个美好的印象，她笑着出门，骑上新近买的名牌机车，向约定地点开去。

父母意外早逝，她挑起了料理生意、照顾年幼弟妹的重责，就这样耽误了青春。直到弟妹都各自有了家庭之后，她才忽然感到自己孤单寂寞，需要依靠。

网聊认识了一个年轻妻子红杏出墙弃他而去的越侨帅哥，他说要回越找一个较成熟的女人。

一觉醒来，她惊觉自己躺在一个陌生的房间里，床单上点点落红，她的钱包、车钥匙、iPhone手机都不见了。她赶忙穿好衣服下楼去找他，却被拦住："小姐，请把租房间的钱算了再走。"

作品赏析

《温柔的报复》属于爱情题材,主要讲述了男主人公用温柔的手段报复以前的女朋友的故事。故事的发展出人意料,又在情理之中。男主人公精心安排了烛光晚餐,借老同学聚会的名义邀请到了已婚的旧情人共进晚餐,并且只字不提曾经,只谈今朝各自的生活,成功解除了女主人公的防备之心。倘若故事只是发展到这,也不过是普通的旧情人再会叙旧,不足为奇,且与题目好像也无关。然而作者笔锋骤然一转,结局令人唏嘘不已。原来这温柔的情调里全是陷阱。故事的结尾是一个开放式问句"明天的世界会变得怎么样呢?"给人留下无限想象空间。但是根据上文,答案尽在不言中。故事可谓言有尽而意无穷,可见作者文字驾驭能力之强。

《可怕》属于反腐题材,主要讲述了这样一个故事:战功彪炳的常胜将军能够面对枪林子弹的袭击镇定自若,却躲不过金钱、权力、欲望的诱惑而做出国法天理难容的事,以至于身陷囹圄,悔恨不已,但为时已晚。作者通过这个故事将常胜将军不畏惧战场上的枪弹、手榴弹、炸弹、炮弹、飞弹、导弹跟他害怕银弹和肉弹的前后变化进行对比和反复强调,鲜明地突出了权钱交易的可怕,向我们揭露当今社会贪官污吏滥用职权、官商勾结、中饱私囊、饱暖思淫欲的不良现象,并且告诉我们天网恢恢疏而不漏,位高权重者若是不秉公办法、荒淫无度,哪怕一时"春风得意马蹄疾",也迟早会落马、名声扫地。这其中也流露出作者对这种不莠之风的隐隐担忧及对战胜这场无硝烟的战争的信心与希望。此文颇具时代意义,有警世教育之用:一个人倘若掉进"欲望的洞窟",私欲缠身、自我膨胀、利令智昏,必然进退失据、行为失范、胆大妄为,到头来竹篮打水一场空。

《好梦》这篇闪小说主要以网恋为题材,讲述了一个为家人而耽误终身大事,最终不堪寂寞的女子通过网聊认识越侨帅哥,然后被骗财骗色的故事。这种现象在当今社会屡见不鲜,随着网络技术的发达,人们因在现实中无法满足自己的欲望,往往沉溺在虚拟世界里渴望寻求真爱和慰藉。而有些骗子抓住她们这种心理各种设套,趁机骗取自己所想要的,伤害了天真单纯的女子的真心。作者在此文里揭露了这种现象,发人深省,告诉我们网恋需谨慎,多一点真诚,少一点套路,也是对这种不道德行为的痛批。

总之，余问耕的闪小说于寥寥数语中给我们揭露了现实生活中值得重视的现象，引人深思。他的写作技巧精湛，行文可读性强而有力。结尾出乎意料，又在情理之中。可见他善于观察生活，写作功力扎实，值得拜读。

（黄玲红）

曾广健

曾广健,笔名仁建、宏源。1981 年出生于越南胡志明市,越籍华人,祖籍广东清远。现为胡志明市华文《西贡解放日报》记者、文艺版主版编辑、胡志明市华文文学会执委、《越南华文文学》季刊编委等。作品散见于国内外各种报刊与文学杂志,以及亚洲和北美洲各地报刊等。2011 年出版新诗集《美的岁月》,2014 年出版诗文集《青春起点》。

媳　妇

老甲有一个小康之家,他刚过了一个甲子的生日。其妻料理家务,儿女都已长大,各有工作。

每天早上,老甲喜欢和三四个老友泡咖啡。其实老甲他们一群爱拈花惹草,经常约兜售彩票的妙龄少女去开房寻欢。

一天,得悉阔别两年的长子要回来参加大姐的婚礼,而且还带回一对同居两年的母女回来,老甲夫妇喜出望外。儿子因为无能力代还已离家出走的妻子的赌债而逃到他乡生活,幸好找到另一个女子,大家相互关爱,生活过得开心和幸福。

一声铃响,门开后,正在客厅左望右望的老甲夫妇满面喜悦地站起来笑迎儿子和"媳妇"跨进来,儿子还没来得及喊声双亲,便听见很响亮的"啪"的一声取代了"爸、妈"两声。

原来儿子带回来的"媳妇"说时迟那时快,非常激愤、火冒三丈地上前掴了老甲一个耳光,令厅中各人都怔住了,大家莫名其妙地听到:

"你个负情郎,想不到你还活着,你创造了这条小生命就把我们母女抛弃置之不理,今天我要和你算这笔账!"那个"媳妇"指着正扯着她衣角的两岁大的女儿,痛恨地瞅着老甲。

老甲目瞪口呆愣住了,面色一片苍白。

原来这"媳妇"带来的孩子是老甲私生女。

冤家路窄,一场欢喜怎知换来了一笔情债的纠纷……

这 幢 房 子

这幢房子,凄清安静,幽深阴暗。

里屋只有一个久病缠身,奄奄一息的老太婆。她在床上不时地发出痛苦的呻吟。她此时孤零零一个人,没有谁亲近她,没有谁照顾她,她的子女们像躲瘟疫一样躲避她。

今日,这幢房子与往日截然不同。

老人的儿女孙儿媳婿们成群陆续到来,为老人办理丧事。一个个披麻戴孝,哭哭啼啼,跪跪拜拜。亲友们前来上香,他们抽泣接待。有的泪如雨下,有的匍匐灵前。大儿子还对亲友说了一番感人肺腑的孝顺话:

"老妈含辛茹苦养育我们成长,我们都未有孝敬半天,她就永远离开我们了……"

"哀哀父母,生我劬劳!"

悲哭哀泣令在场客人被他们感动。

葬礼,终于结束了。

亲友们一一告辞,留下了老人满堂的儿孙。

一阵诵经和烟火之后,屋里又变回原来的幽静,从今不再听到呻吟的凄叫声了。

孝子孝孙们也已拭去了昨日的悲伤,人人脸上都挂着如释重负的喜悦,气氛开始活跃起来。

终于,还是老人的大女儿先开口:

"我们赶紧把这幢房子卖掉吧!"

接着是大儿子的声音:

"我举手赞成,要公平摊分!"

之后,议论声、争吵声,彼此起落。

　　《媳妇》讲述了一个扣人心弦而又令人哭笑不得的故事：老甲一家生活和美，但老甲爱拈花惹草，阔别两年的儿子带着新"儿媳妇"就要回来了，见面之初却不料这个新"儿媳妇"竟是自己曾经的情妇，那个两岁大的女儿竟是老甲私生女，一场欢喜竟变成了一笔情债的纠纷……故事充满戏剧性，甚至令人瞠目无言，展现出看似美好之下的重重矛盾与荒诞：老甲生活和乐，却爱拈花惹草；前儿媳负着赌债离家出走，儿子也因此逃到他乡并另找了一个女子同居生活。一切矛盾都在相见的那一刻被揭穿而爆发出来，看似"意料之外"的冤家路窄，其实有着"情理之中"的混乱背景存在。小说起先营造出一派欢喜的氛围，但随后情境急转直下，不由使人紧张、错愕，一弛一张、一扬一抑的情节安排，颇具有冲击力和谬差感，令人印象很深刻。作品通过老甲一家的荒诞故事，揭示和批判了整个社会的荒诞不经与矛盾重重，同时也告诉世人：自己种下的苦果终不知哪一天将会自己吞服。

　　《这幢房子》通过病重的老太婆死前死后其儿女孙儿媳婿们的言行突转揭示了现实社会中人类的虚假与丑恶面。儿女孙儿媳婿们在老人生前不尽孝道，却在死后披麻戴孝；他们在人前痛哭流涕、尽显不舍，却在人后如释重负，并急于争议老人的财产分割问题，"议论声、争吵声，彼此起落"。作品运用前后明显的对比与反差，将儿女孙儿媳婿们假丑恶的面目展现得淋漓尽致，显示出作者深厚的讽刺和批判意味。在利益面前，情感和生命都显得凉薄贫弱不堪，凄清悲惨的现实在这栋房子的见证下冠冕堂皇而又肆无忌惮地接连上演，宣告着生者与死者同样的渺小与脆弱，让人读后不禁反思：对人而言真正重要的是什么？

　　曾广健的闪小说构思巧妙，情节紧密，富有张力，常能通过戏剧性的故事揭示出现实生活中存在的种种社会不良现象，并加以无情地戏谑批判，读来令人感触良多。

（而　已）

缅

甸

卷

许均铨

许均铨,男,澳门居民,1952年12月31日出生于缅甸仰光市,祖籍广东台山。著作有《澳门许均铨微型小说选》,小小说集《一份公证书》,微型小说集《西蒙的故事》,小说集《浪漫禁区的情愫》;主编《亚细安现代华文文学作品选·缅甸卷》和《缅华文学作品选》2015年春第一期、2016年第二期;合编著《缅甸佛国之旅》《归侨在澳门》以及《缅甸华文文学作品选》。《驿站的岁月》曾获第八届澳门文学奖散文优秀奖。

助

她又是一头一脸都是汗水地在校门口等待放学的儿子,陆修女注意到她已经有一段日子,也因为她,陆修女在近千个小学生中注意到她的儿子,一个读一年级的小男生。

"看你的汗。"陆修女关心地说了一句。

她有点难为情,从裤袋里取出一条白手帕,擦去额上的汗。"我在工厂上着班,从美副将马路赶来,天气热。"她边擦汗边说,"接好孩子还要回去上班。"

"其他人不能代替你接孩子吗?"陆修女随便问了一句。

她欲言又止,摇摇头。最后还是说了:"家里有孩子的祖母,七十多岁了,走路不太方便……"放学了,孩子们涌向门口,谈话被中断。她拉着儿子的手,向陆修女挥手告别。

第二天放学前,陆修女特地在门口等她。她又是一头一脸的汗水,从工厂步行赶来。陆修女已了解到她的丈夫去世了一年,她还有一个小女儿,在另一所学校读书。她的生活压力特别大,应该帮助她。

陆修女非常慈祥地向她招手,她走向修女。"学校想请一名校工,你有没有兴趣做?"

她听到后,眼睛一下子亮了起来,仿佛见到一位天使出现,一股从内心发出的喜悦笼罩着她的脸,她接连不断地点头。

"我可以多看看孩子,还可以接他回家,我做……"她的话因激动而有点变音。

寡妇的希望是孩子! 她得到了陆修女的帮助。

天使就在人间!

买 葡 萄 干

"买两斤葡萄干。"他非常友好地用普通话对头戴白色小圆帽的新疆小贩说。

两名年纪约三十的小贩同时望着他,其中一名小贩用他听不懂的新疆话对同伴说了几句,另一名小贩就往称盘上装葡萄干,他看着装了满满的一大盘,以为小贩听错了,又再说是买两斤。新疆小贩似懂非懂。

小贩称好后,告诉他是三斤。他不在乎,叫小贩装好。在旁边指点的小贩以为自己聪明而在自鸣得意之时,他掏出三十元给小贩,小贩接过之后,把钞票举起,看是否伪钞,样子滑稽。

"你们千里迢迢到此谋生不易,你多称了我也照买下。"他说完就拿着葡萄干走了,却听到小贩说:"谢谢,老细!"原来还会两句广东话,他在心里说。他出了拱北海关,回到澳门。在家里看到从珠海二中回来的儿子。儿子已是高三的学生,见到他的袋子,笑着说:"老豆,买这么多葡萄干开宴会吗?"

"小贩向我倾销。"他微笑地说。年近知命之年的他,工作如意,家庭幸福,很少与人计较。反正葡萄干可以慢慢享用。

"超市里葡萄干多的是,从美国进口的不是更好? 何必从那边买回来。"儿子不解。

他跟儿子说了几句话。儿子开始吃葡萄干,他非常了解儿子,因为儿子只要点一点即明了。

儿子吃了晚饭又回珠海去了。儿子到了拱北市场,见到新疆葡萄干小贩,是另外三个。儿子也向他们买了一斤带回学校给同学吃,儿子想起父亲刚才的话:"与其买外国的,不如帮衬兄弟民族,这也是支持开发,建设大西北的一部分。"

送　礼

琴姨提着两大袋礼品往女儿读书的学校走去。

女儿小倩读书一直是琴姨最头疼的事情。暑假时,她特地请了两位临时辅导老师给小倩恶补,小倩才勉强补考上中一。一年来,小倩的成绩没有进步,期末考有两门主科不及格。

"我完全不明白你是如何教孩子的,连一个孩子都教不好。"从台北的长途电话中传来丈夫责怪的声音。

琴姨已有一年没有见到这个上海丈夫了,偶尔的电话维持着这个即将破裂的家庭。女性特有的敏感告诉琴姨等待着她的是什么。她拿着电话筒欲哭无泪。

"为什么不说话?这是长途电话!你要想一个办法。"丈夫的声音提高了一点。

"除了留级,别无选择。我有什么办法?"琴姨直接说出。丈夫没有说话。

"有没有时间回来一趟?"琴姨说出之后,马上感到自己说了一句废话。

"回来一趟?打工的钱还不够买机票!你想办法,先让小倩升级,再加强辅导,先去给校长送礼!"

琴姨坐在校长室内,年轻的校长知道琴姨的来意之后,先跟琴姨谈了孩子的学习,勉强升级不但帮助不了孩子,反而会害了她。之后,指着两袋礼物:"全部拿回去!这样做不是帮孩子,而是害她,以后永远不要再做这样的小动作!"琴姨感到校长努力控制愤怒的情绪。

琴姨灰溜溜地提着两袋礼物走出学校,如果丈夫在这里,一起教孩子,应该会好一些。她在寻找答案。

丈夫离开澳门去台湾,并非是在澳门失业,也不是经济问题,她的眼眶里有泪水涌出。

龚伯

左手拿起电话筒数秒，右手将一枚辅币投入投币孔中，龚伯没有马上去按号码，瘦削的脸上一时间呆了。左手的电话筒挂回原位，"当"一声，辅币退下，他右手迅速去接回辅币，一阵欣喜涌上心头。他见到有三枚辅币，"多谢！"

他在谢留下辅币的人，很快将多出的两枚辅币收入囊中。

龚伯中年才育有三子一女，因经济条件差，没有给孩子适合的教育，一直以来感到心中有愧。而孩子也都出来工作了，却从没有主动给父亲钱。是不懂，还是他们收入有限？龚伯也不去过问，反正自己有工作，收入虽不高，两餐还不愁。自老伴去世之后，龚伯一时心烦，上班时喝多几杯，连管理大厦的工作也被炒掉了，龚伯失了业。而社会保障基金要年满六十五岁才能拿到。其实他已超过六十五，但当年为了方便找工作，给自己报少了几岁，年轻找工作会容易些，现在正食苦果。

一年多来，他手中存下的少量钱已快用完，有想过捡废纸或可乐罐，这些垃圾也有不少人在争，并分有各自的地盘。龚伯有时想，如果四个孩子每月各给数百元，自己应该可以活下去，他没开口，他们也没有任何表示。

电话亭是唯一的收入。而见到用卡的电话亭使他气馁，那表示他没有机会。最使他兴奋的是，有一次在医院的电话亭中，他得到了八枚辅币。可这种机会只有一次，更多的时候是没有人余下辅币。

龚伯劳苦一生，养大四个孩子，却没有一个孩子养父亲，他生活艰难。

他有目标地走向另一个电话亭，右手上拿着一枚准备投的辅币，他不知等待他的是否有客人打电话遗忘的辅币。

债

像往常一样，钊提着他在香港采购的物料及两大包配件从地铁站的出口乘电梯，他希望在码头的售票厅上见到那位曾资助过自己的女士，可又怕回忆起当时的狼狈之态。他到了大厅,没见到穿制服的人员,他感到有点遗憾,心里怪怪的。

他走向窗口,买了一张飞翼船票,走进香港海关前,再四处张望,仍然没有见到她的倩影。说一句真心话,即使见到她,钊也未必认得,半年前,只见过一面,只是短短的数秒,却在他的脑海中留下一个永不磨灭的印象。那是钊首次从澳门过港买物料,在码头买回程票时,才发现钱包中只有两千多元的澳门币,香港码头售船票只收港币,钊余下的港币买一张回澳门的船票尚欠五港元,他决定给澳门币,售票员除港币外不收其他货币,澳门币在他们眼中有如废纸。钊感到为难之际,听到一名女性在背后说:

"卖一张给他,不足的五元扣我的数。"

钊还未回头,售票员已飞快地收去他的钱,并迅速地递过来一张船票,钊来不及思考便拿了船票,退到一边。

"多谢你的帮忙!还你十元澳门元,过去澳门可以用。"钊真心地说了一句,并注视着眼前这位穿戴整齐、年约三十岁的美丽女性的面孔数秒,安排一位如此出色的女性在此时此刻出现,对钊来说真是上天的眷顾。

"快进闸,下一次还给我,以后多坐我们公司的船。"她的嗓音还真甜。

钊看到时间紧迫,唯有提着两包物料离开香港码头的售票厅,再回头看她一眼,只见到她的侧面。钊一生从不欠债,这一次竟欠下一个陌生女子的债。

微不足道的五元港币,或许她早已忘记此事。可钊却留下了美好的回忆。他每次过香港都希望见到她,还她五元。而钊每次过香港都坐飞翼船。

挂 历

癸酉年的挂历在佑汉新村的街市上出现了,我一下买了十本,自从内地移民到澳门的头几年,每年寄挂历是一件必不可少的事。给遥远的亲友寄上挂历写上一串祝福……

翻阅着挂历上的风景,丹麦风景吸引着我,一条美人鱼爬到海滩上的一块礁石上,望着岸上的城堡。美人鱼、安徒生、《海的女儿》……回忆被拖到四分之一个世纪前,我在云贵高原某华侨农场的小学读书,课堂上的女教师王岚在向全班同学讲述《海的女儿》这个美丽的童话，离奇的故事情节吸引着全班的同学，当时我虽然不理解那种为了伟大的爱而做出自我牺牲的奉献，却忘不了女老师几次取下千度的近视眼镜擦泪水，善于讲故事的女老师把全部感情融入了童话世界中。

这一本一定要寄给王岚老师，并写上简短的话。

不久我收王岚老师的信："……谢谢你提前寄来1993年的挂历，每年我都很重视买挂历，用我自己的话来说，'挂历是要面对三百六十五天的呀！'……《海的女儿》是我最喜欢的完美的形象，没想到你还记得这故事，我感到很欣慰。大约在20世纪80年代初，我曾与大理师专的一位女老师约好，她作画，我写脚本，编《海的女儿》，向出版社投稿……"

一个挂历勾起我对往事的不少回忆，当初因成分问题下放到农场的王岚老师已是某专校的副教授。如果说我今天能投几篇稿，跟这位启蒙老师有一定的关系。

一位副教授教小学，虽属大材小用，却是我的一种缘分。

假　钞

"我对这张千元港币没有信心。"小贩章对隔壁店的师爷胜说。"我用紫外线灯照过，没有问题，只是感觉纸质不对。"他手上的千元港钞略旧，像被水长时间浸泡过，不太自然。

"现在这个世界，什么都有假，大钞更要小心，尤其是我们做小贩的。拿来我看看。"师爷胜三十多岁，一副精明相，专家般地接过港钞。

"那人一下子买了几百元的衣服，现在生意这么淡，我当然不能放过这样的顾客。他戴着眼镜，样子很斯文。"小贩章二十多岁，千元的损失使他沮丧。

"有没有拿去用过？"师爷胜问，"拿去银行鉴定一下就知道。"

"拿去银行一旦发现是假钞，会在假钞上打一个孔，那我就真正损失一千元了。我已经到过两间超级市场买货，都用不掉。"

"拿到赌场去赌一把，赢了是自己的，赌输了也是假钞。"师爷胜又建议。

"赌场一旦发现是假钞，虽然不会没收，也不会打孔，但会立案，不值得。"小贩章早想过这条路行不通。

"拿去珠海用，那边会容易脱手。"师爷胜又出馊主意，并把千元港钞还给小贩章。

"明知是假的，还拿去那边骗人，良心过不去。"小贩章接过钞票，又细心地观看，反正没有顾客。

"讲良心？越没良心的越有钱。"师爷胜突有高论。

"死扑街！是哪个扑街制造假钞?!"小贩章气得破口大骂，他受到假钞困扰多日，"应该拉去枪毙!"

脱 不 下 的 戒 指

"这是我老公生前买给我的戒指，我每天都戴着，已有十多年了。"六十多岁略胖的杨老太自豪地对坐在公园长木椅上的两名退休老太婆说。

"脱下来给我看看。"其中一位老太婆说。

"戴得太久，很难脱。每次都是用肥皂……"

杨老太把手伸到说话的老太婆面前，她有多种疾病：高血压、心脏病、哮喘病……加上牙齿掉得所剩无几，连吃水果也是用金属汤匙刮下，再慢慢咽。丈夫因车祸先去一步，孩子大了就成家，之后又生孩子，他们已够忙的，没时间陪妈妈。杨老太想起老伴时，就看手上的戒指，有时会望着戒指发呆。

公园是她余生最佳的去处，她认识公园内做各种运动的多名老人，其中有部分独居老人。哮喘又发了，已有很多次发病经验，杨老太心想一会就好，可这回不轻，她在迷糊中见到有多名老人围在身边……

"快去打电话，叫救护车!"其中一个老太婆说。有一个老头掏出一元硬币往公园内的电话亭走去。

昏迷不醒的杨老太在热心人的协助下，很快被抬上救护车。公园内的老人们目送远去的杨老太。"她能不能过这一关?"有一个老太婆忧心忡忡地说。"大吉利是!"有人截住她的话。一团阴影笼罩着这一群老人家。

杨老太在救护车上苏醒过来，并非药物的效力，也不是救护车的震动，而是感到有人在用力脱她左手上的戒指，左手的无名指是她身体中神经最聚密的地方。她的戒指脱不下来。

"多谢你救返我!"杨老太用粤语对着面有愧色的车厢内唯一的男子说。"分内之事,应该做的。"车厢内的男子对感激之情毕露无余的杨老太说了一句客气话。

救护车很快到了医院,杨老太被抬下车时,再次对车厢内的男子说:"非常感谢你救返我这条命!"在场的所有人听到杨老太的话都对车厢内的男子产生好感,他们的眼中流露出:救人一命,胜造七级浮屠。

胡 可 的 无 奈

望远镜将街道上的商店、行人拉近到胡可的眼前,这是他生活中的唯一的乐趣。澳门北区稠密的楼房中,有胡可的一个安身之处。他大半年的时间就是待在这卧室兼工厂的斗室之中,一部一平方米大的拉链加工机器,是他唯一的生财工具。胡可对那名送机器的老板感激万分,是他让胡可这样的非正式居民有机会生存下去。胡可以为省吃俭用,一年或两年之后,就可以离开这里回家乡,现在他却遇到麻烦。送机器的老板安排他加工,给的工钱只有正式工人的四成。胡可之后才知道此事。

第一个月,他收到薪水,还激动了一阵,交了房租之后,略有点剩余。之后发薪的时间越拖越长,说是亚洲金融危机,胡可从旁人口中知道送机器的老板换新楼、买车,胡可还见过他上澳门电视节目,虽然只有短短的几秒,却不会记错与自己有相当牵连的他。足足有八个月没获得薪水,胡可没有投诉的地方,只盼望老板能体谅他的困境。而对送来加工的货,他尽快完成。

手中的钱已不足百元,再省也难熬下去。胡可希望老板一次付清拖欠的八个月的薪金,他就马上结束这种非人的生活,可信寄出五天,没有任何回音。

他下楼了。澳门北区的夜色,华灯初上,他警惕地四处张望,认为安全才快步走向一间包饼店。两元三个的面包吸引着他。长期吃这种廉价面包,是由他人代买的,每次给几元茶钱,今天冒险下来,也是为了省钱。他拿着面包要走,突然有人向胡可展示证件,胡可一时呆了,是警察查证……

他被带上警车。胡可知道自己要结束在澳门的生活了,他唯一希望的是能得到那八个月的薪水。看来不易。他从警车的小窗看着这个不属于他的都市,百感交集……

马 夫 阿 强

阿强躺在床上。脚上包着绑带,使他的右腿变白变粗,天气热,开风扇也驱不走室内的暑气。他只穿一件短裤,左腿上长满脚毛,两条腿一黑一白。

阿强原来是码头的搬运工人,四肢发达,喜欢喝酒。由于身体结实,碰到较重的货物,他总是帮助工友。自澳门工业转型之后,来往码头的原材料少了,他又转到了今不如昔的建筑业做钉板工人,也是三天打鱼,两天晒网。后来在朋友的介绍下,他到了冰仔的赛马场当马夫。

马夫与名贵的纯种马相比,显得微不足道。一匹名贵的纯种马的价值远比十条人命值钱,阿强照上级的指示:减少喝酒,照时喂马、遛马,要爱马匹,努力培养与马的感情。

马得势丝毫不逊人得势! 它虽不说出,却用行动表示! 阿强被马咬着胸口一下,养伤多日,至今伤疤还在。他发现马性比女人更难于捉摸,他努力工作,除了为那份薪水之外,最大的愿望是:他喂养的马在赛场上胜出,他会得到马主人的一笔奖金。

与他一起当马夫的工友,有的被马踢伤,有的因为时间安排不妥,有的感到乏味而辞工,前来见工的人却不断,甚至有女性也来挑战这份工作。阿强却坚持下来,每天牵马散步,也不计较马咬过自己一口,对马付出了精力和感情。

三天前,他照样牵马去散步,突然间马性大发,阿强一时拉不紧缰绳,手上的绳松了,马的后蹄踢到他的右脚,阿强倒在地上,马脱缰而去。阿强痛得爬不起来,血液顺着伤口流出,他被工友抬上担架,救护车将他送到医院。

阿强庆幸脚没有被马踢断。他不恨那只踢他的马,他养好脚伤之后,仍然回去当马夫。野性越大的马跑出好成绩的比例越高,如果他养的马能跑出好成绩,他一定会得到一大笔奖金。阿强躺在床上,他似乎看到,在冰仔的赛马场,瘦小的骑士正挥鞭驱赶那匹踢伤他的马,第一个冲到终点,竟比第二匹马超出一个马身,他得到……

相思鸟

"吱哩哩……"

七只相思鸟从各自的笼中发出鸣叫,悦耳的鸟鸣声使客厅的弟弟阿光兴奋不已,哥哥阿鹏则在看一本文学杂志。阳台上除了鸟笼外,还有一盆叶茂果少的金橘,三盆碧绿的万年青,一盆开有淡红花朵的九重葛。

"啪!"一声后是鸟儿挣扎翅膀撞到鸟笼发出的一阵阵撞击声。

"又抓到一只!"只有十六岁的阿光从沙发上跳起来,直奔阳台说,"我原先买两只,已捕到第六只了。哥! 你来帮我,这一只好靓。"

阿鹏抬头看了弟弟一眼,摇摇头,又继续看书,明显地感到他叹了一口气。

"要在这石屎森林造出鸟语花香的境界并非易事,我还要……"

"把鸟全部放了吧! 你知不知道被关住是一件非常痛苦的事?"阿鹏冷冷地说。

"什么? 全放掉?"阿光怔了一下。"我保障它们的食物,我让它们生活在花木中……"阿光突有所悟,"我明白了,你是因为自己为了女孩子跟人打架,用刀伤了人被关两年,所以你才叫我放鸟。这是鸟,不是人,它没有思想!"

午睡的父亲从房间出来严厉地说:"我说过多少次,不准提此事,你又忘了。"

一星期后,阿鹏与阿光到了林木茂密的螺丝山公园,人为的努力及正规的管理使都市内有一个小型的森林。两兄弟同时打开鸟笼,八只相思鸟先后飞出,消失在不同的方向。

被关是残忍的,不管是鸟还是人!

🌴 **作品赏析**

《胡可的无奈》讲述了作为非正式居民的胡可在澳门勉力生存却备受压

迫、艰辛无助的经历。小说揭示了澳门底层外来人员的非人生活与深重灾难,他们在没有安全感和归属感的都市,就像过街老鼠一样小心翼翼、躲躲藏藏,虽辛苦工作却遭老板的无情欺压而无处投诉,连最基本的生活都难以维持,展示出社会问题的严重性。作品透过典型人物胡可描绘了底层人物的生存现实,对他们寄予了深切的同情,写出了他们虽卑微但仍旧无法实现心愿的心声,真实可感,而又振聋发聩,使人不得不反思其问题产生的背后根源。文章主题突出,叙事简洁而完整,具有很强的现实意义和艺术魅力。

《马夫阿强》讲述了作为澳门底层人物代表的阿强几经流转做了马夫,虽多次被马所伤,但为了生活依然在养伤的病床上渴望能够重回马场再当马夫的故事。小说先写阿强工作无定,衬托马夫一职对他的重要性,后写马夫与马之间的身份反差,突出马贵人贱的现实,强调工人处境的卑微低贱,然后通过阿强两次被伤却依然无怨无恨的复杂内心活动,以及"野性越大的马跑出好成绩的比例会更高"这一更为深层的矛盾心理境遇,深刻表现了他对"得到马主人的一笔奖金"的殷切期望,反映了他悲惨的生活处境,引人同情,亦使人感伤。作者成功塑造了阿强的感人形象,他乐于助人、吃苦耐劳、兢兢业业,但尽管如此却仍免不了一次次遭受疾苦,反映出底层人物的艰辛不易,控诉了整个社会的残酷不公。文章最后以阿强的幻想结尾,给人留下了丰富的想象空间;虽未直接写明他后来的日子会怎样,但无法不让人为其前路和命运担忧;每当读者在看到阿强身上所发生的这一切时,都无法不同情他那"心忧炭贱愿天寒"的境遇,并进而对整个社会的罪恶与荒谬进行反思。

《相思鸟》结构简单,立意明确,正所谓"海阔凭鱼跃,天高任鸟飞",没有哪一个生命不渴盼自由而甘被束缚,不管是鸟还是人!正如里尔克的诗歌《豹》所阐明的那样:"强韧的脚步迈着柔软的步容,步容在这极小的圈中旋转。"每一个生命体都是伟大而独特的存在,而当其生力遭到束缚,那种无力与绝望感无疑便是其最大的痛处,不管是鸟还是人!哥哥阿鹏之所以知道"被关住是一件非常痛苦的事",是因为他曾真切地体验、感受过,这正说明"理解"不是一件随口一说就能做到的事,而是需要亲身的体验与感受才能做到。凡事都不会只有单方面的原因,倘若相思鸟不为"石屎森林"所惑,倘若阿鹏不因"用刀伤了人",他们就不会丧失自己的自由,所以,在人生之路上,我们应该时时对自己保持清醒的认识,不受魅惑与冲动的牵制以致误入歧途、迷失自我,因为"被关是残忍的",不管是鸟还是人!

　　许均铨热切关注和反映现实生活,并表达出一定的生活感思,尤其是他深入地反映了澳门底层工人生活的艰辛不易,并对其寄予了深切的同情;由此可见,他是一位热爱生活且极富社会责任感的作家。

（而　己）

跋

　　和曾心老师相识多年,编写一套"东南亚华文文学精选系列丛书"是我们两人共同的心愿。2016 年 8 月初,我们之间相互邮件联系,商议先从东南亚华文微型小说入手编撰。在研究"编写原则"时,又觉得"微型"与"闪小说"如能分成两本,就更理想。有关书名,觉得应与以前出版的"选集"有所区别,便冠上"新世纪",更显出新时代的气息。

　　曾心主要是联系东南亚各国的作家,向他们约稿、催稿。我主要是组织团队对来稿进行筛选和评论。经过半年多的共同努力,这一愿望终于变成现实,我们感到无限的欣慰!

　　从 20 世纪末到 21 世纪初,常见中国一些评论家说:东南亚华文作家是"亦商亦文,以商养文,以文保商"。这句话很值得商榷。"亦商亦文"有之,"以商养文"只是个别,"以文保商"那是不可能的。东南亚华文作品虽有标价,但几乎都是当作赠送品,何来"盈利"?

　　从作家的简介中,可以看到,东南亚华文作家分布在各行各业,如经商、从教、行医,当经理、职员、编辑、记者什么的。他们都是肩挑两副"担子":一肩挑的是"生活",一肩挑的是"写作"。

　　三十三块垒成的脊梁骨,硬挺着两副"担子",夜以继日在蕉风椰雨的热土上艰苦地跋涉。这才是东南亚华文作家的形象。

　　当他们拿起算盘或计算机时就必须论功利、讲市场,追求自己的社会价值,处于"入世"状态。当他们提笔或坐在电脑机前敲击键盘时,又"跳"出世俗角色,进入非功利、非世俗的"出世"状态,摒弃种种琐碎,不为外物所累,回归自己心中的"文学梦"。可以这么说,作家在"出世"和"入世"之间不断变换角色。

　　东南亚华文作家走上文学道路,也许有的是为了"救世",有的是为了"自娱",有的是为了"自救"……但我们想多数是为了"自爱"。爱自己的生命不要虚度年华,爱自己能发挥自己之所"好"、之所"长",靠自己的智慧和能力去获得正能量的"功名"。杜甫有句诗:"名岂文章著,官应老病休。"大意是说:没有想到因著文章而扬名四海,而官途却因老病而潦倒。因此,在现实面前,写作是没有什么可以逐"利"的,但扬"名"却是客观存在的吧。

综合评论家对文学作品思想的归类,可分为"人与上帝""人与自然""人与社会""人与他者""人与自我"等五个维度。收集在这两本"精选"里的作品,大概也超不出这五个维度的范畴。只是基于东南亚国家的宗教信仰、自然环境、社会制度、风俗习惯、人生遇际、心灵磨难有所差异,因此,在作品中表现出来的"风采",便有东南亚自己的特色。

书名冠以"精选"二字,是相对来说的。东南亚华文微型与闪小说在各国发展不平衡,水平也有差距,有的国家写此类文种的作者很少,送来的作品也不多,筛选就很难,只好"矮子里头拔将军"。因此,客观上造成不可能篇篇"精"。

但从总体来看,被选上的作品,基本上都符合"一短、二巧、三闪"的特征,水平较高,有歌颂,也有批判,较好地呈现了东南亚各国社会百态,折射出人性的复杂性;在写作技巧上,有捕捉细节、透视本质的能力,在结尾上,也往往能达到"最后打击力量"的效果。

在中华文化、本土文化、西方文化等多元语境的作用下,东南亚华文文学语言在基本承袭汉语语法规范的同时,表现出对现代汉语的适度创新、偏离,以及对本土语言、西方语言、现代汉语甚至口语、自创语言的糅合,具有鲜明的陌生而本土的色彩。为了更好地保持作品语言的原汁原味和作者的创作风格,编辑作品的过程中除了纠正了一些文字错误外,没有对文字进行过多的修改和修饰。这样虽然会有部分语句不符合现代汉语的规范,但呈现出来的基本上是东南亚华文作品的原生态,可以帮助读者更真实地了解东南亚华文文学创作的发展现状。

我们还感到有遗憾之处,东盟是十个国家,但这两本"精选"只收录了八个国家的作品,老挝、柬埔寨尚未联系到作者,甚感内疚。缅甸土生土长的作品少,也只好收入一部分"土生外长"的作者。

最后,借此机会,我们要感谢新加坡、马来西亚、泰国、印尼、菲律宾、文莱、越南、缅甸等八个国家作者的支持,感谢他们积极赐稿,尤其要感谢希尼尔、林锦、陈政欣、杨玲、袁霓、王勇、一凡、许均铨等作者大力帮助组稿!也要感谢岳寒飞、李笑寒、刘永丽、黄玲红、王成鹏、孔舒仪、而已(李仁叁)、赵洁、严青、吴悦、刘世琴等研究生,在大量稿件中进行认真、严格的筛选,并写出有一定水平的评论!同时还要感谢浙江越秀外国语学院中文学院中国现当代文学学科、华文文学与华人文化研究中心的同仁们提供了平台和支持!更要感谢浙江工商大学出版社成全两本"选集"的出版,这次完美的合作,预示着未来几本选集的出版会更加顺利!

编　者

2017 年 4 月 20 日